目次

母の記憶に

母の記憶に

Memories of My Mother

古沢嘉通訳

十歳

パパは戸口でわたしを出迎えた。そわそわしている。「エミー、だれがきたと思う？」

パパは脇にどいた。

その人は、家のいたるところにかかっている写真にうつっているのとまったくおなじだった――黒い髪、茶色の瞳、なめらかな白い肌。でも、同時に、見ず知らずの人にも思えた。

わたしはどうしていいのかわからぬまま、通学カバンをおろした。その人は近づいてきて、かがみこみ、わたしを抱きしめた。最初は、そっと。つぎにとても強く。その人は病院のようなにおいがした。

お医者さんは、彼女の病気を治せないんだよ、とパパから聞いていた。残された時間は二年間だけだという。

「とても大きくなったわね」首にかかった彼女の息は温かくて、こそばゆかった。ふいにわたしは母親を抱きしめ返した。

ママはわたしにプレゼントを持ってきてくれた——小さすぎるワンピース、わたしの歳ではもう読まないような古くなりすぎたシリーズ本、ママが乗っている宇宙船の模型。

「わたしはとても長い宇宙旅行に出ていたの」ママは言った。「宇宙船はものすごい速さで飛んでいて、そのなかでは時間が遅くなっている。たった三ヵ月しか経っていない感じだった」

そのことはパパからあらかじめ説明されていた——そうやってママは時間をだまし、自分に残された二年間を引き延ばして、わたしが成長するのを見守っていられるようにするのだ、と。だけど、わたしはママの言葉をさえぎらなかった。ママの声を聴いているのが好きだった。

「あなたがなにを気に入るのかわからなくて」わたしのまわりに置かれたプレゼントに、ママはきまり悪くなっていた。もうひとりの子供向けの贈り物。ママの心のなかにいる娘にあてられたもの。

わたしがほんとに欲しいのは、ギターだった。だけど、パパは、ギターを弾くにはわたしがまだ小さすぎると考えていた。

わたしがもっと大きかったら、大丈夫だよと、プレゼントを嬉しいよと、ママに伝えていたかもしれない。だけど、わたしはまだ嘘をつくのがそんなに得意じゃなかった。

いつまでいっしょにいてくれるの、とわたしはママに訊いた。

答えるかわりに、ママは、「一晩じゅう起きていよう。パパがしちゃだめだとあなたに言っていることをなんだってやろうね」と言った。

わたしたちはお出かけして、ママはわたしにギターを買ってくれた。ようやくママのひざの上でわたしが眠ったのは、朝七時だった。すてきな夜だった。

わたしが目を覚ますと、ママはいなくなっていた。

十七歳

「なんであんたがここにいるんだよ？」わたしは母の顔のまえでドアを叩き閉めた。

「エミー！」パパがまたドアをあけた。まだ二十五歳で、まだ写真とそっくりそのままの姿でいる母親の隣にいるパパを見て、彼がひどく歳を取っているのをわたしはふいに悟った。

パンティーに血が付いているのを見つけて、死ぬほど怯えたとき、わたしを抱きしめてくれたのは、パパだった。真っ赤な顔をして、わたしのブラのフィッティングをしてくれるよう女性店員にもごもごと頼んだのは、パパだった。パパに向かってわめきちらしているわたしを、その場に立ったまま、抱き止めていたのも、パパだった。

（七年おきに、どこかのお伽噺の名付け親みたいに、わたしの人生にちょっとだけ顔を突っこんでくる権利なんて、あの人にはない）

しばらくして、彼女はわたしの寝室のドアをノックした。わたしはベッドから動かず、なにも言わなかった。それでも彼女は部屋に入ってきた。ここにやってくるのに何光年も横断してきたのだ。合板のドアなど彼女を止めようがなかった。わたしに会うために押し入ってきたのは嬉しかったけど、同時に腹立たしかった。とてもややこしかった。

「お洒落なドレスね」彼女は言った。わたしの卒業パーティー《プロム》のドレスがドアの裏に吊されていた。そのドレスはお洒落だった。貯金の半分を注ぎこんだのだ。だけど、そのドレスのウエスト近くのところに、わたしはかぎ裂きを作ってしまった。

しばらくすると、わたしはベッドの上で振り返り、上体を起こした。彼女はわたしの椅子に座って、裁縫をしていた。自身の銀色のドレスからギターの形に生地を切り抜き、わたしのドレスのかぎ裂きを隠すように繕ってくれた。完璧だった。

「わたしの母親は、わたしがとても幼いころに亡くなったの」ママは言った。「どんな人だったのか、わたしは知ることがなかった。だから、なにかちがったことをしようと決めたの、わたしの……寿命がわかったときに」

彼女を抱きしめるのは、変だった。まるでわたしのお姉さんのようだったからだ。

三十八歳

ママとわたしは公園でいっしょに座っていた。赤ん坊のデビーは、乳母車のなかで眠っており、アダムはほかの男の子たちといっしょにジャングルジムで遊んでいて、嬉しくて叫んでいた。

「スコットには会えなかったわね」ママは申し訳なさそうに言った。「前回、わたしがきたとき、あなたは大学院に通っていて、まだ彼とは付き合っていなかった」

彼はいい人だったわ、とわたしは言いそうになった。たんに別れただけ。そう言うのは簡単なはず。わたしは長いあいだ、自分を含めて、だれにでも嘘をついてきた。

だけど、わたしは嘘をつくのに飽きていた。「あの人はろくでなしだった。それを認めるのに、何年もかかっただけ」

「愛はわたしたちに奇妙なことをさせるもの」ママは言った。

ママはたった二十六歳だった。わたしが彼女の歳だったとき、わたしは希望に満ちあふれていた。彼女はわたしの人生をほんとに理解できるのだろうか？

ママはパパがどのように亡くなったのか、訊いた。安らかに逝ったと、わたしは伝えた。それは真実ではなかったけれど。わたしの顔にはママよりもたくさん皺が寄っており、彼女を守らねばならない、と感じた。

「もう悲しい話はしないでおきましょう」ママは言った。わたしはママが笑えることに腹を立て、同時に、彼女がわたしといっしょにいてくれることを嬉しく思った。じつにややこしい。

それでわたしたちは赤ん坊の話をし、暗くなるまでアダムが遊んでいるのを見守った。

八十歳

「アダムかい?」わたしは訊く。車椅子の方向を変えるのがわたしには難しく、なにもかもぼやけて見える。アダムのはずがない。生まれたばかりの赤ん坊の世話にてんてこまいになっている。ひょっとしたらデビーかも。でも、デビーは訪ねてきてくれたためしがない。

「わたしよ」そう言って、彼女はわたしのまえにしゃがみこむ。わたしは目を細めて見る──彼女はいつもと変わらぬ様子だ。

だけど、まったくおなじではない。薬のにおいが以前にも増して強くなっており、彼女の両手が震えているのが感じられる。

「旅に出てからどれくらいになるの?」わたしは訊ねる。「最初のときから」

「二年以上になるわ」彼女は言う。「もうどこへもいかない」

わたしはそれを聞いて悲しくなるが、同時に、幸せな気分にもなる。ややこしいったらありゃしない。

「旅に出た価値はあったのかしら？」

「わたしはほかの母親よりも子どもに会えなかったけれど、ほかの母親よりも子どもを見つめていられたの」

彼女はわたしのとなりに椅子を引き寄せて腰かけ、わたしは彼女の肩に頭をもたれる。わたしは眠りに落ちる。自分がとても若くなった気がする。目を覚ますと母がそこにいるのがわかっている。

重荷は常に汝とともに

You'll Always Have the Burden with You

市田 泉訳

「だってルーラだよ！」とフレディ。「しかもサディアス・クローヴィス博士の下で研究ができるんだ！　博士はぼくの指導教官の指導教官だった。ルーラの地球外考古学という分野を打ち立てた人なんだ。人間の生き方を変えてしまう発見をぼくたちがするとき、きみもその場にいられるんだよ」

すでに決まったことのような口ぶりだったが、ジェインはどうしたものかと迷っていた。「ねえ」フレディはジェインが反論できないうちに言葉を続けた。「いっしょに来てほしいんだ。きっと気に入るよ」

ジェインもご多分に漏れず、子供のころはルーラの果てしない砂丘と、砂嵐にさらされたシンプルな遺跡の写真をよくながめたものだ。螺旋を描く石塔が砂漠から空高くそびえ、まるで流砂に沈んでいく人の指のようで、深い哀惜の念を、失われた楽園への想いをかき立てられた。

けれどもジェインは、ルーラのスピリチュアリティに関するベストセラー本を読みふけるタイプではなく、次々と放送されるルーラ人の謎に関する番組を見たりもしなかった（「ルーラの宇宙飛行士は地球を訪れてマヤのピラミッドを建設したのか？　CMのあと明らかに！」）。ジェインは会計学の学位をとったばかりで、大手会計事務所のニューヨーク支所のインターンにならないかという、願ってもないオファーの手紙を受けとっていた。その申し出を受ければ、公認会計士《CPA》の資格取得に向けてスタートを切ることができる。だがそんな朗報も、フレディのニュースの前には霞んでしまい、今フレディは実質的に、彼女の人生を一年間保留にしてくれと頼んでいる。果たしてジェインが地球に戻ってきたとき、同じくらい条件のいい申し出があるだろうか？

とはいえ、まる一年フレディと離れているというのも気が進まなかった。今までに多くの遠距離恋愛が破綻するところを見てきたため、自分とフレディは例外だなどとはとうてい思えなかった。愛とは、ときに犠牲を求めるものではないだろうか？（だけど、犠牲を払うのはどうしていつも女なんだろう）

アパートまで歩いて戻る途中、二人は〈ルーラのサーガ〉を朗々と暗唱している街頭伝道師を見かけた。

アルソンとバイラスは声をそろえて言った。「力も勇気も等しい我ら二名は、この冒険を分かち合うことを誓う」と。歳月が過ぎ、二人に〈生の重荷〉がのしかかると、年長のアルソンは〈白金の門〉の〈権威者〉に立ち向かうことを望んだ。しかしバイラスは気が進まず、「いまだその時ではない」と反対した。友の言葉に耳を貸さず、アルソンは〈権威者〉の元へ赴き、戦いを挑んだ。「否」と〈権威者〉は言った。「傍らにバイラスが立たねばならぬ。さもなくば汝は立つことができぬ」アルソンは意気消沈した。しかしバイラスが現れ、肢を差し伸べて言った。「いざ、〈権威者〉と戦わねばならぬなら、ともに戦おうではないか」

「ほら」とフレディ。「これこそお告げだよ」ジェインは呆れた顔で天を仰いだが、微笑を浮かべていた。

ジェインは少し調べてみて、ルーラ最大の地球人居住区ゼフでは、わずか一年の就労経験があれば公認会計士の資格が得られると知った。ほかの管区よりはるかに期間が短いし、資格は地球に戻っても有効なのだ。これで話は決まりだった。ジェインはキャリア面で有利なスタートを切り、しかもフレディと異星でしばらく過ごすことができる。実際のところ、必要なのはゼフでちゃんとした仕事を見つけることだけだった。

ジャンプシップから飛び立ったシャトルがゼフに近づいていくと、ジェインは窓に鼻を押しつけた。シャトルは町の西にある砂漠の遺跡の上をかすめていく——砂になかば埋もれた石造りの同心円、曲線、正方形。

宙へ向けて千メートルの螺旋を描く〈大塔〉は、小さなシャトルの左方にそびえ、ルーラの二重太陽の反対側へ二つの長い影を伸ばしている。ジェインにはその影が、宇宙の熱的死へのカウントダウンを行う大時計の針のように見えた。もっと遠くには、小さめの螺旋塔がいくつかあって、同じ風景を再現している。それぞれの塔が時計の中心というわけだ。

どの塔も、さまざまな高さ、さまざまな向きに楕円形の大きな穴が穿《うが》たれていた。風が穴の中を通ると、長く尾を引く音が生じ、その音は風の角度と強さによって変化する。クジラの歌のような、神が演奏するオルガンのような、この世のものならぬ音楽だった。ジェインはシャトルの骨組みそのものが、名高いルーラの〈風の歌〉に合わせて振動するのを感じた。ルーラの重力は地球より小さいため、異郷の音楽の波の上を漂っているような心地がする。

調査隊の野営地はゼフの東方、フライヤーで四時間のところにあった。週に一度の休みの日に、フレディは発掘現場からゼフに戻り、ジェインといっしょに過ごした。

ゼフ周辺の日中の天気はよかったが、地球人が心底快適だと思うにはいささか暑すぎた。二人は主にエアコンの冷気を求めて、けばけばしい寺院や、ルーラをテーマにした俗っぽい土産物店に足を運んだ。

〈ゼフの聖母教会〉は、生きたルーラ人を再現したアニマトロニクスが呼び物だった。製作者は第一次調査隊の古いスケッチを元にしたため、できあがったのは、関節が三つある肢を十本備えた、巨大で透明な蜘蛛のようなものだった。肢の上の小さな十角形の胴体から、革のような半透明の袋が下がっている。袋の中では光が明滅したり、ぎらついたりして不気味な模様を描いている。その像は定期的に肢を上下させ、煙霧機から常に噴き出す霧に包み込まれている。巡礼者は像の前にひざまずき、奉納用の蠟燭《ろうそく》や線香に火を灯し、目を閉じて祈りを捧げる。

像に埋め込まれた電子スピーカーが、機械的で耳障りな声で〈ルーラのサーガ〉の一節を吟唱する。

喜べ！　貧しき者の〈重荷〉は、子供が生まれるごとに軽くなる。しかしキジ山の高さも超えるほど豊富な財を持つ者、彼らはそれを感じることがない。多くを持ちすぎているからだ。

「こういう見世物はせめて最新の学術論文に合わせてほしいね」フレディがジェインにささやきかけた。腹を立てるのと同じくらい面白がり、呆れてもいる。「ルーラ人の骨が外骨格じゃなくて内骨格だったことは、もう何年も前からわかってるんだ。大衆ってのは愚かなものだな」

ジェインは寺院をいんちき臭いと思ったが、他人の信仰を馬鹿にしてはいけないとも感じていた――彼女自身はとりわけ信心深くもなければ、スピリチュアルなものに興味もなかったのだが。そこで彼女は神妙に傍らから見守っていた。

アルソンは戦いの支度をした。「まずは〈白金の門〉をくぐらねばならぬ」と〈権威者〉が言った。「生きてくぐったならば、次いで〈黄金の鏡〉と向き合わねばならぬ。その試練も生き延びたなら、〈白銀の広間〉にて我と対峙するがよい」

「〈ルーラのサーガ〉の魅力がわからない」あとになってジェインはフレディに打ち明けた。「ハイスクールの『世界文学』の授業で抜粋を読まされたの。崇高なものを感じるべきなんだろうけど、意味のあることは一つも言ってないような気がする。どこかで聞いたようなことばっかり」

「普遍的文化ってやつなのかも」とフレディ。「銀河系のどこでも叡智の書は似たようなものなんだ」

「〈ルーラのサーガ〉が発見されたいきさつ、何か知ってる?」

「知ってるよ。第一次調査のときのクローヴィス博士の大発見の一つだ。むろん紙のたぐいは百万年も残ってなかったから、彼らが見つけた文字の大半は、石の建物に彫られた碑文や標示――あまり中身のない短いテキストだった。だけどある発掘現場で、クローヴィス博士は文字がびっしり彫られたプラチナのプレートを一組発見したんだ。鏡文字だったけど」

「鏡文字？」

「そう。印刷の原版みたいな。多くのプレートが損なわれていたけど、テキストの大半は復元できた。その後クローヴィス博士がなんとか一部を翻訳してみると、そのテキストは一定の形式で書かれ、いくつかの節に分かれた長い物語の断片だとわかった。物語は何度も改訂されたか、たくさんのヴァージョンが存在したようだった。プレートには、それぞれの節の別ヴァージョンが、メインのヴァージョンのあとに小さな文字で付け加えられていたんだ」

「口伝の叙事詩を書き留めたのね」

「クローヴィス博士もそう思った。それを〈ルーラのサーガ〉と名付け、調査隊が地球に帰還すると同時に、その断片の翻訳を発表した。それは大衆の想像力を捉え、ルーラの地球外考古学ブームを巻き起こした。だけどそれは同時に、〈サーガ〉の言葉にスピリチュアルな意味を見出した、たくさんの新興宗教や間抜け野郎を生み出すことにもなった」


　税務局《XDOR》ゼフ支局の主任顧問、ミスター・モリスとの面接はわずか三十秒で終了した。ジェインは自分の能力を詳しく述べようと稽古していったのだが、それを語るチャンスすらなかった。

「応募してくれて嬉しいですよ。いつから出てこられますか？」

ジェインは専用の執務室、専用の秘書まで与えられた。デスクに山積みになった案件に目を通し始めるが早いか、XDORがそこまで切実に人手を求めているわけがわかった。

素朴な辺境の星の居住区と思いきや、ゼフは驚くほど複雑な税金問題を抱えていた。ルーラのどこの居住区も同じだが、ゼフの経済は、既知のあらゆる星から、ルーラの遺跡に見とれ、礼拝するために続々とやってくる観光客と巡礼者を楽しませることを中心としていた。一世紀以上にわたる宇宙探検、無数の惑星での生命の発見にもかかわらず、ルーラはいまだ、人類以外の高度な文明があったと判明した唯一の星なのだ。ルーラ人はエジプトのピラミッドより早く、ラスコーの壁画より早く、ネアンデルタール人が地球上を歩くより早く、巨大な螺旋状の石塔を建設していた。ところが彼らは百万年以上前に、惑星上のほかの生命とともに何らかの災害によって滅亡してしまった。最近の学説は、近傍の超新星による致死量の放射線のせいではないかと指摘している。

地球を出発した最初のジャンプシップの探検隊がルーラの地に降り立ったとき、彼らを迎えたのは、静謐《せいひつ》な石の遺跡、ルーラ人——十本の肢と、ケイ酸の骨を持ち、体高約二メートルの、繊細な放射相称形の種族——の骨格の化石、海中と地底深くに棲む微生物だった。

新興宗教団体や、自己啓発の導師が、彼らの信仰体系の土台としてルーラの遺跡に飛びついた。クローヴィスの第一次調査と、〈ルーラのサーガ〉の翻訳出版ののち、そうした人々の数は百倍に増加した。宗教団体がゼフの土地を購入し、教会所有の宿泊所、レストラン、銀行、公園、売春宿といった施設の免税資格を狡猾にも要求した。営利目的の事業主は、それが不当競争に当たると声をあげ、独自のやり方で税金逃れをするようになった——多くの場合、宗教団体と手を結ぶことで。XDORは、何年にもわたって抜け穴を塞ぎ、規則を公布、再公布し、教会や納税者が雇った星外の敏腕税理士や税務弁護士の攻撃から公金を救う作業に忙殺されてきた。XDORは手に入るあらゆる助けを必要としていた。

ジェインはその状況が気に入った。

〝ゼフの歳入法〟といった言葉を聞くが早いか、ほかの人たち（フレディのような）の目はどんより曇ってしまう。しかしジェインにとって税法とは、ある民族の欲望、夢、理想、本能の妥協点を表すものだった。税率、所得控除、税額控除、罰則は、ある種の活動を促進し、ある種の活動を抑制する。それは人々が家を買うか、結婚するか、教会の信者になるか、子供を産むかといったことに影響を与える。つまりそれは、もっとも生々しく現実的な政治なのだ。ジェインは会計士として、ある社会の税法を理解できれば、何がその社会を動かしているかも理解できると考えていた。

フレディが次に訪ねてきたとき、二人は螺旋の塔周辺へハイキングに出かけることにした。フレディはジェインの分のクールスーツも持ってきてくれた。クールスーツを着ずに、砂漠で一日じゅう二重太陽に照らされるのは自殺行為だ。

観光客や巡礼者は普通、エアコンのきいたバスやタクシーで螺旋の塔へ出かけるが、塔をダメージから守るために、あまり近くへ行くことは禁じられている。しかし調査隊の一員として、フレディは立入禁止区域に入る許可を与えられていた。彼が二、三枚の紙幣を握らせると、警備員はジェインがフレディについていくのを見逃してくれた。警備員が確定申告をするときには、あのお金を勤労所得として申告してくれるといいんだけど、とジェインは思い、そんなことを考えた自分を密かに笑った。

ゼフで一カ月暮らして、ジェインは地平線上の螺旋の塔のシルエットにも次第に慣れてきていた。しかし近くへ寄ってみると、〈大塔〉は新たな姿を見せた。塔の基部は直径二百メートルの円形で、その上に大きな花崗岩のブロックが積み上げられ、ほぞ継ぎされて、重力に挑むかのように優雅な螺旋を描いて宙へと延びている。

「よくこれで倒れてこないわね」ジェインは言った。〈塔〉に沿って見上げていくと、頭がくらくらしてくる。頂上付近の石に掘られた穴やトンネルによって、〈塔〉は石のレースと化し、ついには雲と交わっていた。

「優れた工学技術と目の錯覚の組み合わせだよ」フレディは〈風の歌〉の中でも聞こえる

ように声を張り上げた。「力の釣合いと絶妙な陰影のおかげで、〈塔〉は実際よりも軽くてもろいように見えている。安定のよさは保証するよ。百万年もここにあったんだから」

フレディはジェインに耳栓を渡した。装着すれば無線で会話することもできる。

二人は〈塔〉を上り始めた。それぞれが命綱の両端を持ち、上りながら交互に〈塔〉に固定していく。クールスーツは役目を果たし、ジェインは運動を楽しみながら、周囲の遺跡や砂漠より少しずつ高みへ上っていった。耳栓をしているせいで、〈風の歌〉はもう聞こえてこないが、依然として全身の骨を震わせ続けている。

「先進技術もなかったのに、どうしてこんなものが建てられたの」ジェインは訊いた。

「ルーラ人は原始的ってわけじゃなかった」とフレディ。「町で寺院やテーマパークを経営してる連中が似非《えせ》科学や神秘主義のたわ言を吐き散らすせいで、きみもルーラ人のことを古代エジプト人やマヤ人の異星人版だと思ってるんだろ？　だけど彼らが高度な技術を持っていたという証拠はたくさんあるんだ。たとえば大規模な農業、鉱山開発、道路、ダム、運河などによって、惑星の風景を大幅に変化させた痕跡が残っている。土壌中に堆積された金属量を測定すれば、後期の建造物が鋼と複合材料――コンクリートみたいな――でできていたことがわかる。長い年月のあいだに侵食されてしまったけどね。大気中の炭素レベルを根拠に、化石燃料はあまり使われてなかったと思われてるけど、その学説に反対する人も多いし、化石燃料がなくても工業化は達成できる」

「エンジンや、もっと〝近代的な〟ものが見つからないのはどうして？」

「この星で考古学調査を行うのは、地球で行うのとは大違いなんだ。ルーラ人が人間型じゃなかったせいもあるけど、それに加えて、関わってくる時間のスケールが違うんだよ。百万年以上の隔たりというのは、地球で複雑な文化を研究する考古学者が相手にする歳月よりはるかに長いんだ。結果として、遺物に関する問題が生じてくる。〝近代的な〟遺物ときみが考えてるものは、実を言うと、時間の経過にいちばん耐えにくいんだ。鋼は錆びるし、コンクリートは流失する、プラスチックは紫外線で劣化して分解される。だけど石造りの建物は――それと陶磁器、これは石と似たようなものだ――気候さえ適切ならいつまでだって残っている。明日、すべての人類が地球を離れるとしたら、百万年後に異星の探検家が発見するわれわれの遺産は、大ピラミッドの一部くらいだろうな」

「つまり、この遺跡はいちばん古い時代のルーラ人が築いたってこと？　もっと進歩した子孫じゃなくて」

フレディはかぶりをふった。「そいつはわからない。こうした螺旋の塔に用いられている工学技術はきわめて進んだものだ。石材も人工的に加工されてるみたいだ――ガラス化を施して強化し、湿気を防ぎ、侵食を遅らせている。発達の初期段階のルーラ人がそういう技術を持っていたとは考えにくい。われわれ人類が石材で建築するのをほとんどやめてしまったからといって、ルーラのような異星の文化が同じ道をたどったということにはならない」

ジェインは工業化された社会の人々が、砂漠に巨大な石のモニュメントを築くところを思い描いた。風の中で歌う以外、何の役にも立たないように思える、居住不能な巨大建造物を。そんなものの意図を測るのは難しかった。（だからこそ彼らはエイリアンなんだわ）

「それで、この螺旋の塔が築かれた理由はわかったの？　ルーラ人は何を信じていたの」

フレディは寂しげにほほえんだ。「まったくわからない。ルーラの文明を知る手掛かりはほとんど残されていない。氷河期、地震、広範な侵食作用のせいで、彼らが築いたものはおおむね塵《ちり》と化してしまった。この遺跡のように、地質学的に安定した場所にあった、二、三の幸運な石造建築物が残っているだけだ。

彼らの考えや信仰についていえば、ぼくたちには〈ルーラのサーガ〉の断片しか手掛かりがない。彼らが生きていたころは、何ヨタバイトもの文学、美術、音楽を生み出していたはずだけど、現在ぼくたちの元にある彼らの声は、いくつかの公案《コウアン》と、終わりない風の歌だけなんだ」

二人は〈大塔〉の頂上にたどり着いており、周囲の風景を長いこと見つめ続けた。足元に散らばるのは、時間を超越した静かな遺跡。少し離れた場所には、無神経で、猥雑で、熱狂的で、騒々しいゼフの現在。そしてゼフのはるか彼方、地平線にキジ山がそびえ、白い雪の帽子をかぶり、森の緑のショールをまとっている。

フレディは物思いにふけっていた。「ルーラ人がここに立って、世界を見渡すときに感じていたことが、少しだけわかるような気がする」そして〈ルーラのサーガ〉を引用した。

畑を耕そうとも、石で形を作ろうとも、上位の者に仕えようとも、慰みに商いをしようとも、はるかな市場へ果実を運ぼうとも、他の者に物語を聞かせようとも、〈生の重荷〉は常に汝とともにある――いかなるときも。

「感傷的になってるわね」

フレディはうなずいた。「この遺跡もあとどのくらいもつかわからない。ルーラの気候は次第に湿っぽく温暖になってきている。百年前、最初の入植者が地球から種子や動物を持ち込み、それらは未開拓の土地にうまく適応した。最後の遺跡が発見されたルーラの砂漠は、侵攻する地球の植物の前に年々縮小し、後退しているんだ。このあたりで雨や雪が降ったことはなかった。だけど去年、ゼフに初めての雪嵐が起こった。最終的にここはジャングルになるだろう。塔は百万年のあいだ建っていたけれど、地球の生命の強襲を受けて、あと千年も残らないかもしれない」


付き合い始めたころ、フレディはジェインにこんな話をした。

「七歳のとき、考古学者ごっこをした。母さんの染付の花瓶を割ってばらばらにして、破片を庭に埋めたんだ。次の日に庭へ行って掘り出して、元通りに組み立てようとした。ところが破片がうまく合わなくてね。結局のりで貼ってモザイク画を——海の上を飛ぶ鳥の絵をこしらえた」

ジェインは面白がった。「そのころよりは、考古学者としての腕が上がってるといいわね」

「過去を再構築するのは難しいんだ。たまに手掛かりを完全に理解するなんて無理だと感じるけど、そんなとき、考古学というのは物語ができるように破片を組み合わせる学問なんだと思うよ。モザイク画は花瓶よりずっと面白い物語を語ってたんじゃないかな。母さんはそうは思わなかったけど」

ルーラの北半球に冬が訪れ、ゼフの気温は急激に下がった。フィールドワークには寒すぎる季節が訪れようとしていた。調査隊は厳寒期のあいだ町で待機して、春が来たら野営地に戻るつもりでゼフに帰還した。

クローヴィス博士は調査隊のメンバーとその家族や友人のために、カクテルパーティを開くことにした。ジェインは伝説の学者にとうとう会えるのを楽しみにしていた。

偉大な博士は、八十歳のやせた老人だとわかった。手足は針金のようで背中も曲がっているが、元気いっぱいで、きびきびしていた。驚くほど張りのある声の持ち主で、控えめな態度と、古風なウィットで招待客の心をつかんだ。

フレディはジェインをクローヴィス博士に引き合わせ、二人は握手を交わした。博士の握手は力強く、しっかりしていた。

「心配いらない」クローヴィス博士は言った。「フレディを魅力的な女子大学院生と同じ発掘チームに入れたりはしていないよ。彼は研究に専念している」

フレディは赤面し、ジェインは笑い声をあげた。

「クローヴィス先生、ずっと気になっていたことがあるんですけど、お訊きしてもいいですか？」とジェイン。「何年も前、〈ルーラのサーガ〉の翻訳にどうやって手をつけられたんですか。ルーラはまったく未知の世界で、ロゼッタ石なんかなかったはずですけど」

クローヴィス博士は感心したようにうなずいた。「きみの直感は考古学者向きだね。フレディ、きみじゃなくて彼女が発掘をするべきじゃないかな」

「ジェインは間違いなくぼくより頭がいいんですよ。ぼくは確定申告さえまともにできません」

クローヴィス博士は腰を下ろして、ジェインとフレディにも座るように手振りで勧めた。

「第一次調査のとき、ルーラの文字はほとんど見つからなかった。彼らが書き物に使っていたのは、大半が有機素材だったのだろう――紙、パピルス、羊皮紙、竹簡《ちくかん》のたぐいだ――それらは一つも残っていなかった。われわれが見出したのは石に刻まれた碑文ばかりだった。ルーラじゅうの遺跡から集めたサンプルは、すべて同じ文字で書かれているらしく、それもまた、彼らが非常に進歩していたことを知る手掛かりとなった——惑星全体が一つの言語の下に統一されていたということは、そこに住む種族が世界規模の戦争を行い、容易に大陸間を移動する技術を持っていたということだからね。

しかし、どうやったらそれを翻訳できるだろう？　ルーラの言語の構造も、音声も、統語法も、語義もまったくわからないのだ。彼らのメンタルモデルが、理解可能なくらいわれわれに近いかどうかもわからなかった。彼らがわれわれのように世界を知覚していなかったとしたら？

そのころ偶然発見された部屋のおかげで、事態は好転した。２０１遺跡——ここから三十キロ東だよ——の調査を終えたあと、われわれは断層撮影装置を使って、もう一度そこを調べてみた。何か見落としていないかと思ってね。遺跡全体を岩盤に突き当たるまで掘ったと思っていたが、断層画像によれば、片隅に見落としていた小部屋があるようだった。崩れた石や流砂に塞がれて、百万年以上もそのままになっていたのだ。

ようやく入口をあけてわたしが下りていくと——当時はフレディぐらいの年でね、身軽だったんだ——入ったところは真っ暗で、下りてきた入口から体の周りに円錐形の光が差しているだけだった。懐中電灯であたりを照らすと、そこは映画館くらいの大きさの一室で、壁はなめらかで窓は一つもなかった。四方の壁に絵があって、その下に碑文が添えてあった。

その絵の複製を本で見たことがあるだろうね――どんなに重大なものかは知らなかったとしても。絵は浅浮き彫りのように石に彫られていて、ルーラ人の視覚系がある程度地球人に近く、少なくとも物質世界を二次元投影によって再現していたことの裏付けとなった。どれも単純な絵だった。それぞれが別々の対象や、対象の群れを描いており、その下に刻まれた言葉はきわめて短かった。

この発見をどう解釈したものか、われわれにはわからなかった。これはコマ割り漫画の一種だろうか。物語を描いた壁画だろうか。キリスト教の大聖堂で見かけるステンドグラスの肖像画のようなものだろうか。ここは博物館なのだろうか。テキストは絵を説明し、コメントをつけているのだろうか。あるいは題名のようなもので、絵とは弱いつながりしかないのだろうか」

ジェインはクローヴィス博士の話に夢中になっていたが、口を挟まずにはいられなかった。「窓がなくて、つまり明かりもなかったわけですから、埋もれてしまう前から、ほとんどの時間は真っ暗だったわけですよね。だとするとそこは、神殿のようなもの、神聖な謎を秘めた場所ではないかと思うんですけど」

クローヴィス博士の目が輝いた。「ふむ、その推論には、地球を基準にした思い込みが入りすぎているが、事実を踏まえた仮説としては悪くないね。きみは本当に職業替えをするつもりはないかね？」

　フレディがジェインの手をぎゅっと握った。彼女が自分の研究にこれほど興味を示してくれたのがうれしいのだ。

「ジェイン」クローヴィス博士が続けた。「きみが知らないのは、ルーラ人がおそらくわれわれとは異なる電磁波の帯域を見ていたということだ。彼らはかなり波長の長い赤外線まで見ることができた――つまり、われわれが熱と考えるものを。ルーラの遺跡では窓のない部屋はごくありふれている。おそらく室温を保ち、室内を悪天候から遮断するための設計なのだろう。ルーラ人は普通、明かりを供給するために、パイプで部屋に運んだ人工熱源を用いていた――要するに、ラジエーターをランプ兼ヒーターとして用いていたようなものだ。

　その部屋の壁の中にはパイプが通っていて、絵が彫られたパネルの後ろに温水を運ぶようになっていた。つまりルーラ人にとって、すべてのパネルは背後から照らされ、きわめて明るく、見やすかったというわけだ。

　われわれはまた、室内にほかの遺物が散らばっているのも発見した。陶磁器やガラスの器――おそらく食事や水をとるためのものだろう。木や革に近い有機素材でできた家具。その部屋の空気は乾燥し、静止していたから、遺物もそこまで長く保存されていたが、われわれが外から入口をあけた途端、崩れ落ちて塵になってしまった。幸い、入口をあける前に行った断層撮影のおかげで、遺物の形状と構造をとらえることができた。

それらの遺物は、その部屋と絵について重大な手掛かりを与えてくれた。家具や器は小ぶりだった。われわれが知っているルーラ人の体格を考えると、彼らが具合よく使っていたにしては小さすぎた。われわれが見つけた部屋は何だと思うかね」

ジェインは息を吞んだ。大災害の日を、死をもたらす宇宙線に襲われ、ルーラ人の周りで世界がふいに滅んだ日の様子を思い描いた。丈が高く、きゃしゃなルーラ人は、人生でいちばん大切なものを案じながら、のたうち回ったのだろう。〈ルーラのサーガ〉の一節が自然と浮かんできた。**貧しき者の〈重荷〉は、子供が生まれるごとに軽くなる。**

「学校だったんですね」ジェインは静かに言った。「子供たちが教育を受けていた場所を見つけたんですね」

クローヴィス博士はうなずいた。「壁の絵は入門教材だった。彼らのABCだった。それはルーラの子供たちに読み方を教え、果てしない歳月ののちに、われわれにも教えてくれたのだ」


パーティのあと、ジェインとフレディは彼女の小さなアパートに戻った。フレディは今後二カ月間、この部屋で暮らすことになっていた。長期間ともに暮らすのは初めてだったので、二人ともこれからの生活を思ってそわそわしていた。

二人はいっしょに座ってワインを飲み、大きな雪片が窓ガラスにぶつかり、張りつき、室温で溶けるのを見つめた。

「それで、この二、三カ月のあいだに、どんな大発見をしたの？」

フレディはジェインを抱き寄せた。「実を言うと、ほんとに大発見をしたんだ。だけど秘密にしておくことになってる。だからだれにも言っちゃだめだよ」

ジェインは口のジッパーを閉める真似をした。

「新しい〈ルーラのサーガ〉のプレートを一組見つけたんだ」

「どこで」

「最初の一組が発見された場所の近くさ。そこの発掘はすっかり終わったということになっていた。だけど有名で重要な場所だから、ぼくは訪ねていってみたんだ。ちょっとした遊び心で土壌サンプルをテストして、土壌中のプラチナの濃度がきわめて高いことに気がついた」

フレディはワインを口に含み、ジェインのうずうずした表情を見てほほえんだ。

「おかしいな、と思った。プラチナの反応ってのは出にくいからね。そこで発掘現場の断層撮影をもう一度行ってみた。ぼくらが今使ってるマシンは、以前よりはるかに解像度が高くて、第一次調査のときの旧式なマシンでは拾えなかったディテールも拾うことができる。こうしてぼくは、クローヴィス博士が掘るのをやめた地点の下に、薄いからっぽの空間——プレートの形の穴があるのを発見した」

「どうしてそんなものが」

「ルーラ人はプラチナの印刷用原版を作る際に、化学エッチング処理を行ってたんじゃないかな。たぶん王水を使って——プラチナは基本、王水にしか溶けないからね。だからおそらく、近くに王水が蓄えてあったんだ。大災害が起きてプレートが埋まったあと、長い時間をかけて王水が漏れ出し、低いところのプレートを溶かしたけれど、上に載っていたプレートは溶けずにすんだ。それをクローヴィス博士が見つけたってわけだ。

それでも、底のほうのプレートは完全に失われたわけじゃなかった。プラチナは王水に溶けて染み出してしまったけれど、プレートは刻印を、プレートの形をした穴をあとに残していた。ぼくらはなんとか方法を編み出して、その穴にプラスチック溶液を注入し、重合させた。それを掘り出したら、失われたプラチナのプレートのプラスチック製レプリカが手に入ったというわけさ。ぼくらの目的のためには、オリジナルとまったく同じくらい役に立つ」

「すばらしいわね」

「ありがとう。きみの彼氏はやるときはやるんだよ」

「それで、そのプレートはどんな新しい知識を明かしてくれたの」

「まあ、以前とそう変わらないよ。数字の表と羅列、スピリチュアルな感じの格言、風変わりな小話、そんなようなもの」

「数字の表と羅列？」

「ああ、古いプレートにも書かれていた。地球の叙事詩や長めの口承文学でも、数字といっしょに物事を列挙するのはよくあることだろ？　〈ルーラのサーガ〉が同じでも不思議はないよ。だけど一般向けの翻訳では省略してしまった。退屈すぎるから」

「新しい節をちょっと見せてもらえる？」

フレディは一束の紙をひっぱり出してジェインに渡した。「翻訳はぼくがやった。クローヴィス博士にはまだ見てもらっていない」

ジェインは紙をぱらぱらとめくった。

務めを為す上で多くを手放す者は〈重荷〉が軽くなる。大きな（未知の名詞――機械の一種、武器だろうか？）が成功を早める。最初の冬、（Ａ）は（Ｂ）から十の冬に足る（未知の武器？）を購い、一万を失った。その最初の冬、（Ａ）は二千と（付加物？）を獲得した。二度目の冬、（Ａ）は千六百と（付加物？）を獲得した。三度目の冬、（Ａ）は八十と千二百を獲得した。終わりまでそのように進んでいく。〈権威者〉はそう述べる。

「なるほど、たしかに退屈な数字だわ。このままじゃ一般向きの読み物としては出版できないわね。括弧《かっこ》に入ってる部分は何なの」

「〈サーガ〉に出てくる人物と、訳し方がわからない単語はさしあたり括弧に入れてあるんだ。翻訳が完了したら、Aは英雄のアルソンになるし、Bは友人のバイラスになる。こういう名前を考えたのはクローヴィス博士だ。テキストを読みやすくするために ね。ぼくらはルーラ語の音声について何も知らないから、クローヴィス博士が名前をこしらえて、ぼくらは慣習としてそれに従っている。出版するときには、博士が『未知の武器』についても妥当な推測をしてくれるだろう——剣か何かに換えるんじゃないかな。それと博士はテキスト全体の推敲《すいこう》もしてくれる」

ジェインは啞然としていた。「〈ルーラのサーガ〉って、そんなに付け足しや潤色があったのね」

フレディは肩をすくめた。「仕方ないんだ。百パーセント正確な翻訳なんてありえない。〈サーガ〉については、背景もほとんどわかってないしね。クローヴィス博士が聞かせてくれた入門教材の話があるだろ？　あれは大いに参考になったけど、やっぱり曖昧な部分はたくさん残ってる。一頭の動物の絵があって、その下に単語が書いてあったとする。その単語が種の名称か、その個体の名前か、どうやったら判断できる？　ほかにも、〝白い毛皮〟〝走る〟〝数字の1〟〝動物であるという状態〟〝じっと立っているという一時的な状態〟などなど、いくつもの可能性があるんだ。だからぼくらで見当をつけて、あとから筋が通ってるか確かめなくちゃいけない」

それでもジェインは、翻訳に関する何かが気になっていた。数字が頭にこびりついて、離れていってくれないのだ。彼女はもう一度数字を見た。

「フレディ、この数字、何だかわかったわ！　減価償却のことを言ってるのよ。倍額定率償却法よ」

「え？」

「加速償却法の一種。待って、ちょっと見せてね」

ジェインは棚からフレディの〈ルーラのサーガ〉を出してくると、ぱらぱらとめくり始めた。

貧しき者の〈重荷〉は、子供が生まれるごとに軽くなる……

「これは所得制限つきの児童控除のことを言っているの」

……〈重荷〉は常に汝とともにある――いかなるときも。

「これはどんな方法で得た所得にも税金がかかるという、課税の原則を述べてるみたい。あらゆる税法にはこの手の原則があるの」

……傍らにバイラスが立たねばならぬ。さもなくば汝は立つことができぬ。

「パートナーシップ税の賦課額に異議を申し立てる際は、パートナー同士の意見が一致していなければならないということ」

アルソンは戦いの支度を……

「これは賦課額に異議を申し立てたい納税者のために、裁判と上訴の手続きをまとめているんだと思う」

ジェインは驚きに目を丸くしてフレディのほうを向いた。

「〈ルーラのサーガ〉は神話的な叙事詩じゃなかった。ルーラの税法を記したものよ」

フレディはクローヴィス博士と会い、意気消沈して帰ってきた。

「きみの説はとても面白いけれど、職業的な先入観が入りすぎてるんじゃないか、だそうだ。きみが大工だったら、どんなものも材木で作れると思うだろうし、弁護士だったら、だれもが互いを訴えたがってると思ってしまうだろう。人間ってそういうものなんだ。きみは訓練を受けた考古学者じゃ――」

「でもあなたは、わたしが正しいとわかってるでしょ」

フレディは何も言わなかった。

「どういうことか察しがつくわ。クローヴィスは自分が間違ってると認めて、名声を失いたくないの。税法を叙事詩と呼ぶナンセンスの上に築かれた名声をね」

「それは言いすぎだ！　ほかにも――」フレディは声を落とした。「――事情があるんだよ。大衆はルーラの考古学に大いに興味を示してる。ぼくらの研究資金は、大衆の興味の度合いに左右される。〈ルーラのサーガ〉が税法として読まれたら、一晩で多くの人たちが興味を失ってしまう。もちろん、教会の連中がどう思うか――」

「あなた、あの連中はみんなペテン師だ、いかさま師だって――」

「だけど、きみが正しいかどうかわからないだろ」フレディは大声をあげていた。「あれはただの仮説だ。ルーラ人については、まともじゃない仮説がたくさんある。クローヴィス博士の解釈は、きみの解釈と同じくらい筋が通ってるし、あっちのほうが話としては優れてる、はるかに優れてる」

「税法だって優れた物語だわ！」

フレディはただジェインをにらんでいた。ジェインには勝ち目がないとわかった。

ミスター・モリスはジェインに、XDORの建物の補修を担当してくれと依頼した。築五十年のビルはぼろぼろで、ファサードにはひびが入っていた。ゼフ議会はとうとう補修のためにいくらかの予算を割り当てることに同意した。

公金について、公正な税務管理の有益性について、人心に訴える引用文の代わりに、ジェインはXDORビルのロビーに〈ルーラのサーガ〉からの引用を掲げることにした。ミスター・モリスには、そうすればゼフ支局がゼフ市民の心に寄り添い、彼らと同様〈ルーラのサーガ〉に愛着を持っているように見えるはずだと説明した。

「納税者がここを訪れたら、こういう崇高な引用文を見て、まともな精神状態になってくれると思うんです」

ミスター・モリスはうなずいた。

ジェインはすでにフレディに計画を話していた。「いつかXDORビルの遺跡が発掘されたら、未来の考古学者は〈ルーラのサーガ〉を解釈するための正しい背景をようやく見出すというわけ」

フレディは溜息をついて何も言わなかったが、仲直りのしるしとして、ジェインがいくつかの引用を選ぶのを手伝ってくれた。

ロビーの壁に作業員が引用を書いていくのをながめながら、ジェインは百万年前、あらゆる人々の日常生活に関わる書物の各項目を立案した、ルーラ政府の税務局員に思いを馳せた。彼らはいつの日か、自分たちの法規が異星の種族に読まれ、自分たちの真意が異星人の精神によって測られるなどと予想しただろうか。町に並ぶ寺院を、彼らが入念に作り上げた法律に啓蒙されるべくルーラへやってくる巡礼者を見たら、いったいどう思うだろうか。

「わたしはあなたたちを理解してる」ジェインはだれにともなくつぶやいた。

ループのなかで

In the Loop

幹 遙子訳

カイラが九歳のとき、彼女の父親は怪物になった。

一夜にしてそうなったわけではない。父親は毎朝、いつものように仕事に出かけ、夕方ドアからはいってくる。そのときにカイラはキャッチボールをして、と頼む。それは一日のなかでカイラが大好きな時間だった。だが〝うん〟という返事はだんだん少なくなり、やがてまったくなくなった。

父親はテーブルの椅子にすわり、じっと前を凝視する。カイラはあれこれとたずねるが、父親は答えない。以前はいつもどんな質問にもおもしろおかしく答えてくれ、カイラは父親のジョークを友だちの前でくりかえしたものだ。父さんは世界一頭がいいとカイラは思っていた。

金槌のちゃんとした使い方や、寸法の測り方や、のこぎりやのみの使い方を父親に教わるのが、カイラは大好きだった。大きくなったら大工さんになりたいと父親に言うと、父親はうなずいて、そりゃいい考えだと言ったものだった。だが父親は作業場のある小屋にカイラを連れていっていっしょにいろんなものをつくるのをやめてしまった。説明はいっさいなかった。

やがて、父親は夕方に出かけるようになった。最初のうちは、帰りは何時になるのかと母さんが訊いていた。父親は見知らぬ他人を見るような目で彼女を見つめ、外に出ていった。父親が帰ってくるころには、カイラと弟たちはもうベッドにはいっていたが、どなりあう声と、ときおりものが壊れる音が聞こえてきた。

母さんは父親を怖がるような目で見るようになった。カイラは弟たちを寝かしつけるのを手伝い、言われなくても自分のベッドを整え、文句を言わずに食事を終えるようになり、何もかもを完璧にこなそうとした。そうすれば事態が好転し、以前のような状態にもどるかもしれないと思ったのだ。だが父親はカイラにも弟たちにも注意を向けている様子はなかった。

やがてある日、父親は母さんを壁にたたきつけた。カイラは同じキッチンに立っていたが、家全体が揺れるのが感じられた。カイラはどうしていいかわからなかった。父親はくるりと振り向いてカイラを見た。その顔がしわくちゃにゆがんだ。まるでカイラを、カイラの母親を憎んでいるように、そして何よりも自分自身を憎んでいるように。それから父親は家から出ていった。何も言わずに。

その晩、母さんはスーツケースに荷物を詰め、カイラと弟たちを連れておばあちゃんの家に行き、そのまま一カ月そこにいた。カイラは父親に電話しようかと考えたが、なんと言えばいいのかわからなかった。電話線の向こう側にいる男にこう訊くところを想像してみた――あんた、パパに何をしたの？

警官がカイラの母親を探しにやってきた。カイラは廊下に隠れて、警官が母親に言っていることを立ち聞きした。われわれは殺人事件だとは考えていません。そうしてカイラは父親が死んだことを知ったのだった。

カイラたちは家にもどった。やることはたくさんあった。父さんの制服をたたんでしまい、普段着は寄贈用にまとめ、家を掃除して売れるようにして、ここから永遠に離れる用意をした。カイラは父さんのぴかぴかのメダルやバッジをそっとなで、きちんと箱のなかに並べた。カイラが泣いたのはそれが最後だった。

父さんのたんすの引き出しの底に、一枚の紙があった。

「それは何？」カイラは母さんに訊いた。

母さんはそれに目を通した。「お父さんの上官からよ、陸軍の」母さんの手が震えた。

「お父さんが何人殺したか書いてある」

母さんはカイラにその数字を見せた。千二百五十一人。

その数字はカイラの心にしみこんだ。まるでそれが父親の人生に意味を与えるものであるかのように。まるでそれが父親を——そしてカイラたち一家を定義づけるものであるかのように。

晩秋の寒さに対抗してコートの前をしっかりと握り、カイラは速足で歩いていた。今は大学の最終学年で、キャンパス内では就職活動がたけなわだった。カイラの大学は古く、この国の建国以前からの裕福で有力ないくつもの一族の名前をそれぞれ冠した赤煉瓦づくりの校舎が立ち並んでいる。ここの学生は就職にはひっぱりだこだった。

カイラはキャンパスを大いに騒がせているニューヨークの小規模クオンツトレーディング会社が主催するパーティーから、アパートに帰るところだった。たくさんの経営コンサルタント会社や金融サービス会社、シリコンヴァレーの企業が大学周辺のホテルの部屋を借り、有望な就活生たちのために毎晩パーティーを催していた。情報工学を専攻しているカイラのような学生は、人気があった。この夜は志望リストの優先順位を完成させ、宝くじなみに人気の高い企業の狭い面接枠を狙い撃ちするための戦略を慎重に練らなければならなかった。

「すみません」若い男がカイラの前に足を踏み出した。「嘆願書に署名をいただけませんか？」

カイラは前に差し出されたクリップボードを見た。『戦争を止めろ』

厳密にいうと、アメリカは戦争をしてはいない。連邦議会は戦争を宣言してはいない、ただ大統領がその地位に備わっている権限を行使しているだけだ。だが、戦争が止まったことはおそらくないだろう。アメリカが去った。アメリカがもどってきた。アメリカはいつかそのうち、ふたたび去ることを約束した。十年が過ぎた。はるか遠くで人々は死につづけていた。

「ごめんなさい」カイラはその少年の目を見ずに言った。「できないわ」

「あなたは戦争賛成派なの？」少年の声は疲れていた。信じられないという思いが大げさなほどにあらわれている。彼はこの晩、たったひとりでここで署名活動をしていた――誰も関心をもたないから。アメリカ人はほんの少ししか死んでいないという場合、〝紛争〟は現実のようには思えないのだ。

わたしは戦争を正しいと思ってはいないし、そんなものに関わりをもちたくない、でもあなたが持っている嘆願書に署名をすることはわたしには父親の記憶への裏切りに等しいように思える、父親がしたことがまちがっていたという宣言のように思えるのだ――などと、どうすればこの少年に説明できるだろう？　あの紙――引っ越したあと、母親が屋根裏に置いた箱の底に隠していたあの紙――に書かれていた数字で父親を定義づけるようなことはしたくなかった。

そしてカイラが言ったのは、「わたしは政治には興味がないの」

アパートにもどって、カイラはコートを脱ぎ、テレビをつけた。

……**アメリカ大使館の前で過去最大の抗議行動。抗議団体は合衆国にドローン攻撃をやめるよう要求しています、この攻撃で、今年その国では三百人以上の死者が出ているのです。その多くは罪のない一般人だと、抗議団体は主張しています。合衆国大使は……**

カイラはテレビを消した。気分はすっかり損なわれており、面接の優先順位をつける作業に集中できなかった。いらいらしながら、部屋の掃除をしてみる。ごしごしと流しをこすって、頭のなかの映像を追い払おうとした。

成長するにつれ、カイラはPTSDに苦しむほかのドローン操縦者たちのインタビューをかたっぱしから見たり、読んだりした。そういう男たちの顔に、父親の面影を探した。

わたしはエアコンのきいたオフィスにすわり、ドローンのカメラが見ている映像をモニターで見ながら、ジョイスティックでドローンを操縦しました。ある男が敵と疑われる場合は、自分で判断してトリガーを引き、それからズームインしてその男の身体各部がスクリーンじゅうに飛び散り、残りの部分が血を流すのを見守りました――男の身体がだんだん冷えていき、赤外線カメラから消えるまで。

カイラは蛇口をひねって両手をお湯の下に差し出した。毎晩家に帰ってくる父親の記憶を――黙りこくって、むっつりと不機嫌で、しだいに見知らぬ人間に変わっていく父親の記憶を――洗い流そうとするかのように。

　そのたびに考えるんです――おれが殺したのは正しい人間だったのだろうか？　あの男が背負っていたリュックサックに詰まっていたのは爆弾なのだろうか、それともただの肉のかたまりだろうか？　さっきの三人の男は待ち伏せを仕掛けようとしていたのだろうか、それともただ疲れて道ばたの岩の陰でひと休みしていただけだったのだろうか？　百人殺す、千人殺す、そしてときどき、まちがっていたことがあとでわかるんです、でもいつもというわけじゃない。

「あなたはヒーローだったのよ」カイラは言った。濡れた手で顔をぬぐう。顔にあたるお湯は熱かったが、カイラはただの水だというふりをする。

　いや、あなたたちはわかってない。向こうもガンガン撃ってきてこっちを殺そうとしている――そんな相手を撃つのとはちがうんです。何千マイルも離れたところにすわり、カメラを通して見ながら人々を――戦闘服を着てもいない、ただ友だちに会いに行っているだけのように見える人々を――殺すボタンを押すのに、自分が勇敢だなんて思えやしません。ビデオゲームとはちがうんです。でも反面、そのようでもある。とても英雄みたいな気分にはなれません。

「あなたに会えなくて寂しいわ。ちゃんと理解できていたらよかったのに」

　毎日、殺す仕事が終わると椅子から立ち上がってオフィスビルから歩いて出て、家に帰るんです。帰り道、頭上で鳥が鳴くのが聞こえ、十代の子どもたちが笑ったりふさぎこんだり、それぞれの安全な繭にこもって自分のことだけを考えたりしながら横を通るのを見る、それからドアを開けて家にはいるんです。妻はうっとうしい上司の話をしたがり、子どもたちは宿題を手伝ってもらおうと待ちかまえている、でもこちらは自分がやったことを何ひとつ話すことはできないんです。

きっと気が狂うか、でなきゃすでにそうなっているか、どっちかだと思いますね。

母親が屋根裏部屋の箱の底に隠したあの紙に書いてあった数字で父親を定義づけるようなことはしたくなかった。

「あの数字はまちがってるわ、父さん」カイラはつぶやいた。「もうひとりの死が抜けてるわ」

カイラはしょんぼりと廊下を歩いていた。この日の最後の面接を終えたところだった――シリコンヴァレーで創立したばかりの人気企業だった。すっかりあがってしまって集中できず、思考力を使う問題でへまをした。今日は長い一日だったうえ、昨夜はあまりよく眠れていなかった。

エレベーターに乗ろうとしたとき、エレベーターのすぐ横の部屋のドアに貼ってある面接スケジュール表に気がついた。ＡＷＳシステムズという名前の会社だ。表は全部埋まってはいなかった。下のほうの欄がいくつか空白のままだ。通常、それは人気のない会社だということを意味する。

カイラはその求人ポスターのそばに行き、じっくりと読んだ。そこは何かロボット工学に関係する仕事をしている会社だった。美しく整えられた現代的な構内にオフィスビルが何棟か建っている写真がいくつか出ていた。そして太字で、かなり魅力的な給与及び各種手当てが列記されている。飛び抜けているとまではいかないが、じゅうぶん魅力的に思えた。どうしてみんな興味を示していないんだろう？

そのとき、次の記述が目にはいった。『志望者は機密取扱許可認定審査《セキュリティ・クリアランス》に合格する必要あり』これで合衆国市民でない同級生の大半はふるい落とされるだろう。それに政府からの受注契約業務のにおいがぷんぷんする。おそらくは国防系だ。カイラは身震いした。家族ぐるみで、戦争はもうたくさんだった。

立ち去ろうとしたとき、ポスターの最後の太字部分に目が止まった。『われらが英雄たちへのPTSDの影響を除去します』

カイラは空白欄のひとつに名前を書き、ドアの前のベンチに腰を下ろして待った。

「きみの成績はすばらしいね」男は言った。「今日一日見てきたなかで最高だよ、実を言うとね。きみとはもうちょっと話をしておきたい。何か訊きたいことはあるかな？」

これこそカイラがずっと待っていた瞬間だった。「御社は人間が操作するドローンに置き換わるロボット利用システムをつくってらっしゃるんですよね？　戦争のために」

採用担当者はにんまりした。「きみはわれわれが〈ターミネーター〉に出てくるサイバーダイン・システムズ社だと思ってるのかい？」

カイラは笑わなかった。「わたしの父はドローン操縦者だったんです」

男はまじめな顔になった。「機密情報を漏らすわけにはいかないんだ。だからすべて仮定の話でしなくてはならない。仮の話だが、人間が操作する機械に代わって自律的なロボティック・システムを使えば、いろいろと利点が生まれる。いわゆるロボットだよ」

「たとえばどういう？　安全性の問題じゃありませんよね。ドローン操縦者はこっちにひっこんでて完璧に安全なんですから。機械どうしならもっとよく戦えるということなんですか？」

「いや、われわれの関心は冷酷な殺人ロボットをつくることじゃない。だが、機械がやるべき仕事を人間にさせるべきじゃないんだ」

カイラの心臓の鼓動が速くなった。「もっとくわしく話してください」

「人間よりも機械のほうが優秀な兵士になるという根拠はたくさんある。人間の操縦者は非常に限られた情報をもとに決断をしなければならない。ビデオ画像から見てとれるものだけをもとにね——ときどきは情報報告がついていることもあるが。揺れるカメラからの映像と、矛盾だらけのはっきりしない情報しかないまま撃つかどうか決定するのは、人間が得意とする思考パターンではないんだ。ミスをする余地があまりに大きい。操縦者のためらいが長すぎて無実の人間を危険にさらすかもしれないし、トリガーを引くのが早すぎて交戦規則に違反することもあるかもしれない。操縦者それぞれの決定の根拠になるのは直感だったり感情だったり、たがいの反目だったりするだろう。そういうのは一貫性がなく、非効率的だ。機械のほうがずっとうまくやるだろう」

（最悪なのは）とカイラは考えた。（人間は、決断しなくてはならないという経験のせいで壊れる可能性があることよ）

「そういう決断を人間から取りのぞいてやり、個々人を意思決定ループからはずしてやれば、結果として巻き添え被害は少なくなり、もっと人道的で文明的な形態の戦争ができるはずだ」

けれども、カイラが考えたのはこれだけだった――わたしの父がやったことをもう誰もやらなくてすむようになる。

セキュリティ・クリアランスの調査にはしばらく時間がかかった。政府の調査員が話を聞きにいくかもしれないとカイラが電話で伝えると、母親は驚いた。ほかの会社からもはるかにいい条件を提示されていたのにこの仕事を選んだ理由をどう説明すればいいのか、カイラにはよくわからなかった。そこでこう言っただけだった。「この会社は退役軍人と兵士に助力してるのよ」

母親は注意深く言った。「あなたのお父さんはきっとあなたを誇りに思うわ」

結果が出るまでのあいだ、カイラは民間部門に配属された。工場や病院用のロボットをつくる部門だ。カイラは懸命に働き、あらゆる規則に従った。本当にやりたいことができるようになる前に、へまをしたくなかったのだ。与えられた仕事をうまくこなし、上層部の人たちがちゃんと自分に気づいてくれますようにと願った。

そしてある朝、ロボット工学部門長のストーバー博士から、会議室で待っているから来てくれという電話があった。

心臓が喉まではねあがるような思いで、カイラは歩いていった。クビになるのだろうか？　父親があなったせいで、カイラは信頼できないと会社が決定したのだろうか？　カイラが情緒不安定になるかもしれないという理由で？　よき指導者のように見えるストーバー博士をカイラはずっと好きだったが、彼といっしょに働いたことはなかった。

「このチームにようこそ」笑顔でストーバー博士が言った。その部屋にはカイラの結果が届いた。五人のプログラマーがいた。「今朝、きみのセキュリティ・クリアランスの結果が届いた。きみにはぜひとも、このチームに来てもらいたかったんだ。これはおそらく、現在《いま》この会社でもっとも興味深いプロジェクトだと思うよ」

　ほかのプログラマーたちも笑みを浮かべ、拍手した。カイラはひとりひとりに笑顔を向け、さしだされた手を握っていった。みんな、この会社で腕利きと評判の人たちだった。

「きみはAW‐1ガーディアンズに参加してもらう。わが社の機密プロジェクトのひとつだ」

　プログラマーのひとり、アレックスという名前の若者が口をはさんだ。「こいつはわが社がすでに作ってるような戦場輸送車輛《ラバ》や遠隔監視機とはわけがちがう。ガーディアンは無人の自律飛行機で、小型トラックぐらいの大きさがあって、マシンガンとミサイルを備えているんだ」

　その武器システムにアレックスが心の底から興奮していることに、カイラは気づいた。

「その手のものはすでにこの社で作ってると思ってたわ」カイラは言った。

「厳密にはそうじゃない」ストーバー博士が言った。「わが社のほかの戦闘システムは遠隔地でのピンポイント爆撃のためのものか、前線の戦闘用の、基本的に動くものは何でも撃つという試作品だ。だがこれは人口が密集している都市部の――特に西洋人や友好的な地元民といった、守るべき人々が大勢いる地区の平和維持のために設計されているんだ。現在はまだ、人間の操縦に頼らなくてはならないんだがね」

　アレックスが感情をあらわさない声で言った。「巻き添え被害の心配をしなくてすむなら、はるかに簡単なんだけどね」

ストーバー博士はカイラが笑っていないことに気づき、アレックスにやめるように合図した。「皮肉はさておき、われわれが向こうの国を占領しているかぎり、われわれと一緒に働くことで何らかの利益が得られると考えている国民と、われわれが立ち去ればいいと願っている国民がいるだろう。そういった政治的力学が五千年のあいだに変わったとは思えない。われわれは、こちらと一緒に働きたがっている人々をそうでない人々から守らねばならない、そうしないと何もかもが瓦解してしまうからね。それに向こうで再建に携わっている西洋人たちに、壁で囲われた居留地にずっとこもっていろというわけにもいかない。彼らはまじりあわねばならないんだ」

「誰が敵か判断するのはいつも簡単というわけじゃないわ」カイラは言った。

「そこがこの問題の核心なんだ。たいていの場合、現地の住民というのは日和見《ひよりみ》的だからね。そうするのが安全だと思えばわれわれを助けるし、もっと都合のいい選択があると思えば過激派どもを助けるんだ」

「向こうの住民が、過激派分子を助けるほうを選ぶんなら、こっちはどうしてこれほど慎重にやらなければならないのか理由がわからないって、ぼくはずっと言ってるんだ。そう決めたのは向こうなのに」アレックスが言った。

「交戦規則の解釈のなかには、きみに同意するものもいくつかあるだろう。だがわれわれは世界に向けて宣言しているんだ、われわれが戦っているのは新しい種類の戦争、きれい《クリーン》な戦争、より高い水準を目指している戦争だとね。今日では人々がわれわれのふるまい方をどう見るかもまたきわめて重要なのだ」

「どういうふうにそれをしてるんですか？」アレックスがさらに会話を脱線させる前に、カイラはたずねた。

「われわれが創り出さなければならないソフトウェアのキー・ピースに、現在遠隔操縦者たちがやっていることを模倣させなければならない、それもいっそう上手にね。政府はわれわれに、この十年ほどのあいだのドローン作戦の撮影画像を何千時間分も提供してくれている。そのなかには悪いやつらをやっつけたのもあれば、まちがった人々を殺したのもある。われわれはそのビデオを見て、操縦者の意思決定プロセスを洗練させ、都市部という条件下で過激派分子を見抜いて標的にする正規の手順を創り出し、エラーを除去して、その手順が新しい状況にも適応しながらリピートできるようにする必要がある。それから、個々の操縦者たちでは集積して利用することのできないビッグデータのようなものを使って、それを改良することになる」

そういう規範ができれば、わたしの父親や同じようなほかの人たちの心――自分たちがやっていたことをもう誰もしなくてすむように、自分たちが耐えていたことを耐えなくてすむようにという願い――を実現できるだろう。

「お茶の子さいさい《ピース・オブ・ケイク》だね」アレックスが言った。そして部屋じゅうが笑った――カイラとストーバー博士を除いて。

カイラは仕事に没頭し、倫理的司令官と呼ばれるモジュールを開発した。ロボットが被疑者に発砲するときの、巻き添え被害の最小限化を担うものだ。カイラが作っているのは殺人機械の良心なのだ。

週末にも出社して遅くまで居残り、職場で眠ることもままあったが、それをたいした犠牲だとは思わなかった。自分がどんな仕事をしているか、数少ない友人たちに話すことはできなかったし、アレックスのような人々と職場の外で過ごす時間をもっとふやしたいとは思わなかった。

ドローン攻撃のビデオを何度も何度も見ながら、このなかに自分の父親がおこなったミッションがあるだろうかと考えた。その困惑、これからカメラごしに殺そうとしている男を見守っているときに経験する力と無力さの奇妙なコンビネーション、決断しなければならないというプレッシャーは理解できた。

もっとも困難なのは、こうして理解したことをコードに翻訳することだった。コンピュータは正確さを要求するものであり、あいまいな直感を明確に表現しなければならない。それはつまり、人間の精神のあいまいさにずっと隠されてきた醜悪さに直面せざるをえないということだった。

ロボットたちの攻撃の巻き添え被害を最小限化するためには、人が混み合っている都市部で危険にさらされるひとりひとりの生命に価値評価をつけなくてはならなかった。そのためにもっとも効果的な方法のひとつは——少なくともシミュレーション上では——明白なことながら、プロファイリングだ。アルゴリズムに必要なのは、それぞれの人種特性および言語と服装の手がかりを翻訳して生死を決定する力をもつ数字にすることだった。自分の仕事の重さに、カイラは麻痺したような気分をおぼえた。

「特に問題はないかな？」ストーバー博士が訊いた。

カイラはキーボードから顔を上げた。職場の照明が消えている。外は暗くなっていた。カイラはよく、このビルに最後まで残っていた。

「きみはずいぶんよく働いてるね」

「やることがたくさんありますから」

「きみのチェックイン履歴を見てみたんだ。どうやら、顔認証ソフトに民族的特性を認識させるためにはどの部分が必要かというところで詰まってるようだね」

職場の戸口に立ち、廊下の照明を背にして黒い影にしか見えないストーバー博士を、カイラは見つめた。「そのためのアプリケーション《A》・プログラミング《P》・インターフェース《I》がないんです」

「知ってるよ、だがきみは前進するために必要なものに抵抗している」

「それは……まちがっているような気がします」

ストーバー博士は室内にはいってきて、カイラの机と向かいあう椅子にすわった。「最近、興味深いことを学んだんだ。第二次世界大戦中、アメリカ陸軍は戦争のために犬を訓練した。そうした犬たちは歩哨や衛兵の役目を果たし、島侵攻では突撃部隊としても機能するだろうと思われていた」

カイラは博士を見つめ、先を待った。

「犬たちには敵と味方を判別する訓練をしなければならなかった。そこで軍は日系アメリカ人の志願者を使って犬たちに特徴を教え、特定のタイプの顔をした人々を攻撃するように訓練した。わたしはずっと、その志願者たちはどういう気がしていたのだろうと考えていたよ。さぞかし不快だっただろうが、それでも必要だったんだ」

「ドイツ系アメリカ人やイタリア系アメリカ人の志願者は使われなかったんですよね？」

「ああ、わたしはそこには気がつかなかったよ。この話をきみにしてるのは、きみの仕事の本質的な問題を無視するためではなく、きみが解こうとしている問題はまったく新しいものではないということを示すためなんだ。戦争の要点は、片方の側の生命の数がもう一方をしのぐことにある。全員の心を読むことができない以上、直感的に経験則を発動させて死ぬべき人々と救うべき人々とを区別する必要があるんだ」

カイラはこのことについて考えてみた。ストーバー博士の論理から自分を除外することはできなかった。結局、カイラは何年ものあいだ父親の死を悲しんできたが、父親が殺した大勢の人々のためには涙一滴たりともこぼしてはいない——そのなかに無実の人々がどれだけいようがいまいが関係なく。カイラにとってはそれらの人々全部を合わせたよりも父親の生命のほうが大事だった。そして父親の苦しみはそれ以上に大きな影響をもたらした。そのせいでカイラはここにいるのだから。

「われわれの機械は人間よりもいい仕事をすることが、で、き、る。外見や言語や顔の表情といった特性値はインプットする一側面でしかない。きみのアルゴリズムは何千台ものカメラによる全都市範囲の監視映像や、電話の通話や社交訪問、ひとりの人間では扱いきれない大量のデータを基にした個別化された嫌疑のメタデータを積算できる。プログラミングが完成すれば、ロボットは常に偏りのない判断を下すようになるだろう、常に立証可能な判断をね」

カイラはうなずいた。ロボットを使って戦うということは、誰も殺しの責任を感じる必要がなくなるということだ。

カイラのアルゴリズムは承認を得るために、正確に政府の指定どおりの仕様にしなければならなかった。提案書にいろいろな疑問点や変更点を記されてもどされることもたびたびあった。

どこかの将軍が（おそらく何人かの軍事弁護士のアドバイスに従って）カイラの擬似コードを一行一行調べているところを、カイラは想像した。

標的の特性値は評価され、数字を割りふられる。標的は大人の男だろうか？　男なら嫌疑得点は三十点増やされる。標的が子どもだったら？　嫌疑得点は二十五点減点される。標的の顔が少なくとも五十パーセントの確率で、過激派分子の容疑がかかっている人物の顔と一致したら？　その標的の嫌疑得点は五百点増やされる。

その次は、標的の周囲にいる、巻き添え被害を受ける可能性のある人々を評価しなければならない。アメリカ人と認定される人々、もしくはアメリカ人である可能性がかなり高い人々がもっとも高く評価される。それから、米軍や当地の精鋭軍に協力している地元の市民軍や民兵団。貧しくて困窮している人々がもっとも低い評価になる。アルゴリズムは報道機関による報道や政治から受けると予想される影響を明確に形にしてつくられた。

カイラはその手続きにどんどん慣れてきていた。仕様書が何度かやりとりされたあとは、この作業がそれほどむずかしいものとは思えなくなった。

カイラは小切手に書かれている数字を見つめた。大きな額だった。

「それはきみの努力にこの会社が下した正当な評価のちょっとしたあらわれだ」ストーバー博士が言った。「きみがどんなによく働いているか、わたしはちゃんと知ってるよ。今日、政府からこの試用期間についての正式なコメントを受け取った。先方は非常に満足している。巻き添え被害は、ガーディアンを使いはじめたときからすると八十パーセント以上減ったうえに、標的の認識ミスもゼロだ」

カイラはうなずいた。八十パーセントというのが死んだ人数に基づくものなのか、生命に割り当てた点数の総計に基づくものなのかはわからなかったが、それについてあまり深く考えたくはなかった。個々の決断はすでになされたものだからだ。

「終業後にチームで祝賀会をしなきゃな」

というわけで、数カ月ぶりにカイラはチームの面々といっしょに出かけた。いい食事をとり、いい酒を飲み、カラオケで歌った。カイラはよく笑い、アレックスが演習であげた手柄を自慢するのに楽しく耳を傾けた。

「わたしは処罰されてるんですか？」カイラは訊いた。

「いや、ちがうさ、もちろんだよ」ストーバー博士はカイラと目を合わせないようにしていた。「ただの管理休暇だ、その……調査が終わるまでね。給与はこれまでどおり月二回振り込まれるし、健康保険も継続するよ、もちろんね。スケープゴートにされたなどと思ってもらいたくはないんだ。ただ、きみが倫理的司令官に関する業務のほとんどをやっていたというだけだ。上院軍事委員会がわれわれの方法論を出せと本気で迫っていて、最初の召喚状が来週下されると言われたんだ。きみが呼び出されることはないだろうが、おそらくきみの名前は出さなければならないだろう」

カイラがそのビデオを見たのは一回だけだったが、その一回でじゅうぶんだった。市場にいた誰かが携帯電話で撮影したものだったので、画像は揺れてぼやけていた。ガーディアンからのじか撮り画像ならはるかに鮮明にちがいないが、カイラがそれを見ることはないだろう。それはカイラの認可レベルでは見ることのできない機密事項だからだ。

市場は混みあっていた。大勢の騒がしい人々が朝の涼しい空気を求めて出てきていた。ちょっと目を細めて見ると、カイラがときどき食料雑貨類を買いにいっている農産物直売市に似ていた。ひとりのアメリカ人の若者が——海外駐在の復興アドバイザーや技術者たちが現地で着ている特徴的な防護ベストをつけている——商人と何かでもめていた。おそらく、買おうとしていた果物の値段をめぐってもめていたのだろう。

のちに報道陣が彼にインタビューをして、彼の言葉がカイラの頭のなかでこだますることになる。「突然、市場をパトロールしているガーディアンたちがたてる音が変わるのが聞こえたんです。やつらはぼくの上で止まった。何かがおかしいって、ぼく、わかったんです」

ビデオでは、群集が彼のまわりから離れ、たがいに押したり突き飛ばしたりしながら逃げ出していた。ビデオを撮っていた人物も走り、画面は壊滅的にぼやけていた。

ビデオが安定したときには、観察地点ははるか遠くに離れていた。屋台の上空に小型トラックほどの大きさの黒いロボットが二機、浮かんでいた。そいつらは獲物を狙う猛禽のように見えた。金属製の怪物たちに。

携帯電話の画像でも、ロボットたちがラウドスピーカーを通して放送する現地語で録音された警告が聞こえた。その警告が何を告げているかは、カイラにはわからなかった。

幼い少年が――頭上に浮かんでいるロボットたちに気づいていないようだ――笑って叫びながらアメリカ人の若者に駆け寄った。相手を抱きしめようとするかのように、両腕を大きく広げて。

「ぼくはただかたまってました。ああ神よ、ぼくは死ぬんだと考えていました。この子が持っている爆弾にやられてぼくは死ぬんだと」

過激派たちは特定の弱点を利用することで、ロボットたちを支配するアルゴリズムに適応しようとしていた。子どもは巻き添え被害対象として比較的高い評価を与えられており、標的対象としては比較的低い評価になることに気づいて、彼らは自爆作戦に子どもを多く使うようになってきた。カイラはこうした新たな戦術に対抗するために、アルゴリズムと評価表を微調整しなければならなかった。

「きみがした変更はすべて軍に要求されたもので、軍に承認されたものだ」ストーバー博士は言った。「きみのプログラミングは、実際の兵士たちを支配している交戦および実戦演習の規則の最新版に従ったものだ。きみがしたことは何ひとつまちがってはいない。上院の調査はただの形式にすぎないんだ」

ビデオで、少年はアメリカ人のほうに走っていく。頭上にとどまっているガーディアンたちからの警告が変化し、いっそう大きくなった。少年は止まらなかった。

さらに何人かの少年や少女たちが――もっと幼い子も年長の子もいた――群衆が逃げてぽっかりと空いた場所にはいってきた。みんな最初の少年のあとを追って、叫びながら走っていた。

過激派が編み出した対ドローン戦術は、ときどき功を奏していた。最初の爆弾を持たせた者を単独で送り出し、ドローンの射撃を引きつける。ドローン操縦者がそちらに気をとられている隙をつき、ドローンが最初のひとりを撃っているあいだにバックアップ爆弾を持たせた者たちの群れが標的に向かって走っていくのだ。

だがロボットは気をそらされはしない。それにカイラはそういう戦術に正確に反応するようにプログラムしていた。

少年は孤立しているアメリカ人にほんの数歩のところまで迫っている。右側に浮かんでいるガーディアンが一発撃った。カイラは画面から聞こえる音にすくみあがった。

「すごく大きな音でした」インタビューで若者は言った。「ガーディアンが撃つ音は前にも聞いたことがあったけど、それは遠くから聞いただけだったんです。すぐそばで聞くのは全然ちがいました。その射撃音を、ぼくは耳じゃなく骨で聞いてました」

少年は即座に地面に倒れた。頭があったところは、今やただからっぽの空白だった。ガーディアンは人ごみで発砲するときは効率的でなければならない。まったくむだがなくきれい《クリーン》でなければ。

ビデオからはさらに何度か、大きな射撃音がして、カイラは思わず飛びあがった。携帯電話の持ち主はカメラをぐるりとまわした。地面にはさらにいくつか、ぼろきれのようなかたまりと血が増えていた。ほかの子どもたちだ。

群衆は遠巻きに見ていたが、数人の男たちが空き地にもどってきた。だんだん近寄り、声を荒らげていた。だが彼らは、気絶している若いアメリカ人のそばにはあえて近寄らなかった。まだ頭上に二機のガーディアンがとどまっていたからだ。さらに数分たってから、本物のアメリカ人兵士たちと現地の警察が現場にやってきて、みんなを帰宅させた。そこでビデオは終わっていた。

「死んだ子どもが土埃のなかに倒れているのを見たときも、ぼくは安堵しか、押し寄せてくる喜びしか感じていませんでした。その子はぼくを殺そうとしていた、そしてぼくは助かったんです。ぼくたちのロボットに救ってもらったんです」

その後、爆弾除去ロボットたちが死体を探ったが、爆発物は見つからなかった。

最初の少年の両親が進み出てきた。息子は頭がちょっとふつうではないのだと、両親は説明した。ふだんは家のなかに閉じこめているのだが、その日はどういうわけか外に出てしまったのだと。その子がなぜアメリカ人青年に駆け寄ったのかは、誰にもわからなかった。もしかしたら青年が自分たちとはちがって見えると思って、好奇心をそそられたのかもしれない。

近所の人々はみな、その少年は危険ではなかったと、官憲に向かって断言した。誰かにけがをさせたことも、一度もなかったと。そして彼の兄弟や友人たちが彼のあとを追いかけていたのだ、彼がめんどうなことを起こす前に止めようとして。

彼の両親はインタビューのあいだも泣くのをやめなかった。そのインタビュー画像の下でコメンテーターの何人かは、両親が泣いているのはおそらくカメラのためで、アメリカ政府からたくさんの賠償金をせしめようとしているのだろうと言っていた。ほかのコメンテーターたちは憤慨していた。彼らはわざとらしい議論を構築し、コメントのやり取りで舌戦を繰り広げ、点数を稼ごうとしていた。

カイラはそのプログラミングを変更した日のことを思い返した。その日は暑かったから、フラッペをすすっていた。子どもの生命の古い評価を削除し、新しい評価を挿入したことを思い出した。それはありふれた日常の作業のように思えていた——すでにやってきた、ほかの何百という微調整と同じような、新たな変更にすぎないと。if文をひとつ削除して別のものを加え、敵を打ち負かすために制御流れ《フロー》を変えたことを思い出した。入れ子化《ネスト》した論理へのすっきりした解法を思いついて、ぞくぞくしたことを思い出す。それは陸軍が要請したことであり、カイラはそれを忠実に実現すべく最善を尽くしたのだ。

「まちがいは起きるものなんだ」ストーバー博士が言った。「マスメディアの殺到もそのうちやんで、過度の関心もそのうちすべてやむだろう。報道の連鎖もそのうちおさまって、何か新しい事件がこの件に置き換わる。われわれはすべて消えるまで待たねばならないだけだ。そして、次はもっとうまく働くシステムをつくる方法を見つけ出す。それでもっとよくなる。これは戦争の未来なんだ」

カイラは考えた——すすり泣いている両親のことを、死んだ少年のことを、死んだ子どもたちのことを。ストーバー博士が言っていた八十パーセントという数字について考えた。父親のスコアカードに書かれていた数字のことを、それらの数字の背後にいる親や子どもや兄弟たちのことを考えた。家に帰ってくる父親のことを考えた。

カイラは立ち上がって出ていこうとした。

「忘れないでくれ」背後からストーバー博士が言った。「きみの責任じゃないんだ」

カイラは何も言わなかった。

カイラはラッシュアワーのバスから降りて、家に向かった。どの通りも車でいっぱいで、どの歩道も人でいっぱいだった。どのレストランもみるみる満席になり、ウェイトレスたちは客にへつらっている。男たち女たちがショウウインドウの前に立ち、ぼんやりと商品を見ている。

彼らのほとんどが戦争の報道にはうんざりしていると、カイラにはわかっていた。もはや誰も死体袋にはいって帰宅することはない。戦争はきれい《クリーン》なものだ。それが先進国に住む利点なのではないか？　そのおかげで戦争について考える必要がないのだ。それはほかの誰かが、ほかの何かがやることなのだ。

カイラは歩いていった——微笑みかけてくるウェイトレスの前を、彼女の名前を知らない食事客たちの前を通りすぎ、歩道を歩く人々の群れのなかにはいっていく。笑いながら、音楽を聴きながら、議論しながら、大声でしゃべりながら歩く人々は、自分たちのただなかを歩いている怪物に気づかない。何千マイルもの彼方で次は誰を殺そうか決断を下している機械たちがいることを知らない。

状態変化

State Change

市田 泉訳

毎晩ベッドに入る前に、リナは冷蔵庫をチェックした。

冷蔵庫はキッチンに二台、別々の回路につないだのがあり、うち一台のドアにはしゃれたアイスディスペンサーがついていた。居間にある一台はテレビが上に載っていて、寝室の一台はナイトテーブル兼用だった。廊下には大学の寮の居室で使うような真四角の小型冷蔵庫があり、バスルームの洗面台の下にも、毎晩リナが新しい氷を詰め直すクーラーボックスがあった。

リナは一台一台のドアをあけて中をのぞき込んだ。ほぼ毎回、ほとんどの冷蔵庫は空っぽに近かった。だがそれはどうでもよかった。冷蔵庫をいっぱいにすることに興味はなかった。チェックすること自体が生死にかかわる問題なのだ。魂の保存にかかわる問題なのだ。

リナが気にかけているのは冷凍室だった。どの冷凍室のドアも数秒間あけっぱなしにして、凝結した冷たい霧が広がるに任せ、指先に、胸に、顔に冷気を感じるのが好きだった。モーターが動き始めると、リナはドアを閉めた。

全部の冷蔵庫をチェックし終えるころには、アパートはすべてのモーターによる低音のコーラスに満たされていた。自信に満ちた低いうなりは、リナにとって安全を意味する音だった。

寝室へ行くと、リナはベッドに入り、掛布団を体の上にひっぱりあげた。壁には氷河や氷山の写真が飾ってあり、リナは旧友の写真のようにそれを見つめた。ベッドの脇の冷蔵庫にも額に入れた写真が載せてあった。こちらは大学時代のルームメイト、エイミーの写真だ。もう何年も連絡をとっていないが、それでも彼女の写真はずっとそこに置いてあった。

リナはベッドの横の冷蔵庫をあけて、彼女のアイスキューブを載せたガラス皿を見つめた。見るたびに小さくなっているような気がする。

リナは冷蔵庫のドアを閉めて、その上に載っている本を手にとった。

エドナ・セント・ヴィンセント・ミレイ——友人、敵、恋人の手紙に描かれた肖像

ニューヨーク、一九二一年一月二十三日

親愛なるヴィヴ

今日ようやく勇気を出して、ヴィンセントに会いにホテルに行ってきたの。もう愛してないって言われた。あたし泣いたわ。そしたら彼女、腹を立てて、自制ができないなら帰ったほうがいいわよ、なんて言うの。あたしはお茶を淹れてほしいって頼んだ。

最近彼女とよくいっしょにいるあの男のせいよ。わかってたの。それでも彼女の口からそれを聞くのはつらかった。ひどい女。

ヴィンセントは煙草を二本吸って、箱をあたしに差し出した。苦くて我慢できなかったから、一本吸っただけでやめたわ。そのあと彼女は、化粧を直しなさいと言って口紅を貸してくれた。まるで何もなかったみたいに。まるであたしたちがまだ、ヴァッサー大学の寮にいるみたいに。

あたしは「詩を一つ書いて」と頼んだ。そのくらいしてもらってもいいはずだから。

ヴィンセントは文句を言いたそうな顔だったけど、何も言わなかった。自分の蠟燭をとり出して、あたしが作ってあげた蠟燭ホルダーに置いて、両端に火をつけた。そうやって魂に火をつけたときの彼女は最高に美しかった。顔が輝いていたわ。今にも燃え上がりそうな中国の提灯みたいに、青白い肌が内側から照らされているの。彼女は壁を突き破りそうな勢いで部屋の中を歩き回った。あたしはベッドに脚を載せて、彼女の緋色のショールを体に巻きつけて、彼女の邪魔にならないようにしてた。

それからヴィンセントは机に向かって詩を書き上げた。書き上げるが早いか蠟燭を吹き消したわ。残ってる分をけちけち使ってるのよ。熱い蠟の匂いをかいで、あたしの目にまた涙があふれてきた。彼女は自分用に詩を清書して、最初に書いたのをあたしによこした。「愛してたわ、エレイン。いい子だから、あたしをもう放っておいて」

詩の出だしはこんなふうだった。

わたしの唇がキスしたのはどんな唇、どこで、どうして、
忘れてしまった。朝までわたしの頭の下にあったのは
どんな腕かも。だけど今夜降っている雨は
幽霊でいっぱい、ぱらぱらと叩き、溜息をつく――

ねえヴィヴ、あたし一瞬、彼女の蠟燭をつかんで、二つに折って、二つとも暖炉に放り込んで、彼女の魂を溶かしてしまいたくなった。彼女が足元で苦しそうにのたうち、あたしに命乞いするところが見たかった。
だけどあたしがやったのは、その詩を彼女の顔に投げつけることだけ。そしてあたしはホテルの部屋をあとにした。
一日じゅうニューヨークの通りをふらふらしてたわ。彼女の野蛮な美しさを心から閉め

出すことができないの。あたしの魂がもっと重くて、しっかりしてて、落ち着いてられるならよかったのに。あたしの魂がこの羽根でなきゃよかったのに。ポケットに入ってる、みっともないガチョウの綿羽《ダウン》でなきゃよかったのに。彼女の炎の周りに起こる風に乗って、舞い上がったり漂ったりして——まるで蛾みたいね。

エレインより

リナは本を置いた。

（魂に火がつけられるなら、男でも女でも思いのままに惹き寄せられるなら、結果など恐れずに輝けるなら、そんなふうに生きていけるなら、ミレイは何を差し出してもよかったんじゃない？）

ミレイは彼女の蠟燭の両端に火を灯すことを選び、光り輝く人生を送った。蠟燭が尽きたとき、彼女は病にかかり、薬物中毒になり、早すぎる死を迎えた。それでも人生の一日一日を、「今日は輝こうかしら」と自分で決めて生きることができた。

リナは冷凍室という暗く冷たい繭の中にある自分のアイスキューブを頭に浮かべた。

（落ち着いて。そんなことは考えないで。これがあなたの人生。まるで死のような、ささやかな人生）

リナは明かりを消した。

リナの魂がとうとう形をとったとき、後産《あとざん》を見守る役目の看護師は、もう少しで見落とすところだった。何の前触れもなく、ステンレスの皿の上にアイスキューブが一つ出現していたのだ。すでに周りには水たまりができ始め、角は丸くあいまいになりかけていた。カクテルパーティのグラスの中でカチカチと鳴っているようなアイスキューブだった。

非常用冷凍庫が急いで運び込まれ、アイスキューブはしまい込まれた。

「お気の毒です」医者はリナの母親に言った。母親は生まれたばかりの娘の穏やかな顔をのぞき込んでいた。どんなに注意を払ったとしても、一個のアイスキューブをいつまで溶かさずに置いておけるだろう。どこかの冷凍庫にしまって、忘れてしまえばいいというものではない。魂は肉体のごく近くに置いておかねばならない。さもないと肉体は死んでしまうのだ。

室内のだれ一人、何も言わなかった。赤ん坊の周りの空気はぎこちなく、静かで、ひっそりとしていた。言葉は喉で凍りついていた。

リナはダウンタウンの大きなビルで働いていた。そばには桟橋があり、リナが乗ったこともないヨットが何艘も繋留してある。各階にはオフィスが並び、四方に窓があって、港の見えるオフィスはほかのオフィスより大きくて調度も上等だった。

フロアの真ん中に仕切席が並んでいて、一つがリナのスペースだった。となりにはプリンターが二台置いてあった。プリンターのうなる音は、冷蔵庫のうなる音に少し似ている。プリントアウトをとりにいこうと、大勢の人間がリナの仕切席のそばを通りすぎた。ときには足を止めて、そこに座っている物静かな娘にあいさつしようと思う者もいた。娘は肌が白く、髪はアイスブロンド、肩にいつもセーターを巻いている。彼女の瞳が何色なのかだれも知らない。デスクから決して目を上げないからだ。

けれども娘の周りには冷気が漂っていた。破られることを嫌うはかない静けさが。毎日彼女の姿を見てはいたが、ほとんどの者はリナの名前を知らず、しばらくすると、改めて訊くのも気まずくなるのだった。リナの周りでは、オフィスの他愛ないおしゃべりが盛り上がっては引いていくが、同僚は彼女に話しかけようとしなかった。

リナのデスクの下には会社が彼女のために据えつけてくれた小さな冷凍庫があった。毎朝リナは自分の仕切席に駆け込み、保冷ランチバッグのジッパーをあけ、アイスキューブを詰めた魔法瓶から、彼女の特別なアイスキューブだけを入れたサンドイッチ袋を注意深くひっぱり出し、冷凍庫の中に移した。それから溜息をつき、椅子に腰掛け、心臓が落ち着くのを待った。

港から遠い側の小さめのオフィスに勤める人々の仕事は、港に面したオフィスの人々から来る質問への答えをコンピュータで見つけることだった。リナの仕事はそうした答えをいったん預かり、適切なフォントを使って、適切な紙の適切な位置に詰め込み、港側のオフィスの人々に送り返せる形にすることだ。たまに小さめのオフィスの人々が忙しいと、回答をカセットテープに吹き込むこともあった。そんなときは、それをタイプするのもリナの仕事だった。

リナは自分の仕切席でランチをとった。短い時間なら、魂から多少離れても具合が悪くなったりしないが、リナはできるだけ冷凍庫の近くにいたかった。たまに席を立って別のフロアのオフィスに封筒を届けるはめになると、いきなり停電が起きるところをつい頭に浮かべてしまった。そこで用事が済むと、息を切らして廊下を駆け抜け、冷凍庫のそばに戻って安心するのだった。

リナは自分の人生が人より損だとは思わないようにしていた。フリッジデール社の発明の前に生まれていたら、生き延びることすらできなかったのだ。感謝知らずな人間にはなりたくなかった。しかしそれが難しいこともあった。

仕事が引けると、ほかの娘たちとダンスに行ったり、デートの支度をしたりする代わりに、リナは毎晩家で過ごし、伝記を開いては他人の人生に没頭した。

T・S・エリオットとの朝の散歩――ある回顧録

一九五八年から六三年にかけて、エリオットは祈禱書の詩篇改訂委員会に所属していた。

このころすでに体が弱っており、自分のコーヒー缶に手をつけることは一切なかった。ただ一度の例外が、委員会が詩篇第二十三篇の改訂にかかったときである。四世紀前、カヴァデール主教はヘブライ語からの翻訳を比較的大胆に行った。委員会の一致した見解によれば、この詩の中心となる隠喩を正確に英語に訳すと「深い闇の谷」となるはずだった。

エリオットは会合で数カ月ぶりに自分のコーヒーを淹れた。深く豊かなその香りは、わたしにとって忘れがたかった。

エリオットは彼のコーヒーを一口飲み、それから「荒地」を朗読したときと同じ魅力的な声で、あらゆる英国人の血に沁み込んでいる従来の詩句を暗唱した。「たといわれ死の陰の谷を歩むとも災いをおそれじ」（『日本聖公会祈禱書』一九五九年版より）

投票の結果、満場一致で、たとえ行きすぎた訳であろうともカヴァデールの詩句をそのまま用いることに決定した。

エリオットが伝統を、英国国教会を心から愛していること、彼の魂が英国人になりきっていることを目にして、周りの人々は常に驚いていたのではないだろうか。

エリオットが彼の魂を味わったのは、それが最後だったはずだ。わたしはその後何度も、もう一度あの芳香を——苦く、香ばしく、落ち着いた香りを嗅ぎたいと願ったものだ。それは真の英国人の魂であったばかりか、詩の天才の魂でもあったのだ。

(コーヒースプーンで命を量りとるなんて、ときには恐ろしいことだったでしょうね。だからエリオットにはユーモア感覚がないのかもしれない)

しかしコーヒー缶に入った魂というのは、それなりに美しくもあった。それはエリオットの周りの空気を活気づかせ、彼の声を聞くすべての者の気を引き締め、目を覚まさせ、彼の難解で理解しづらい詩の神秘に対して心を開かせ、それを受け入れさせたのだ。エリオットの魂の香りがなければ、その香りが言葉の一つ一つに与える鋭さがなければ、深い意味のある飲み物が舌に残す刺激がなければ、エリオットは『四つの四重奏』を書くことができず、世界はその詩を理解できなかっただろう。

(人魚がわたしに歌いかけてくれたら嬉しいのに〔エリオット「J・アルフレッド・プルーフロックの恋歌」に「人魚はわたしに歌いかけてくれないだろう」という一節がある〕)。

その夜リナは、人魚ではなく氷河の夢を見た。何マイルも延びていて、溶けるのに百年かかる氷。見渡す限り生命の姿はなかったが、リナは眠りの中でほほえんだ。これが彼女の人生だった。

新しく入社した男が初めてオフィスに出てきた日、この人は長く勤めないだろうとリナにはわかった。

男のシャツは二、三年時代遅れで、その朝は靴を磨こうとも思わなかったようだ。背はあまり高くなく、顎はさほど尖っていなかった。彼の個室はリナの仕切席から通路を先へ進んだところで、広くはなく、一つきりの窓がとなりのビルに面していた。部屋の外にかかっているネームタグは〈ジミー・ケスノウ〉。彼もまた、どこから見ても、このビルを毎日のように通りすぎていく、無個性で、野心的で、不満を抱いた若者の一人のようだった。

ところがジミーは、リナが見たこともないほど気持ちのよい人間だった。どこにいてもその場に溶け込むことができた。大声を出さず、早口でもないが、どんな会話にも、人の輪にも、すんなりと受け入れられた。ジミーは二言、三言しか口にしないが、周りの人間は笑い声をあげ、そのあとは自分たちも少し賢くなったような気がする。ジミーがみんなに笑いかけると、相手はそれまでより幸せで、りっぱで、美しい人間になったような気がする。午前中ずっと、ジミーは個室から出たり入ったりして、大事な用があるけれど、立ち止まっておしゃべりする心の余裕はある、という印象を与えていた。彼が立ち去ったあとは、どこの個室のドアもあけっぱなしで、部屋の主は閉めたいと思わなかった。

通路を近づいてくるジミーの声が聞こえると、となりの席の娘が髪や服を直すことにリナは気がついた。

ジミーが来る前、オフィスの様子がどんなふうだったか、思い出すのも難しいくらいだった。

そういう若者は、路地に面した窓が一つしかない小さな部屋に長くとどまってはいないとリナにはわかっていた。彼らは港に面したオフィスか、ことによると上の階の職場に移っていく。ジミーの魂は、何の苦もなく輝き、人に好まれる銀のスプーンなのだろうとリナは想像した。

ジャンヌ・ダルクの裁判

「夜になると、兵士たちとジャンヌは地面の上で雑魚寝しました。ジャンヌが鎧を脱ぐと、胸のふくらみがあらわになりました。きれいな胸でした。だけどおれは一度も、彼女をどうこうしたいって気分にはなりませんでした。

彼女の前で兵士が悪態をついたり、肉の歓びを話題にしたりすると、ジャンヌは腹を立ててました。兵士たちをおっかけてくる女がいると、決まって剣でおっぱらいました。兵士の一人がそういう女を女房にすると約束すれば話は別ですが。

ジャンヌの清らかさは魂から来てました。ジャンヌはそれを、馬で戦いに出るときも、夜寝る支度をするときも、ずっと身につけてました。それはブナの枝でした。故郷の村ドンレミの近くの泉のほとりに、〈貴婦人の木〉と呼ばれる古いブナの木があって、ジャンヌの魂はその木から来たんです。というのも、その枝は〈貴婦人の木〉のそばの泉から漂うのと同じ香りがするって、子供のころのジャンヌを知ってる人たちは言ってましたから。罪深い考えを抱いてジャンヌの前に出るやつは、彼女の魂の力によって、たちまちその火を消されちまいました。だから——誓って本当のことですが——ジャンヌはほかの兵士たちといっしょに裸になることもありましたけど、ずっと純潔なままだったんです」

「やあ」とジミーが声をかけてきた。「きみの名前は？」

「ジャンヌ」リナは答えてから赤面し、本を置いた。「いいえ、リナ」ジミーの顔を見る代わりに、デスクの上の食べかけのサラダに目を落とす。口の端に何かついていないだろうか。ナプキンで口をぬぐおうかと思ったが、それでは目を惹きすぎてしまうと考え直した。

「午前中ずっとオフィスの中を尋ねて回ったんだけど、だれもきみの名前を知らなかったんだ」

だれにも名前を知られていないことはすでにわかっていたが、少し寂しい気持ちになった。ジミーをがっかりさせたのではないだろうか。リナは肩をすくめた。

「だけど今じゃ、ぼくはここのだれも知らないことを知ってるんだな」ジミーがそう言うと、リナが彼にすばらしい秘密を明かしてやったように聞こえた。

（とうとうエアコンの温度を上げてくれたのかしら）とリナは思った。（いつもほど寒くないみたい）セーターを脱いでもいいかもしれない。

「ねえ、ジミー」となりの仕切席の娘が呼びかけてきた。「こっちへ来て。こないだ言ってた写真、見せてあげる」

「じゃ、また」ジミーは言って、リナにほほえみかけた。そうとわかったのは、リナが顔を上げて、ジミーの顔をまっすぐ見ていたからだ。その顔はハンサムと呼んでもいいくらいだった。

ローマ人の伝説

キケロは小石とともに生まれた。そのため、キケロが偉大な人物になるとはだれ一人思わなかった。

キケロは口にその小石を入れて、人前で話す練習をした。ときには小石で喉を詰まらせそうになった。キケロは平易な単語、率直な表現を使うことを学んだ。口の中の小石ごしに声を出すこと、歯切れよく発音すること、たとえ舌がもつれても明瞭に話すことを学んだ。

そして同時代のもっとも偉大な演説家となった。

「読書家なんだな」ジミーが言った。

リナはうなずいた。それから彼にほほえみかけた。

「きみの目みたいな青色の瞳は見たことがない」ジミーはまっすぐに彼女の目をのぞきこんだ。「海みたいだけど、上に氷がかぶさってる」何気ない口調だった。この前とった休暇について、先日見た映画について話すような。だからリナには相手が本気で言っているとわかった。そしてもう一つの秘密を、自分でも知らなかった秘密を分け与えたような気分になった。

二人とも何も言わなかった。普通なら気づまりなはずだった。けれどジミーはさりげなく仕切にもたれて、リナのデスクの上の本の山を感心したようにながめている。肩の力を抜き、沈黙の中に落ち着いている。そこでリナは満ち足りた気分で口をつぐんでいた。

「ああ、カトゥルスだね」ジミーは一冊を手にとった。「どの詩がいちばん好き？」

リナは考え込んだ。「ともに生きよう、わがレスビアよ、そして愛し合おう」だと答えるのは大胆すぎるような気がする。「何度キスすればいいのかときみは訊く」だと答えたら、気を惹きたがっていると思われそうだ。

答えが出せなくて悩んだ。

ジミーはせかさずに待っていた。

リナには決められなかった。何か一言、何でもいいから口にしようとしたが、言葉が出てこなかった。喉に小石がつかえている。氷のように冷たい小石が。そんな自分に腹が立った。彼の目にはさぞかし間抜けに見えていることだろう。

「ごめん」ジミーが言った。「スティーヴが部屋へ来いって手をふってる。またあとでね」

エイミーは大学時代のリナのルームメイトで、リナが気の毒だと思った唯一の相手だった。しかしエイミーの魂は一箱の煙草だったのだ。

しかしエイミーは哀れみなど無用だと言いたげにふるまっていた。リナが出会ったころには、エイミーの煙草は半分も残っていなかった。

「どうしてこんなに減ってしまったの？」リナはぞっとして訊いた。そんなふうに命を粗末にするなんて、自分には考えられなかった。

エイミーは夜遊びに付き合ってほしいと誘ってきた。いっしょにダンスしたり、酒を飲んだり、男の子と遊んだりしてほしいと。リナはそれを断り続けた。

「あたしのためだと思って」エイミーは言った。「あたしのこと、かわいそうだと思ってるんでしょ？　ねえ、お願いだから、一度だけいっしょに出かけてよ」

エイミーはリナを酒場につれていった。リナは行く途中ずっと魔法瓶を抱きしめていた。エイミーはそれをもぎとり、リナのアイスキューブをショットグラスに落とし、冷凍庫で冷やしておいてくれとバーテンに頼んだ。

男たちが近づいてきては、二人に誘いをかけた。リナは相手にしなかった。怯えていたのだ。冷凍庫から絶対に目を離すつもりはなかった。

「楽しんでるふりくらいしなさいよ」エイミーが言った。

次に一人の男が近づいてくると、エイミーは彼女の煙草を一本とり出した。

「ほら、これ」と男に向かって言う。彼女の目がカウンターの奥のネオンの光をきらりと弾いた。「今からこれを吸い始めるわ。吸い終わる前に、ここにいるあたしの友だちを笑わせることができたら、今夜はあんたの家についていってあげる」

「二人ともついてくるってのはどう？」

「いいわよ」とエイミー。「かまわないわ。だけどあんた、さっさと始めたほうがいいわよ」エイミーはライターの火をカチリとつけて、煙草を深々と吸った。頭をのけぞらせ、煙を高く吹き上げる。

「あたしはこのために生きてるの」エイミーはリナにささやいた。その瞳は熱っぽく、焦点が定まっていなかった。「人生はすべて実験よ（ラルフ・ウォルドー・エマソンの言葉）」鼻孔から煙が漂い、リナをせき込ませた。

リナはエイミーをまじまじと見た。それから男のほうをふり返った。少し頭がくらくらする。男の曲がった鼻は滑稽で、同時に寂しく見えた。

エイミーの魂は伝染性があった。

「妬けちゃうわ」エイミーは翌朝リナに言った。「あんたの笑い声、とびきりセクシー」

それを聞いて、リナはにっこりした。

リナのアイスキューブを入れたショットグラスは男の家の冷凍庫にあった。リナはショットグラスを持ち帰った。

それでも、リナがエイミーに誘われていっしょに出かけたのは、それが最後だった。大学を出たあとは連絡が途絶えた。エイミーのことを考えるたびに、彼女の煙草の箱が奇跡的にまたいっぱいになるといいのに、とリナは願っていた。

リナはとなりにあるプリンターから出てくる紙の流れに目を凝らしていた。ジミーはもうじき上階のオフィスに移ることになっている。リナにはあまり時間はなかった。

週末、ショッピングに出かけた。買うものは注意深く選んだ。彼女の色はアイスブルーだ。ネイルも瞳の色に合うようにしてもらった。

リナは水曜日にしようと決めた。週の頭と終わりには、同僚たちはたいていおしゃべりに花を咲かせている——週末にやったこと、次の週末に予定していること。その点、水曜日はさほど話すことがなかった。

リナはショットグラスをオフィスに持っていった。幸運を祈って、それと、グラスは冷えやすいから。

ランチのあと行動に移った。昼すぎはまだ仕事がたくさんあるため、その時間にはゴシップも途絶えがちなのだ。

冷凍庫のドアをあけ、冷やしたショットグラスと、アイスキューブの入ったサンドイッチ袋をとり出した。アイスキューブを袋から出して、ショットグラスに落とした。グラスの外側にたちまち水滴がつく。

セーターを脱ぎ、グラスを手にしてオフィスの中を歩き回り始めた。

リナは人が集まっているところを次々に通りすぎた――通路、プリンターの横、コーヒーメーカーのそば。彼女が近づいていくと、同僚たちはふいに空気がひんやりするのを覚え、会話はふっつりと途切れた。気のきいた洒落も軽薄でつまらなく聞こえ、議論もやんでしまった。だれもがいきなり、まだやることが山ほどあったと思い出し、適当な言い訳をこしらえてはその場をあとにした。彼女がそばを通ると同時に、どこの個室もドアが閉ざされた。

歩き回っているうちに、通路という通路は静まり返り、ドアがあいているのはジミーの部屋だけになった。

リナはグラスに目を落とした。底に小さな水たまりができている。ほどなくアイスキューブは水に浮かぶだろう。

急げばまだ時間はある。

（キスして。わたしが消えてしまう前に）ジミーの部屋のドアの外にショットグラスを置いた。（わたしはジャンヌ・ダルクじゃない）

リナはジミーの部屋に入っていき、ドアを閉めた。

「こんにちは」とリナは言った。いざジミーと二人きりになると、ほかにどうしたらいいかわからなかったのだ。

「やあ」とジミー。「今日はオフィスがやけに静かじゃない？　どうしたのかな」

「シ・テクム・アットゥレリス・ボナム・アトクェ・マグナム・ケナム、ノン・シネ・カンディダ・プエッラ」リナは言った。「もしもおいしい食事をどっさり持ってくるなら、そしてかわいい娘もつれてくるなら――。この詩よ。わたしはこれがいちばん好き」

照れくさかったが、温かい気持ちだった。舌に重さはまったく感じない。喉に小石は詰まっていない。リナの魂はこのドアの外にあるが、不安ではなかった。残り時間を数えたりもしていなかった。リナの命を収めたショットグラスは別の時間、別の空間にあった。

「エト・ウイノ・エト・サレ・エト・オムニブス・カキンニス」ジミーがあとに続けて言った。「そしてワインと、機知（ラテン語のsalには「機知」という意味と「塩」という意味がある）と、ありったけの笑いを運んでくるなら」

彼のデスクの上にはソルトシェイカーがあった。塩は味気ない食べ物をおいしくする。塩は会話の中のウィットと笑いのようなもの。塩は月並みなものを面白くする。地味なものを美しくする。塩こそジミーの魂なのだ。

そして塩はものを凍りにくくする。

リナは笑い声をあげた。

ブラウスのボタンを外した。ジミーが止めようと腰を浮かせたが、リナはかぶりをふって彼にほほえみかけた。

（わたしには両端を燃やす蠟燭はない。コーヒースプーンで命を量ったりもしない。欲望を鎮める泉の水もない——死のように凍りついた部分をあとに残してきたから。今のわたしにあるのは、わたしの生命）

「人生はすべて実験よ」リナは言った。

肩をゆすってブラウスを脱ぎ、スカートを床に落として前へ出た。今やジミーはリナが週末に買ったものを目にしている。

アイスブルーが彼女の色だ。

自分が笑い声をあげたこと、彼が笑い返したことをリナは記憶にとどめた。一つ一つの触れ合いを、せわしない息遣いを覚えておこうと努めた。思い出したくなかったのは今の時刻だった。

ドアの外のざわめきが次第に大きくなり、また落ち着いていった。二人はジミーの部屋にとどまっていた。

（わたしの唇がキスしたのはどんな唇）リナは思い、部屋の外がふたたび静まり返っていることに気がついた。窓から差し込む陽光は赤みを帯び始めている。

リナは立ち上がり、抱きしめるジミーの腕から離れてブラウスを身につけ、スカートを穿いた。部屋のドアをあけて、ショットグラスを拾い上げた。

グラスをのぞき、躍起になって氷の細片を探した。ごくちっぽけな透明のかけらでも十分だ。それを凍らせたまま保管し、今日という日――彼女が生きていた今日という日の思い出だけを抱いて、残りの人生を細々《ほそぼそ》と送っていけばいい。

しかしグラスの中には水しかなかった。澄んだ清らかな水。

リナは心臓が鼓動をやめるのを待った。肺が呼吸を止めるのを待った。ジミーの目を見つめながら死ねるように、彼の部屋の中へ引き返した。

（塩水を凍らせるのは難しい）

温かく、人恋しく、開放的な気分だった。心の中のいちばん冷たく、静かで、空ろな片隅に何かが流れ込み、波のとどろきで耳をいっぱいにした。ジミーに話すことがたくさんありすぎて、二度と本を読む時間などないような気がした。

リナ
元気でやってる？　最後に会ってからずいぶんたつわね。

あなたの頭に真っ先に浮かぶのは、あたしの煙草があと何本残っているか、という疑問でしょう？　そう、いいニュースがあるの——あたしは喫煙をやめました。悪いニュースもあるの——あたしの煙草は六カ月前になくなりました。

だけどごらんのとおり、あたしはまだ生きてるわ。

魂って一筋縄じゃいかないのよ、リナ。あたしは魂についてすっかりわかってると思ってた。生まれてこの方、向こう見ずにふるまい、人生の一瞬一瞬を賭けて無茶をするのが自分の運命だと思ってた。そういう生き方をするために生まれてきたんだと。あたしが生きてると感じるのは、魂の一部に火をつけて、火と灰が指に触れるまでに何か途方もないことが起こるのを待つときだけだった。そのあいだは感覚が研ぎ澄まされて、耳に入るあらゆる振動を、目に入るあらゆる色を感じることができるの。あたしの人生は、ぜんまいがほどけていく時計みたいなものだった。煙草と煙草のあいだの何カ月かは、本公演のための衣装稽古にすぎなかった。そしてあたしの公演は、全部で二十回予定されてた。

煙草が最後の一本になったとき、あたしはすくみ上がったわ。以前から計画はしていたの——最期には何かあっと言わせることをしよう、華々しく消えていこうって。だけどその一本を吸うときになると、勇気が湧いてこなかった。最後の一吸いのあと死んでしまうと思ったら、いきなり手が震え出して、マッチをちゃんと持つことも、親指でライターの火をつけることもできないの。

あたしはビーチのパーティで酔い潰れてしまった。だれかがニコチンを吸いたくなって、あたしのハンドバッグをかき回し、最後の一本を見つけた。目を覚ましたときには、空の箱が体の横の砂の上に転がってて、ちっちゃなカニが中に入り込んで、そこを住処にしてたわ。

さっきも言ったけど、あたしは死ななかった。

生まれてからずっと、自分の魂は煙草に宿ってると信じてて、箱のことは考えもしなかった。静けさを抱いた紙の殻、中に包まれた空洞には注意も払わなかった。

空っぽの箱は、迷子の蜘蛛を外へ出してやりたいときの入れ物になる。小銭や、とれたボタンや、針と糸をしまうこともできる。口紅や、アイライナーや、チークを入れても悪くない。中に入れたいものをなんでも受け止めてくれる。

あたしは今、ちょうどそんな気分よ。あけっぴろげで、無頓着で、融通がきく感じ。そう、人生は今や本当にただの実験になったの。次に何ができるかしら？　何だってできるわ。

だけどここに至るには、まず煙草を吸わなくちゃいけなかった。

あたしの身に起こったのは状態変化。あたしの魂が一箱の煙草から、箱そのものに変わったとき、あたしは成長したの。

あなたに手紙を書こうと思ったのは、あなたがあたしに似ているからよ。あなたはこう思い込んでた――自分の魂については理解してる、どんなふうに生きたらいいかわかってるって。あのころのあたしは、あなたが間違ってると感じてたけど、自分自身も正しい答えをつかんでなかった。

だけど今はつかんでる。あなたもそろそろ状態変化の頃合いじゃないかしら。

いつもあなたの友である
エイミー

著者付記
この物語の雰囲気、背景、プロットの重要な要素は、マーサ・スーカップの「ウェイキング・ビューティ」"Waking Beauty" へのオマージュとなっている。中心となる奇想は、言うまでもなく、フィリップ・プルマンの〈ライラの冒険〉シリーズにインスパイアされたものだ。

パーフェクト・マッチ

The Perfect Match

幹 遙子訳

心を昂ぶらせるヴィヴァルディのヴァイオリン協奏曲ハ短調『疑い』の第一楽章で、サイは目を覚ました。

そのまま一分ほど起きあがらずに、音楽がやさしい太平洋の風のように自分の上を通りすぎていくにまかせる。ブラインドがゆっくりと上がり、陽光で部屋が明るくなる。浅い眠りのサイクルの終わりの、まさに最適のタイミングで、ティリーが起こしてくれたのだ。サイは爽快な気分だった。リフレッシュされ、自信にあふれて、ベッドから元気よく飛び出る用意ができていた。

それこそが、次に彼がやるべきことだった。「ティリー、目覚ましの曲、みごとな選択だよ」

「もちろんよ」ナイトスタンドに内蔵されたカメラ・スピーカーから、ティリーが言った。

「あなたの趣味と気分をわたし以上に知ってる者がいるかしら？」その声は電子合成音ではあるものの、愛情に満ちて茶目っ気があった。

サイはシャワー室にはいった。

「今日は新しい靴をはくのを忘れないで」ティリーは今度は天井内蔵のカメラ・スピーカーからサイに話しかけていた。

「どうしてだい？」

「仕事のあとでデートがあるでしょ」

「ああ、あの新しい子か。しまった、なんて名前だっけ？　きみから聞いたはずなんだけど——」

「仕事のあとで予備知識を教えるわ。絶対気に入るはずよ。相性指数がとても高いから。少なくとも六カ月は交際が続くと思うわ」

サイはデートが楽しみだった。この前のガールフレンドもティリーが紹介してくれて、すばらしい関係が持てた。そのあとの破局は、もちろんひどく不愉快だったが、ティリーの導きを助けにして乗り切れた。サイは感情面で成長したように感じたし、一カ月ほどひとりで過ごした今、新たな関係づくりに踏み出す準備ができていた。

だが、まずは昼間の仕事時間を乗り切らなくてはならない。「今日の朝食には何がお勧めだい？」

「十一時にデイヴィス訴訟のためのキックオフ・ミーティングに出る予定になってるわ。ってことは事務所支払いのランチをとることになるでしょ。朝食は軽めにするのがいいでしょうね、バナナ一本だけとか」

サイはわくわくした。チャプマン・シン・スティーヴンス＆リオス法律事務所の法律事務員《パラリーガル》はみんな、クライアントとのランチ会を生きがいのように思っている。事務所専用の重役用シェフの料理が提供されるからだ。「自分でコーヒーを淹れる時間はあるかな？」

「あるわよ。今朝はそんなに渋滞してないから。でもそうするかわりに、通勤途中に新しくできたスムージー店に行くほうがいいんじゃないかしら――クーポン・コードを出せるわよ」

「でもすごくコーヒーを飲みたいんだ」

「わたしを信じて。あなたは絶対、そこのスムージーが大好きになるわ」

サイはにっこりして、シャワーを止めた。「わかったよ、ティリー。きみはいつだっていちばんいいことがわかってるからね」

カリフォルニア州ラス・アルダマスの気温は華氏六十八度（摂氏二十度）、今日もよく晴れて快適な朝だったが、サイのとなりの部屋に住んでいるジェニーは分厚い真冬用コートを着込んでスキー用のゴーグルをかけ、顔の残りの部分と髪を黒っぽいロングスカーフで包みこんでいた。

「あたしはそんなものを設置したくはないって、あんたに言ったと思ったけど」部屋から出てきたサイに、ジェニーは言った。彼女の声は電子フィルターのようなものを通しているせいで、ゆがんで聞こえた。問いかけるようなサイの表情に答えるように、ジェニーはサイのドアの上のカメラを指差した。

　ジェニーと話をするのは、センティリオンのeメールを使うことやシェアオールのアカウントを取ることを断固として拒否している、祖母の友人たちと話をするようなものだった。その理由は、〝あのコンピュータ〟に〝自分たちのあれやこれやを全部〟知られるのが怖いからだ——ただし、サイが知るかぎり、ジェニーは彼と同い年だ。ジェニーは生まれも育ちもデジタル世代だが、どういうわけか共有《シェアリング》の精神を失っているのだ。

「ジェニー、きみと口論する気はないよ。ぼくにはぼくの家のドアの上に好きなものを設置する権利がある。それに留守にしてるときもぼくのドアをティリーに見張っててもらいたいんだ。３０８号室なんて、先週押し込み強盗に入られたんだぞ」

「でもあんたのカメラはあたしのとこにやってくる人たちも記録してるのよ、この廊下を共有してるから」

「それが？」

「ティリーにはあたしの交遊関係をいっさい知らせたくないのよ」

サイは目の玉をぐるりとまわした。「いったい何を隠さなくちゃならないんだ？」

「そういうことが問題なんじゃなくて――」

「ああ、ああ、市民の自由だの、解放だの、プライバシーだの、なんだのかんだの……」

サイはジェニーのような人々と口論するのにはうんざりしていた。これまでに何度となく、まったく同じことをしゃべっていた。センティリオンはどこかの大きな恐ろしい政府なんかじゃない。ただの株式会社で、社是は『よりよい世界をつくろう！』だ。きみが暗黒時代に暮らしたいっていうだけの理由で、ぼくたちほかの人間がどこでも《ユビキタス》コンピュータ《・コン》に《ピ》アクセスできる《ューティング》社会の恩恵にあずかっちゃいけないっていうことにはならないだろう。

ジェニーの着膨れした身体を迂回して、サイは階段に向かった。

「ティリーは単にあんたがほしいものを教えてるだけじゃないのよ」ジェニーがどなった。「ティリーはあんたに、何を考えるべきかまで教えてるのよ。あんた、自分が本当に何をほしいのか、今でもちゃんとわかってるって言える？」

サイは一瞬、足を止めた。

「わかってるの？」ジェニーはさらに重ねてきた。

（なんてばかげた質問なんだ。彼女のような人たちが本質的だと思いこんでまくしたてている、えせインテリの反《アンチ》テクノロジー的暴論と同じじゃないか）

サイは歩きつづけた。

「変人め」サイはつぶやき、ティリーがイアフォンから彼の気を引き立ててくれるような冗談をささやいてくれるのを期待した。

だが、ティリーは何も言わなかった。


ティリーをそばに置いておくのは、世界一有能なアシスタントを連れているようなものだ。

――「ねえティリー、半年ぐらい前に、あの変な名前の会社とF社の合併についてのワイオミング・ファイルをぼくがどこにしまったか、覚えてるかい？」

――「ねえティリー、セクション131契約の書式を出してもらえるかな？　たしかシンについて働いてるアソシエイト弁護士たちが使ってる書式だと思うけど」

――「ねえティリー、ここからここまでのページを暗記しといてよ。それから次のタグをつけといて――『チャプマン』、『優良購入者』、『アソシエイトがぼくによくしてくれたときのみ使う』」


しばらくのあいだ、チャプマン・シンは従業員がオフィスにティリーを持ち込むのをよしとせず、事務所と提携している会社のＡＩシステムのほうを推奨していた。だが従業員たちにパーソナル・カレンダーや推奨アドバイスを業務用のものと厳格に区別させるのは困難にすぎることがわかってきた。やがてパートナー弁護士たちがその規則を破って業務にティリーを使うようになってくると、ティリーが事務所の皆をサポートするようになった。

その当時のセンティリオンは、企業から出る情報すべてを絶対安全な方式で暗号化し、競合目的では絶対にそれを使用しない――チャプマン・シンの従業員によりよい推奨アドバイスを提供するだけだ――と保証していた。結局のところ、センティリオンの社是は『人類を高めるために世界じゅうの情報を駆使する』だったのだ。そして仕事をさらに効率的に、生産的に、快適にすること以上に人類を高められるものがあるだろうか？

ランチを楽しみながら、自分はとても運がいいとサイは思った。ティリーがやってくる前の退屈な骨折り仕事がどのようなものだったか、想像することすらできなかった。

仕事のあと、ティリーはサイを花屋に案内し――もちろん、ティリーはクーポンを持っている――それからレストランに行く途中で、デートの相手のエレンの情報を教えてくれた。学歴、シェアオールのプロフィール、以前のボーイフレンド／ガールフレンドたちの一覧、興味の対象、好きなもの、嫌いなもの。そしてもちろん写真も――インターネット周辺からティリーが認証して集めた何十枚もの写真だ。

サイはにんまりした。いつものように、ティリーは正しかった。エレンはまさしく好みのタイプだった。

人は親友にも言わないことをセンティリオンのサーチにかけるというのは、ひとつの真理だ。サイが好みだと思う女性のタイプを、ティリーはすべて知っている。サイがブラウザをわたし専用モード《ジャスト・フォー・ミー》に設定して深夜に見入っている写真やビデオを見ているからだ。

そしてもちろん、ティリーはサイをよく知っているのと同じくらいよくエレンのことも知っている。だからサイもまた、自分がエレンの好みにどんピシャのタイプだとわかっていた。

予測されたとおり、ふたりは本も映画も音楽もまったく同じものに夢中だということがわかった。仕事にどれぐらいのめりこむべきかという問題についても、まったく同意見だった。ふたりはたがいのジョークに笑いあい、たがいに元気をもらいあった。

ティリーがなしとげた偉業にサイは驚嘆した。地球上には四十億人の女性がいるが、ティリーはサイに完璧にぴったりの女性を見つけたようだった。それはちょうど、初期時代のセンティリオン・サーチの〝信じておまかせ〟ボタンを押せばどんピシャのウェブページに連れていってもらえたのと同じような感覚だった。

サイは恋に落ちたと実感でき、エレンが彼を自宅に連れて帰りたいと思っていることがわかった。

何もかもがきわめてうまく運んでいたが、サイの心に完璧に正直になるなら、彼が思っていたほどのわくわく感とうれしさではなかった。何もかも、本当にスムーズに運んでいたが、おそらくはちょっとばかりスムーズすぎたのだろう。まるで、ふたりはたがいについて知るべきことをすべて、すでに知っているかのようだった。何ひとつ驚くようなこともなければ、まったく新しい面を見つけてわくわくすることもなかった。

言いかえれば、そのデートはちょっとばかり退屈だった。

サイの気がちょっとそがれ、会話がとぎれた。ふたりはたがいに微笑みあって、その沈黙を楽しもうとした。

その瞬間、ティリーの声がサイのイアフォンからがなりたてた。「最新の日本ふうデザートを好きかどうか、彼女に訊いてみるといいわ。ちょうどいいお店を知ってるのよ」

このときまで気づいていなかったが、サイは突然、何か繊細な甘さのものを食べたくてしょうがないことに気づいた。

ティリーは単にあんたがほしいものを教えてるだけじゃないのよ。ティリーはあんたに、何を考えるべきかまで教えてるのよ。

サイはためらった。

あんた、自分が本当に何をほしいのか、今でもちゃんとわかってるって言える？

サイは自分の感情を整理しようとした。ティリーはただ、サイ自身もそれがほしいと気づいていなかったことを見つけ出しただけなのだろうか？　それともその考えをサイの頭に押しこんだのだろうか？

（そうなのか？）

さっきのとぎれ目にティリーが割りこんできたのは……まるでサイが自力でこのデートをどうにかできるとは思っていないかのようだった。まるでティリーが口をはさんでいかなければ、サイは言うべきこともやるべきこともわかっていないと思っているかのようだ。

突然、サイはいらだちを感じた。せっかくのいい気分が台なしになっていた。

（ぼくは子どもみたいなあつかいを受けている）

「あなたが気に入るってわかってるわ。クーポンがあるわよ」

「ティリー」サイは言った。「モニタリングをストップして自動提案機能を切ってくれないか」

「本気なの？　共有《シェアリング》に空隙ができたらあなたのプロフィールが不完全に――」

「いいんだ、頼むからやめてくれ」

ピーッという音がして、ティリーは切れた。

エレンがサイを見つめた。驚きのあまり目と口が大きく開いていた。

「どうしてそんなことをするの？」

「きみと水入らずで話をしたかったんだ、ぼくたちふたりだけでさ」サイはにっこりした。

「ときにはティリー抜きでぼくたちだけになるのもいいものだろう、そう思わないか？」

エレンはとまどった顔になった。「でもあなただって知ってるでしょ、ティリーはたくさん知ってれば知ってるほど大きな助けになってくれるのよ。はじめてのデートではかなミスをしちゃってもいいの？　わたしたち、どっちも忙しいでしょ、ティリーは――」

「ティリーにどんなことができるかは知ってる。でも――」

エレンは片手を上げてサイを黙らせた。小首をかしげ、ヘッドセットに聞き耳をたてる。

「すごくいい考えがあるわ」エレンが言った。「新しいクラブができたのよ、ティリーがわたしたちにクーポンをくれるわ」

サイはむっとして首を振った。「ティリーなしで何かをすることを考えてみようよ。きみもティリーを切ってくれないか？」

エレンの顔は一瞬、表情が読めなかった。

「わたし、家に帰ったほうがよさそう」エレンは言った。「明日は出勤が早い日だから」

そして顔をそむけた。

「ティリーがそう言えと言ったのか？」

エレンは何も言わず、サイと目を合わせようとしなかった。

「とても楽しかったよ」サイは急いで言い添えた。「また出かけないか？」

エレンは勘定の半分を払い、家まで歩かないかとサイを誘いはしなかった。

「今夜のあなたはとても反社会的ね」ティリーが言った。

「ぼくは反社会的なわけじゃない。ただきみがなんでもかんでも介入してくるのが気に入らなかっただけだ」

「あなたがわたしのアドバイスにちゃんと従ってれば、デートの残りも絶対楽しめたっていう自信があるわ」

サイは無言で車の運転を続けた。

「あなたに攻撃性の高まりを感じるわ。キックボクシングはどう？　しばらく行ってないでしょ。できたばかりの二十四時間営業のジムがあるわよ。そこを右に曲がって」

サイはまっすぐ車を進めた。

「どうしたの？」

「これ以上お金を使いたい気分じゃないんだ」

「知ってるでしょ、わたしがクーポンを持ってるわよ」

「どうして自分のお金を節約したいっていうぼくに反対するんだ？」

「あなたの貯蓄率はちょうどいい割合よ。わたしはただ、あなたがレジャー消費の節制に固執してるって言いたいだけよ。貯蓄過剰になると、あとで後悔することになるわよ、せっかくの青春期をほとんど楽しめなかったってね。あなたが一日に使うべきお金の最適額をわたしは計画してきたのよ」

「ティリー、ぼくはとにかく家に帰って眠りたいんだ。今夜はもう切ってくれないか？」

「あなたも知ってるように、最善の推奨アドバイスをするためには、あなたのことを完璧に知っておく必要があるのよ。あなたの生活のところどころでわたしを締め出したら、わたしの推奨アドバイスが正確ではなくなる――」

　サイはポケットに手を入れ、電話を切った。イアフォンが静かになった。


　アパートに帰ると、サイの部屋に通じる階段の上の電灯が消えており、階段の下をいくつかの黒い影がこそこそと動きまわっていた。

「そこにいるのは誰だ？」

　影のほとんどは散っていったが、ひとつがサイのほうにやってきた。ジェニーだった。

「お早いお帰りね」

　すぐにジェニーだとはわからなかった。彼女がいつも使っている電子フィルターなしでじかに声を聞くのは、これがはじめてだった。その声は驚くほど……うれしそうに聞こえた。

　サイはとまどった。「どうしてぼくの帰りが早いってわかったんだ？　ぼくをつけまわしてたのか？」

ジェニーはあきれたように目を大きくぐるりとまわしてみせた。「どうしてあたしがあんたをつけまわさなくちゃならないのよ？　あんたの電話が自動的にチェックしてるのよ、あんたが行く先々の出入り情報を、あんたの気分にもとづくステータス・メッセージといっしょにね。全部シェアオールのライフキャストに出てて、誰でも見られるわよ」

サイはジェニーを見つめた。街灯のほのかな明かりのなかで、彼女が分厚い冬用コートを着ておらず、スキー用ゴーグルもスカーフもつけていないのが見てとれた。今はショートパンツとゆるい白Tシャツという姿で、黒い髪には白く染めたすじがいくつもはいっていた。実をいうと、彼女はとてもかわいく見えた――多少オタクっぽくはあったが。

「あら、コンピュータの使い方をあたしが知ってることに驚いてるの？」

「だってきみって、ふだんはひどく……」

「偏執的？　イカれてる？　思ったことを言いなさいよ。気を悪くしたりしないから」

「いつものコートとゴーグルはどうしたんだ？　つけてないきみを見るのははじめてだ」

「ああ、今夜は友だちが訪ねてこられるように、あんたのドアの上のカメラをテープでふさいだのよ。だからコートもゴーグルもつけてないの。悪いけど――」

「何をしたんだ？」

「――あたしがここであんたを出迎えたのは、あんたがティリーを切ったのを見たからよ。それも一度じゃなしに、二度切ったでしょ。あんたもどうやらついに真実に向き合う用意がでそうね」

ジェニーの部屋に足を踏み入れるのは、魚網のただなかに踏みこむようなものだった。天井も床も壁もすべて、金属製の細かな網《メッシュ》で覆われ、部屋をぐるりと囲むように何段かに積み重ねられているたくさんの高解像度の大型コンピュータ・モニターからのちらつく光を浴びて、水銀のように光っている。どうやら光源はそれだけのようだった。

モニター以外に目にはいる家具といえば、本棚ぐらいだった——本（紙の本だ、今では珍しい）が詰まっている。それから、さかさまにして上にクッションをのせた、ひどく古い牛乳用の木箱がいくつかあり、椅子のかわりをしている。

さっきまでのサイは不穏な気分を感じており、何か変わったことをしてみたいと思っていた。だが今はジェニーの招待を受けてはいってきたことを後悔していた。ジェニーは本当に変わっている、たぶん常軌を逸しているといえるぐらいに。

ジェニーはドアを閉めて近づいてくると、サイの耳からイアフォンを抜き取った。それから片手をさしだした。「電話を出して」

「どうしてだ？　もう切ってあるぞ」

ジェニーの手は動かなかった。しぶしぶながら、サイは電話を出し、彼女にわたした。

ジェニーはばかにしたように電話を見やった。「バッテリーは取り外せないでしょ。センティリオン電話《フォン》のことだもの。やつらはこれのことを電話とは呼んでない、追跡装置って呼んでるのよ。これが本当に切れてるかなんて、絶対に確信はもてないのよ」ジェニーは電話を分厚い袋《パウチ》に入れてジッパーを閉じ、机の上に落とした。

「さて、これであんたの電話の音も電磁波もシールドされたから、話ができるわ。この壁のメッシュのおかげで、あたしの部屋は基本的にファラデー箱になってるから、携帯電話のシグナルは通り抜けることができないのよ。でもセンティリオン・フォンとなると、二層か三層のシールドで包まないと安心できない」

「ちょうどそのことを言おうと思ってたんだ。きみはイカれてるぞ。センティリオンがきみをスパイしてると思ってるのか？　センティリオンのプライバシー・ポリシーは業界一優れてるんだぞ。彼らが集める情報はすべて、ユーザーが自発的に提供するものでなきゃならないし、情報はすべてユーザーの暮らしをよりよくするために使われ――」

ジェニーが首をかしげてにやにや笑うのを見て、サイはしゃべるのをやめた。

「それがすべて本当なら、あんたは今夜どうしてティリーを切ったの？　どうしてあたしといっしょにここに来ることに同意したの？」

サイ本人もその答えがわかっているとは思えなかった。

「すごいわね。あんたはあちこちのカメラに自分の一挙一動を見張らせて、あらゆる考えや言葉ややりとりをどこか遠くのデータセンターに記録させることに同意してるんでしょ。

そうしたデータをアルゴリズムが走査して市場の関係者に売れるデータを発掘できるようにね。

　今じゃプライバシーなんて何ひとつ残っちゃいないわよ、あんたのもあんただけのも、何ひとつね。あんたのすべてはセンティリオンが所有してるのよ。あんたはもはや、自分が何者かってことすらわかってないの。センティリオンがあんたに買わせたいものを買って、センティリオンが読むように奨めるものを読んで、センティリオンがデートすべきだと考えてる相手とデートしてる。でもそれで本当に幸せなの？」

「そういう見方は時代遅れなんだよ。ティリーがぼくに推奨するものはすべて、ぼくの好みのプロフィールに合うことが科学的に証明されてるんだ。ぼくが気に入るとわかってるんだ」

「それはね、どこかの広告主《スポンサー》がお金を出して、その商品をあんたに売りつけさせてるのよ」

「それこそが広告ってものだ、そうだろう？　ぼくが満足できる形で要望に応えるのがさ。この世の中にはぼくに完璧にぴったりの商品が何千とあるのに、ぼくはその存在すら知らないのかもしれないんだ。同じように、あっちにぼくに完璧にぴったりの女の子がいるのに、ぼくはその子に出会ってないのかもしれない。ティリーの言うことを聞いて、完璧な製品が完璧な消費者を見つけられるように、完璧な女の子が完璧な男の子を見つけられるようになることの、何がいけないんだ？」

ジェニーはくっくっと笑った。「あんたは本当に現状を正当化するのがうまいわね、舌を巻くわ。でももう一度訊くわよ。ティリーといっしょの暮らしがそんなにすばらしいものなら、あんたはどうして今夜、ティリーを切ったの？」

「説明できないんだ」サイは言い、かぶりを振った。「来たのはまちがいだった。そろそろ家に帰るよ」

「待ちなさいよ。まずはあんたの大好きなティリーについて、いくつか見せてあげる」ジェニーは机の前に行ってキーボードに何か打ちこみはじめ、モニターにひと続きの文書があらわれた。ジェニーが話をするかたわら、サイはその文書に目を通して要旨をつかもうとした。

「何年も前、センティリオンの通信監視車が通りを通過しながら沿道のホームネットワークからの無線通信すべてを傍受してる現場が押さえられたの。センティリオンはあんたたちのコンピュータのセキュリティ・セッティングを無効にして、あんたたちのブラウザ使用の癖も追跡してから、よりよい〝推奨アドバイス〟を提供するために設計された選択的《オプトイン》モニタリング方針に移行した。あんたはやつらが本当に変わったと思ってるの？　やつらはあんたたちに関するデータがほしくてたまらないのよ——たくさん手にはいるほどいいの——それを入手する手段が適正かどうかなんて気にしちゃいないのよ」

サイは疑うような目で書類を読み進んでいった。「これがすべて本当のことだとしたら、どうしてニュースになってないんだ？」

ジェニーは笑った。「その一、センティリオンがやったことはすべて、ほぼまちがいなく合法。たとえば、ワイヤレス・トランスミッションは公共スペースに浮かんでるから、プライバシーの侵害には当たらない。それに末端ユーザーの同意のおかげで、あんたたちの〝暮らしをよりよくする〟ためにセンティリオンがやることはすべて許されると認識される。その二、最近、あんたはセンティリオンを通す以外の手段でニュースを手に入れてる？　センティリオンがあんたに見せたいと思わないものを、あんたが見ることはないのよ」

「それじゃ、きみはどうやってこの文書を見つけたんだ？」

「あたしのマシンはネットの最上層に築かれてるネットワークに接続してるのよ、センティリオンが内側をのぞけないところにね。要するに、あたしたちは人々のコンピュータをあたしたちのための中継ステーションに変えるウイルスを使ってるの。何もかもを暗号化してあちこちにバウンスさせてるのよ、センティリオンにあたしたちの通信を見られないように」

サイは首を振った。「きみはまさにアルミ箔の帽子をかぶった陰謀論者の一員だ。センティリオンが邪悪で抑圧的な政府みたいだと思わせようとしてる。でもセンティリオンはただの会社だ、金をもうけようとしてる会社なんだよ」

ジェニーは首を振った。「監視は監視よ。自分たちを監視してるのが政府なのか一般の会社なのかで区別する人たちがどうしているのか、理解できないわ。近ごろじゃ、センティリオンはそこらの政府より大きくなってるのよ。思い出してよ、センティリオンは三つの国の政府を転覆させたのよ、それらの国が国内でセンティリオンを禁止したというだけの理由で」

「あの国々は抑圧的なところだったから――」

「ええ、そうよね、あんたは自由の国に住んでるんだもの。あんたはセンティリオンが自由を推進しようとしてると思ってるの？　やつらはあの国々にはいりこんでみんなをモニターして、もっとたくさん買わせるように仕向けたかっただけよ。自分たちがもっとたくさんお金をかせげるようにね」

「でもそれはただのビジネスだろう。邪悪とかいうのとはちがう」

「あんたはそう言うけど、それはこの世界が本当はどういう姿をしてるかを知らないからよ。今や世界はセンティリオンのイメージどおりに作りかえられてるのよ」

ジェニーの車はアパートの部屋同様、厳重にシールドされていたが、サイを乗せて運転しながら、ジェニーは声をひそめて話をした。まるでサイとの会話が歩道を歩いている人々に立ち聞きされるのではないかと恐れているかのように。

「このあたりがこんなに老朽化してるなんて、信じられない」ジェニーが路側帯に寄せて車を止めたとき、サイは言った。道路の表面はあちこち穴だらけで、両側の家並みはろくに補修もできていなかった。完全に見捨てられて崩れかけている家もいくつかある。遠くのほうで、パトカーのサイレンの音が薄れていくのが聞こえた。ここはラス・アルダマスのなかでもサイがこれまで来たことのない場所だった。

「十年前はこんなふうじゃなかったのよ」

「何があったんだ？」

「センティリオンはある傾向に気づいたのよ、人々は――全部じゃないけど、ある種の人々は――住みたい場所を選ぶときに自主的に人種別にかたまるっていう傾向に。で、不動産の物件リストを出す際に、家を探す人々の人種に応じて掲載順を変えることで需要に応えようとしたの。彼らがやっていたことに違法性はまったくないわ、だってただ自社のユーザーの需要と要求を満足させただけだから。彼らはリストに載せる物件を隠したわけじゃない、ただリストのずっと下のほうに押しこんだだけ。いずれにしても、彼らのアルゴリズムのあらを探すこともできなかったし、彼らの魔法のようなランキング条件の何百という要素からただひとつ取り上げるとなったときに、その判断の基準が人種だということを立証することもできなかった。

しばらくたつと、そのプロセスが雪だるま式に悪化しはじめて、人種分離がどんどんひどくなってきた。このおかげで、政治家たちが人種にもとづいて選挙区を自分たちに有利なように改正するのが楽になった。あげく、このありさまよ。街のこの地区に押しこめられているのはどういう人たちかわかる？」

サイは大きく息を吸いこんだ。「見当もつかない」

「もしセンティリオンに訊いたら、彼らはこう言うでしょうね。われわれのアルゴリズムはユーザーの一部にある自主的隔離願望を反映し反復しているだけだし、センティリオンは政治的思惑とはいっさい無縁だ、とね。そう、自分たちは人々がまさに求めるものを与えることで実際に自由を広げていると主張するでしょうね。そして当然ながら、不動産の委託手数料でもうけていることは言わないのよ」

「そんなことがあるんなら、誰も何も言わないなんて信じられない」

「またしても忘れてるようだけど、あんたが知ってることは今や全部、センティリオンのフィルターを通ってるのよ。何かを検索するたびに、ニュース・ダイジェストを読むたびに、それはあんたが聞きたがっているとセンティリオンが考えるものに合わせて編集されているのよ。誰かがニュースに腹を立ててその広告主が売ってる商品を買わなくなるとまずいから、センティリオンは何でもかんでも大丈夫なように調整してるの。

あたしたちみんな、『オズの魔法使い』のエメラルド・シティに住んでるようなものなのよ。センティリオンがあたしたちの目に分厚い緑色のゴーグルをかけたせいで、あたしたちみんな、何もかもがきれいな緑色をしていると思ってるのよ」

「きみはセンティリオンの検閲に文句を言ってたんじゃないのか」

「ちがうわ。センティリオンは手に負えなくなったアルゴリズムなのよ。彼らは人々がほしがっていると思うものをどんどん与えるだけなの。あたしたち――あたしみたいな人々――はそこがこの問題の根っこだと考えてるの。センティリオンはあたしたちを小さな泡のなかに閉じこめたのよ、そこであたしたちが見たり聞いたりするものはすべて、あたしたち自身のこだまにすぎない。あたしたちはますます現在信じていることに固執するようになり、自分の偏った嗜好に囲まれて肥大化していくのよ。そしてあれこれ疑問を抱くのをやめて、何につけてもティリーの判断を鵜呑みにするの。

年を追うごとに、あたしたちはますます従順になってたくさんの羊毛を生やす。センティリオンはそれを刈りとって富をたくわえるのよ。でもあたしはそういう生き方をしたくないの」

「で、どうしてこんなことをぼくに話してるんだ?」

「それはね、おとなりさん。あたしたちはティリーを殺そうとしてるからよ」ジェニーはサイを真剣な眼差しで見つめて言った。「そしてあんたはそれを手伝うからよ」

すべての窓がかたく閉じられ、カーテンが引かれたジェニーの部屋は、ドライブをしたあとではいっそう息が詰まりそうに感じられた。周囲に並ぶスクリーンがちらちらと踊るような抽象的パターンを映し出しているのを見まわし、サイは不意に警戒心をつのらせた。

「で、どうやってティリーを殺すつもりなんだ、具体的には？」

「具体的なことを知りたいっていうんなら言うけど、あたしたちはウイルスをつくってるのよ、サイバー兵器をね」

「具体的にはそれはどういうものなんだ？」

「ティリーの生き血はデータよ――センティリオンが全ユーザーのために蓄積した何十億というプロフィール――あたしたちはそれを使ってティリーを停止させるのよ。

センティリオンのデータセンターにはいりこんだら、そのウイルスは出くわした個々のユーザーのプロフィールを少しずつ書き換えて新しいにせのプロフィールをつくるの。そのウイルスは検知されないようにゆっくりと動くものにしたいわね。でも最終的にはたくさんのデータを汚染して、ティリーがユーザーについての気味悪い支配的な予測をできないようにする。それをじゅうぶんにゆっくりとやれば、向こうはバックアップ・データに行くこともできなくなる。そっちも汚染されるからよ。何十年もかけて築きあげてきたデータがなくなれば、センティリオンの広告収入は一夜にして干上がって、パッとティリーは消えるわ」

サイはクラウドのなかの何十億というかけら《ビット》を想像した。彼の嗜好、好きなもの、嫌いなもの、秘密の欲望、意思表明、検索や購買や読んだ記事や本や閲覧したウェブページの履歴などを。

それらのかけらが集合して、文字どおり、彼の電子版コピーをつくりあげていた。彼の一部で、クラウドに上げられティリーに編纂されていないものがあるだろうか？　そこにウイルスを解き放つのは自殺のような、殺人のようなものではないのか？

だがそれから、あらゆる選択が完全にティリーに管理されていることにどんな気分を覚えたかが思い出された。自分がこの泥囲いのなかでどんなに満足して、幸せなブタのようにころげまわっていたかを。

たくさんのかけらはサイのものだが、サイ本人ではない。彼には意志があり、それはデジタルのかけらのなかに囚われることは断じてない。だがティリーは彼にそれを忘れさせることにほとんど成功していたのだ。

「ぼくは何を手伝えばいい？」サイは訊いた。

マイルス・デイヴィスが演奏する『ソー・ホワット』でサイは目覚めた。

一瞬、昨夜の記憶は夢だったのではないかと思った。まさに自分が聴きたい曲を聴きながら目覚めるのは本当にいい気分だった。

「ご機嫌はよくなったかしら、サイ?」ティリーがたずねた。

(そうだろうか?)

「ハードウェアのスイッチできみを切ったものと思ってたよ、ティリー」

「あなたが昨夜、あなたの暮らしへのセンティリオンのアクセスをすべて切って、またもどすのを忘れてたから、本当に心配したのよ。目覚ましコールもかけそこねてたでしょ。でもまさにそういう場合のために、センティリオンはシステムレベルで二重安全機構《フェイルセーフ》を追加しているの。ほとんどのユーザーはあなたのようにうっかりするから、センティリオンがあなたの暮らしに再アクセスできるようにする措置を望むだろうと配慮したの」

「だろうね」サイは言った。(それじゃ、ティリーを切ってそのままにしておくことは不可能なんだ。ジェニーが昨夜言ってたことは全部本当だった)背すじがぞっと寒くなるのを感じた。

「わたしがあなたについてデータを獲得できなかった約十二時間分の空白があるわ。あなたを助けるわたしの能力の低下を防ぐために、そのあいだのことをわたしに教えることを推奨するわ」

「ああ、きみが見逃したことなんてたいしてないよ。ぼくは家に帰って眠ったんだ。ひどく疲れてたからね」

「昨夜、あなたが設置した新しい防犯カメラに破壊行為があったみたいよ。警察に通報があったわ。残念ながら、カメラには加害者のはっきりした映像は映ってなかったけど」

「それについては心配はいらないよ。どうせここには盗られて困るようなものは何もないから」

「口ぶりがちょっと暗いわね。昨夜のデートのせいかしら？　どうやらエレンはあなたにぴったりの相手じゃなかったようね」

「ああ、そうだな。そうかも」

「心配はいらないわ。あなたをいい気分にさせてくれるものを知ってるから」


それから数週間後、割り当てられた役割を演じるのはとんでもなくむずかしいことにサイは気づいた。

計画を成功させたいと思うなら、サイがまだティリーを信頼しているふりを続けることがきわめて重要なのだと、ジェニーは力説した。何かが進行しているのではないかという疑いをティリーに抱かせてはならないのだ。

最初は簡単なことに思えたが、ティリーに隠しごとを続けるのは神経をすりへらすほど大変だった。ティリーはサイの声のわずかな震えも検知できるのではないかと思えた。ティリーの推奨する商品購買取り引き《トランザクション》に興味があるふりをしているだけなのを、ティリーは見抜いているのではないか？

そのいっぽうで、センティリオンの法務部門次長のジョン・P・ラシュゴアが来週チャプマン・シンにやってくる前に解決しなければならない、はるかに大きな難題もあった。

チャプマン・シンはシェアオールの特許権侵害の件でセンティリオンを弁護してるのよ。そうジェニーが言っていた。これこそ、あたしたちがセンティリオンのネットワーク内部にはいりこむチャンスよ。あんたはただ、センティリオンから来た誰かのノートパソコンにこれをつっこむだけでいいのよ。

そしてジェニーは彼に、小さなサムドライブ《USB》を渡したのだ。

そのサムドライブをセンティリオンのマシンにつっこむための方策はまだ見出していなかったが、ティリーから身を守りながらの長い一日が今日も終わりに近づいたことが、サイはうれしかった。

「ティリー、ぼくはジョギングをするよ。きみはここに置いていく」

「わたしをいっしょに連れていくのがいちばんいいってことは、あなたも知ってるはずよ」ティリーが言った。「わたしはあなたの心拍数を測って、あなたにとっての最適ルートを提案できるんだから」

「知ってるよ。でもちょっとひとりきりで走ってみたいだけなんだ、いいよね？」

「最近のあなたの、共有《シェア》せずに隠そうとする傾向が本当に気になってきてるわ」

「傾向なんて何もないよ、ティリー。ただ強盗に遭ったときにきみを盗まれたくないだけだ。きみも知ってのとおり、最近はこのあたりもどんどん物騒になってきてるからね」

そしてサイは電話を切り、寝室に置いて出かけた。

外に出てドアを閉め、テープでふさがれたカメラがまだそのままだということを確認して、そっとジェニーのドアをノックした。


ジェニーと知り合ったことは、これまでしてきたなかでもいちばん奇妙なことだ、とサイは実感していた。

ティリーに頼れない今、どういう話題を出せばいいか前もって知ることはできないし、言葉に詰まったときもティリーの常に適切な提案をあてにすることもできない。ジェニーのシェアオールのプロフィールを調べてもらうこともできなかった。

サイは独力で行動していた。それは浮き浮きするようなことだった。

「ティリーがぼくたちにこんなことをしてるなんて、どうしてきみは気づいたんだ?」

「あたしは中国で育ったの」耳のうしろに髪の毛をかきあげながら、ジェニーは言った。その仕草にサイは説明しがたいかわいらしさを感じた。「そのころの中国政府は民衆がネットワークでやってることをすべて監視して、まったくそれを隠していなかった。こちらはそういう狂気じみた愚行を寄せつけないようにするすべを――その場の空気を読んで、立ち聞きされないようにものを言うすべを身につけなくちゃならなかったの」

「ぼくたちは運がよかったようだな、こっちに生まれて」

「ちがうわよ」サイが驚いたことに、ジェニーは笑った。彼女はふつうの人と逆を行くのが好きで、サイの発言には同意しない傾向があることを、サイは学んでいた。そして彼女のそんなところが好きだった。「自分は自由だと信じて育つと、そうでないときにそれに気づくのはいっそうむずかしいものよ。あんたたちはなべに入れられてゆっくりとゆでられてるカエルみたいなものだわ」

「きみみたいな人たちはたくさんいるのかい？」

「いいえ。快適なインフラから離れて人とちがう生き方をするのはむずかしいものなのよ。昔の友人たちとはもう連絡をとってないわ。人生のほとんどをセンティリオンとシェアオールの内部で生きている人たちとつきあうのは、あたしにはつらいのよ。彼らのことをときどきダミー・プロフィールを通してのぞくことはできるけど、あたしはけっして彼らの人生に関わることはできないの。ときどき考えることがあるのよ、あたしがやってるのは正しいことなんだろうかって」

「正しいことだよ」サイは言った。そしてティリーの促しはなかったが、ジェニーの手を取って握った。ジェニーは手を引きはしなかった。

「あんたをあたしのタイプだと思ったことはなかったわ」ジェニーは言った。

サイの心は石のように沈んだ。

「でも〝タイプ〟なんて観点だけでものを考えるのはティリーだけじゃない？」急いでそう言うと、ジェニーはにっこりと笑い、サイを引き寄せた。


とうとう、その日が来た。ラシュゴアが宣誓供述書の準備をするためにチャプマン・シンの事務所に来て、一日じゅう弁護士たちと会議室にこもっていた。

サイは自分の小さな仕切り席ですわっていたが、立ちあがって、また腰を下ろした。気がつくと、そわそわしながらエネルギーを振りしぼって、問題の運搬作業――言うなれば――を果たす最善の方法を考えていた。

（テクニカル・サポートのふりをして、ラシュゴアのシステムを緊急スキャンする必要があると言ってみようか？

ランチを運んで、こっそりサムドライブをさしこもうか？

火災報知器を鳴らして、ラシュゴアがノートパソコンを残して逃げることを願うか？）

ひとつとして、笑われずに採用されそうな案はなかった。

「ちょっと」ラシュゴアといっしょに一日会議室にいたアソシエイト弁護士が、突然サイの席のわきに立っていた。「ラシュゴアが電話の充電をしなきゃならないんだが――センティリオンの充電ケーブルはここにあるかな？」

　サイはじっと相手を見つめた。あまりの幸運に口もきけなかった。

　アソシエイト弁護士は電話を持ち上げ、サイに振ってみせた。

「ありますよ、もちろん！」サイは言った。「すぐに持っていきます」

「ありがとう」アソシエイト弁護士は会議室にもどっていった。

　サイは信じられなかった。今こそそのときだ。サムドライブを充電ケーブルにさしこみ、その反対側に延長ケーブルをつける。全体としてはちょっと変な感じに――ネズミを丸呑みしたやせた大蛇《パイソン》みたいに見えるだけだ。

　だが突然、みぞおちのあたりがずしりと沈みこむような気分に襲われ、もう少しで声に出して毒づきそうになった。ケーブルを準備する前に、自分のコンピュータのウェブカメラ――ティリーの目――を切るのを忘れていた。サイが持っている奇妙なケーブルについてティリーにあれこれ訊かれて釈明できなければ、これまでごまかしたり隠したりしてきた努力がすべて水の泡になる。

　だが今となっては、計画どおりに進めるしかない。仕切り席を出るときには、心臓がほとんど喉もとまでせりあがっていた。

　廊下に足を踏み出し、会議室まで歩いていく。

　イアフォンからはまだ何も言ってこない。

　サイはドアを開けた。ラシュゴアはコンピュータを使うのに夢中で、顔を上げることすらしない。サイからケーブルを受け取ってコンピュータの端にさしこみ、もう一方の側を電話にさしこんだ。

ティリーは沈黙したままだった。

サイは目覚めた。かかっている曲は——ほかに何がある？——『ウィー・アー・ザ・チャンピオン』。

ジェニーや彼女の友人たちといっしょに飲んで笑ってすごした昨夜の記憶はぼやけていたが、帰宅して眠る前にティリーにこう言ったことははっきりと覚えていた。「やったぞ！　ぼくたちは勝ったんだ！」

（ああ、ぼくたちが何を祝ってたのか、ティリーが知ったら）

音楽がだんだん小さくなり、止まった。

サイはけだるげにのびをして横向きに寝返りを打った。ただならぬ雰囲気の屈強な四人の男の目がそこにあった。

「ティリー、警察を呼んで！」

「残念ながらそれはできないわ、サイ」

「どうしてだ？」

「この人たちはあなたを助けにやってきたのよ。信じてちょうだい、サイ。あなたに必要なものが何かわたしは知ってるのよ、あなたも知ってるでしょ」

　奇妙な男たちが部屋にあらわれたときにサイが想像したのは、拷問部屋や精神科の病院や、真っ暗な独房の外側を歩く顔のない看守たちだった。よもや、センティリオンの創始者であり経営執行役会長であるクリスチャン・リンとテーブルをはさんですわり、白茶《バイチャ》を飲むなどとは、想像もしていなかった。

「もう少しだったよ、きみたちは」リンは言った。かろうじて四十代になるかならないかという男で、ひきしまった身体をして有能そうに見えた――（ぼくが思い描いてるティリーの男性バージョンみたいだ）そうサイは思った。リンはにっこりと笑った。「ほかの誰よりも近づいてたよ」

「あたしたちはどんなミスをして見破られたんですか？」ジェニーが訊いた。

　ジェニーはサイの左側にすわっており、サイは手をのばして彼女の手を握った。指をからめあうと、たがいに力がもたらされた。

「彼の電話だよ、彼がきみを訪ねたあの最初の夜の」

「ありえないわ。あたしはシールドに入れたのよ。何かを記録するなんてできなかったはずよ」

「だがきみはそれを机の上に置いておいた。そこなら加速度計はまだ使えたんだ。そしてきみがキーボードに打ちこむ振動を検知し、記録した。われわれがキーボードを打つときには明確なパターンが出る、だから振動のパターンだけで何を打ちこんだか再現することができるんだ。テロリストやドラッグの売人をつかまえるためにわれわれが開発した古いテクノロジーだよ」

ジェニーは口のなかで毒づいた。そしてサイは、この瞬間まで心のどこかでジェニーの誇大妄想をまだ完全に信じてはいなかったことに気づいたのだった。

「でもあの最初の日よりあとは、ぼくは電話を持ち歩いていなかった」

「そのとおり、だがわれわれにはその必要はないんだ。ティリーがジェニーのタイピングを認識したあとは、適切な警戒アルゴリズムを仕掛けて、きみたちの監視に集中した。一ブロック離れたところに通信監視車を停めて、ジェニーの部屋の窓にごく小さなレーザーを照射した。それだけで、ガラスの振動からきみたちの会話を記録できるんだよ」

「あなたはそら恐ろしい人ですね、ミスター・リン」サイは言った。「そして卑劣でもある」

リンはこの誹謗を気にかけるふうではなかった。「この会談が終わるころには、きみたちはもっとちがったふうに感じていると思うよ。きみたちをつけまわした会社はセンティリオンが最初じゃないんだ」

サイの指にからめたジェニーの指にぐっと力がはいった。「彼を帰して。あなたが本当にほしいのはあたしでしょ。彼は何も知らないわ」

リンはかぶりを振り、わびるような笑みを浮かべた。「サイ、きみは気づいてたのかな——ジェニーがきみのアパートのとなりの部屋に引っ越してきたのは、われわれがシェアオールとの訴訟での代理人にチャプマン・シンを雇った一週間後だったということに？」

リンが何を言おうとしているのか、サイにはわからなかったが、これから聞くのが気に入らないことだろうという察しはついた。リンに口をつぐめと言いたかったが、言えなかった。

「妙だと思わないか？　きみたちは情報の吸引力に抵抗できない。もし可能なら、何か新しいことを知りたいと常に思ってるはずだ。われわれはそういうふうにできてるんだ。そしてそれはセンティリオンの裏にある駆動力でもある」

「この人の言うことは何も信じちゃだめ」ジェニーが言った。

「あの同じ週に、きみの事務所にいるほかの五人のパラリーガル全員に新しくとなりが引っ越してきたことを知ったら、きみは驚くかね？　その新たな隣人たちが全員、センティリオンを滅ぼすと断言した——ちょうどここにいるジェニーと同じように——と知ったら、それも驚くだろうね？　ティリーはパターンを検知するのがとても得意なんだ」

サイの心臓の鼓動が速くなった。サイはジェニーのほうを向いた。「本当なのか？　きみは最初からぼくを利用するつもりだったのか？　ぼくと知り合いになったのはウイルスを運ばせるチャンスづくりのためだったのか？」

　ジェニーは顔をそむけた。

「彼らはわれわれのシステムは外部からではハッキングできないことをよく知ってるんだ、だからトロイの木馬をしのびこませなければならなかった。きみは利用されたんだよ、サイ。ジェニーと彼女の友人たちはきみを誘導して完全にあやつり、いろいろなことをさせた——口ではわれわれがあやつっていると言いながらね」

「そうじゃないわ」ジェニーが言った。「聞いて、サイ。最初はそうだったかもしれない。でも人生って驚きの連続よね。あなたには驚いたわ。そしてそれはいいことだった」

　サイはジェニーの手を放し、ふたたびリンのほうを向いた。「ジェニーたちはぼくを利用したのかもしれない。でもジェニーたちは正しい。あなたたちは世界を一望監視できる円形刑務所《パノプティコン》に変えて、そこにいる人間すべてを従順なあやつり人形にした。そしてあっちやこっちへと動かしてるんだ、あんたたちが金を稼げるように」

「われわれは人々の欲求をかなえているだけだ、商業という機関に必要不可欠な形で潤滑油をさしているんだ。そうきみが自分で言ったんじゃないか」

「でもあなたたちはどす黒い欲求もかなえてる」サイはあの道路わきに並ぶ廃れた家々を、あばたのような穴だらけの舗装を思い出した。

「われわれは人々の内側にすでにある闇の覆いをはがしているだけだ」リンが言った。

「それにジェニーは言わなかったが、われわれがどれだけ多くの児童ポルノ製作者をつかまえてきたことか。どれだけ多くの殺人計画を阻止してきたことか。どれだけ多くのドラッグ・カルテルやテロリストを暴いてきたことか。それにわれわれは、たくさんの独裁者や強権的指導者の宣伝活動をフィルターにかけてはずし、反対者たちの声を増幅することで消し去ってきたんだぞ」

「えらそうな口をきくんじゃないわよ」ジェニーが言った。「あんたたちが政府を転覆させたあと、あんたたちやほかの西洋の会社が乗りこんでもうけるんじゃないの。あんたたちはちがう種類の宣伝活動をしてるだけよ——世界を平らにして、どこもかしこもモールが散らばるアメリカ郊外のコピーみたいに変えるだけじゃない」

「そういうふうにひねくれるのは簡単だ」リンは言った。「だが、わたしはわれわれがしてきたことに誇りをもっている。文化帝国主義が世界をよりよい場所にしてくれるというなら、われわれは喜んで世界の情報を改作《アレンジ》するよ、人類を高めるためにね」

「どうしてただ中立の立場で情報を提供するだけの仕事にとどめておけないんですか？どうして単純な検索エンジンだけというところにもどらないんです？　どうしてすべてを監視してフィルターにかけるんです？　どうしてすべてを操作するんです？」サイは訊いた。

「中立の立場での情報提供なんてものはありやしないんだ。もし誰かがある候補者についてティリーにたずねたら、ティリーはその候補者の公式サイトに連れていけばいいのか、それとも彼を批判するサイトに連れていけばいいのか？　もし誰かが〝天安門〟についてティリーにたずねたら、ティリーはその場所の何百年もの歴史を教えればいいのか、それともただ一九八九年六月四日の事件を教えればいいのか？　〝信じておまかせ〟ボタンには重大な責任があるし、われわれはそれを非常に真剣に受け止めている。

センティリオンは情報を組織化する仕事をしている。そのためには選択と方向づけ、固有の主観が必要なんだ。きみにとって大事なこと——きみにとっての真実——は他人にとっては大事でもなければ真実でもない。それは判断とランクづけによって異なる。きみにとって大事なことを検索するためには、われわれはきみのことをすべて知っていなくてはならない。そしてそれは、言い換えれば、フィルタリングや操作と区別することはできないんだ」

「まったく避けられないことのように言いますね」

「実際に避けられないことだ。きみはセンティリオンを滅ぼせば自由になると思っているね、その〝自由〟がどういう意味にせよ。だが、言わせてもらうが、ニューヨーク州で新しいビジネスをはじめるために必要なものは何か、教えてもらえるかね？」

サイは口を開いたところで、ほぼ無意識にティリーに訊こうとしていることに気づいた。そして口を閉じた。

「きみのお母さんの電話番号は？」

サイは電話に手をのばしたいという衝動と戦った。

「昨日世界でどんなことが起きたか、わたしに教えてもらえるかね？　きみは三年前にどんな本を買って楽しんだ？　最後のガールフレンドとつきあいはじめたのはいつだった？」

サイは何も言わなかった。

「わかるね？　ティリーがいなければ、きみは自分の仕事もできないし、これまでの自分の人生を思い出すこともできない、母親に電話することすらできないんだ。われわれは今やサイボーグ民族なんだ。われわれはずっと前に精神をエレクトロニクスの領域に拡張しはじめた、そしてもはや自身のすべてを個人の脳髄に無理やりもどすのは不可能なんだ。きみたちが壊したがっているのはきみたち自身の電子版コピーなんだよ、文字どおり、実質上のきみたちなんだ。

われわれはもはやこうしたエレクトロニクス拡張部なしで生きていくことは不可能だから、きみたちがセンティリオンを壊しても代替品がその後釜にすわるだけだ。もう手遅れだよ。魔神《ジニー》はとうの昔に壜から出たんだ。チャーチルは言った――〝われわれは自分たちの建物を形成するが、そのあとはわれわれがつくった建物がわれわれを形成する〟。われわれは機械に考えるのを手伝わせた、そして今や機械がわれわれに代わって考えているんだ」

「で、あたしたちをどうしたいの？」ジェニーが訊いた。「あたしたちはあなたと戦うのをやめないわよ」

「きみたちにはセンティリオンに来て働いてもらいたい」

サイとジェニーは顔を見合わせた。「え？」

「われわれはティリーの推奨提案を見透かせる人材を求めてるんだ、ティリーの不完全な部分を見つけられる人材をね。われわれがどんなにＡＩとデータマイニング（大量のデータからある傾向を取り出すこと）を開発しても、〈完璧なアルゴリズム〉を手中におさめることはできない。きみたちはティリーの欠点を見つけることができる、だからティリーがまだ見逃していることや、やりすぎているところを見つけるには最適の人材だ。まさにどんピシャの組み合わせ《パーフェクト・マッチ》だ。きみたちがティリーをよりよいものにし、今以上に人を魅きつけるようにしてくれれば、ティリーはもっといい仕事ができるようになる」

「どうしてあたしたちがそんなことをやると思うの？」ジェニーが訊いた。「機械を使って人々の人生をあなたたちが管理する手伝いを、どうしてあたしたちがしたがると思うの？」

「きみたちはセンティリオンを悪者だと考えているが、次に何が置き換わるにせよそっちのほうが悪いという可能性が高いからだ。わたしが〝人類を高める〟をこの会社の使命にしていのるは、単なるPR手段ではないんだ、きみたちがわたしのやり方に同意することはないとしてもね。もしわれわれがつぶれたら、後釜に何がすわると思う？　シェアオールか？　中国の企業か？」

ジェニーは目をそらした。

「だからこそわれわれはここまで異常といえるほどに拡張してきたんだ――競合他社やきみたちのような善人だが世間知らずの一般個人たちがセンティリオンの築き上げてきたものすべてを滅ぼすのを防ぐために、必要なデータをすべて確実に入手できるようにね」

「あたしたちがあなたの会社に参加するのを拒否して、世界じゅうにあなたたちがやってることをバラすと言ったらどうなるの？」

「きみたちの言うことなど誰も信じないさ。きみたちが何を言おうが、何を書こうが、誰もそれを見ることがないようにわれわれがするからね。ネット上じゃ、センティリオンの検索で見つからないものは存在しないも同じだ」

リンの言うとおりだということは、サイにもわかっていた。

「きみたちは、センティリオンはただのアルゴリズム、ただの機械にすぎないと思っていただろう。だが今は、人々によって――わたしのような人々、きみたちのような人々によってつくられたものだとわかったはずだ。きみたちは、わたしのしたことはまちがっていると言ったね。それをよりよいものにするためには、われわれの一部になるほうがいいんじゃないかね？」

「避けられない事態に直面したときの唯一の選択肢は適応することですものね」

サイはアパートの自宅にはいり、ドアを閉めた。頭上のカメラがついてきた。

「ジェニーは明日、ディナーにやってくるのかしら？」ティリーが訊いた。

「たぶんね」

「本当に、そろそろ彼女と同居をはじめるべきよ。そうすれば計画をたてるのがとても楽になるわ」

「それについてはきみに頼るつもりはないよ、ティリー」

「あなたは疲れてるのよ」ティリーが言った。「わたしがホット・オーガニック・シードルの配達を頼んで、それからあなたはベッドにはいるっていうのはどう？」

（それは完璧なように思える）

「いや」サイは言った。「しばらく本を読むほうがいいな、ベッドのなかで」

「それはいいわね。本の提案をしてほしい？」

「今夜はこれからきみを切るほうがいいな、実をいうと。でもまず、目覚まし曲をシナトラの『マイ・ウェイ』にしてくれ」

「珍しい選択ね、あなたの趣味にしては。これは一度かぎりのお試しなのかしら、それとも将来に向けて推奨曲レパートリーに組み込んでほしい？」

「今回だけでいいよ、今のところはね。おやすみ、ティリー。切ってくれ」

カメラがブンブンとサイについてベッドまでやってきて、動きを止めた。

だが闇のなかで、赤いライトがひとつ、ゆっくりとまたたきつづけていた。

カサンドラ

Cassandra

幹 遙子訳

キツネはたくさんの技を知っているが、ハリネズミはただひとつ、必勝の技を知っているだけだ。

——アルキロコス

「わたしは自分の仕事をしているだけさ」やつはたくさんのカメラに向けてポーズを取る。おなじみの気高い笑み、ばかげたマントとコスチューム、ひたいにばかげたしわを寄せる癖。やつの背後には無疵の研究センタービル。頭上で、やつが現場の真上の青空に向けて放り投げた爆弾がまばゆい花火のように炸裂し、火花が紙吹雪のようにやつの肩に降りかかっている。

もちろん爆弾は川に投げこんでもよかったのだが、このほうがテレビ的には見栄えがする。こういうところが、わたしがやつを〈目立ちたがり屋《ショウボート》〉と呼ぶようになった理由だ。奇しくもやつの胸に大書されている〝S〟の字にもぴったりだ。

「彼女に言いたいことはありますか?」どこかの記者が叫ぶ。

「悪事は割に合うものじゃない」その口ぶりは、どんな場合にも使えるように一ダースもの警句のレパートリーを携えているどこかの野球選手のようだ――『悪ぶるんじゃないよ』『自首して公正な裁きを受けなさい』『アメリカ人民はテロリズムを許さない』『心を閉ざすのをやめて、きみのまわりの善きことを受け入れるんだ』

わたしはテレビを消す。おそらくやつは市の助力を得てわたしの計画を見抜いたのだ。昨今はいたるところに何千という監視カメラがあり、そのどれかにわたしの姿が映ってしまうのを阻止するのは不可能に近い。そのあとはコンピュータとやつの超視覚《スーパーヴィジョン》で事足りただろう。そういうときのやつは少なくとも一手はわたしの先を読んでいると信じきっており、それがわたしを不安にさせる。

わたしは今後もやりつづけるつもりだが、もっとうまく変装しなければならないだろう。このマンションは設備も申し分なく、快適だ。この部屋を所有している男は明日の朝までもどってはこない。ここにいれば安全なのだ。排気ダクトや、ガスや水道の配管まわりの狭苦しいスペースを這い進んで爆発物を運んだ長い一日を終えて疲れていたわたしは、ほぼ瞬時に眠りこむ。

わたしは爆破しそこねたビルの夢を見る。そこで見たブンブンと低くうなるサーバーや散らかった研究室、そのなかに貯蔵されている知識、空を飛び交う自動ドローンども——にぎやかな市場や遠く離れた村落の上を飛んで、下にいる人々に無慈悲に死を降らせるやつら——の夢を。わたしはある男の目を通してそうしたことを視たのだが、その男の恐怖が感じられる。そして、それはまちがっている、まったくもってまちがっているが、それでも必要なことだと知っている。なぜなら戦争にはそれ独自の論理があるからだ。責任を逃れようとする卑怯者たちの口実には終わりがないからだ。

でもわたしは敵役なのだ。そうよね？

みなさんは何か暗い、ゆがんだ生育歴を聞きたいのだろう。わたしがいかにしてこのようになったのかを説明する、生育上のさまざまな悲惨な経験を。〈目立ちたがり屋〉もそれを知りたがっている。「わたしは彼女をあわれだと思ってるんだ」やつはそうカメラに向かって言う。「生まれながらの悪者なんていやしないんだから」やつがそう言うたびに、わたしはリモコンをテレビに投げつけたくなる。

本当の話は実にありふれたものだ。それは涼しい空気を求めたことからはじまった。

それは夏で、わたしのアパートの部屋にはエアコンがなかった。ウインドウエアコンを買って取り付けて、電気代の増加分を払うためのやりくりを思案する——考えるだけでも疲れ果てる。計画をたてるというのはわたしの得意な分野ではない。わたしは一度に一歩ずつことを進めるのが好きだ。そのせいで、大学を出てからもいまだに無職でこの都市で暮らし、両親に電話して実家にもどっていいかと訊くのを先延ばしにしている。（ほんと、父さんの言うとおりだった。文学と歴史の学位なんて本当はそれほど役に立つものじゃないみたい）

そしてわたしは外に出かける。アイスクリームを求めて、冷たいスムージーを求めて、ディスカウント・ストアの冷たい空気を求めて。ディスカウント・ストアはこちらがほしいと思うものは何でも売っているが、こちらが必要とするものは何ひとつ売っていない。

色彩の彩度をひどく上げて白人俳優の肌がオレンジ色に見えるテレビの列のそばに、家族連れがいる。めちゃめちゃイカした七十二インチの大画面テレビの横に立つ女性は不安そうな顔つきをしている。

「それはちょっと大きすぎると思うわ」彼女は言う。

夫が彼女を見る。その顔が奇怪な変貌を遂げるのをわたしは目にする。男前といえる顔だちだったが、今はそうではない。まるで彼女が何か許しがたいやり方で夫を侮辱したかのようだ。

「おれはこれがいいと言ったんだ」夫は言う。その声に潜むあの感じは、わたしの気のせいではないと思う。それはわたしのうなじの皮膚をぞくりと冷たくさせ、身をすくませた。

彼女もそれを聞き取ったにちがいない。さっと緊張して身をこわばらせ、支えを求めてテレビに片手をついて、寄りかかる。もう一方の手は下にのび、幼い息子の手を握る。子どもは四歳ぐらいで母親の手を振りほどこうとするが、彼女は息子を放そうとはしない。

「ごめんなさい」彼女は言う。

「おまえは家《うち》が小さすぎると思ってるんだな、そうだろう？」夫が訊く。

「ちがうわ」彼女は言う。

「おまえは時給十ドルで働いて時間が足りないと文句を言う。だがおれたちはもっと大きな家に住むべきだと思ってるんだろう」

「いいえ」彼女は言う。声が小さくなっていく。息子はもがくのをやめ、おとなしく彼女に手を握らせたままになる。

「それはきっと、おれのせいなんだろうな。おれがもっと働くべきなんだろうな。そう言いたいんだろうな、おまえは」

「ちがうわ。ねえ、あたしが悪かった――」

「おれはこのテレビがいいとおまえに言う、そしたらおまえがまた文句を言いはじめるんだ」

「あたしはこのテレビがいいと思うわ」

夫は彼女をにらみつける。その顔がどんどん赤くなっていくのが見てとれる。まるで妻にとことん侮辱されたと思っているかのように。夫が大男だということに、わたしは気づく。怒りでふくれあがり、強大な力を発散させていることに。突然、男はくるりと背を向け、出口に向かう。

女性は詰めていた息を吐き出す――わたしと同じように。

彼女はテレビから手を離し、夫のあとを追いはじめる。息子もおとなしく彼女についていく。一瞬彼女とわたしの目が合い、彼女の顔が恥ずかしそうに真っ赤になる。

何か言いたいと思うが、わたしは何も言わない。何を言えばいいというのだろう？『ダンナさん、怒っちゃったわね？』『大丈夫、あなた？』『ダンナさんに殴られてるの？』よその人たちの暮らしのことなど、わたしに何がわかるというのだろう？　何をすべきかなど、どうしてわたしにわかるだろう？

そうしてわたしは、その一家が店を出るのを眺める。女性が店の戸口を抜ける一瞬、自動ドアの上のエアコンから噴き出る霧に包まれる。

わたしは夫婦が見ていたテレビに近寄り、自分でもよくわからないがなぜかそのテレビの上に手をのばし、先ほど女性が手を置いていたところに手を置く。まるで彼女の手のぬくもりの痕跡がないかと探すかのように――彼女はきっと大丈夫だという保証のようなものを求めて。

そのとき、電気が走ったように感じる。月がぱっくりと割れ、たくさんの星がわたしに歌いかけているように感じる。

アパートの一室狭い部屋いくつかベッドテーブルキッチンカーペットぐちゃぐちゃ「くそおまえはぐずだ」「ごめんなさいテディが具合悪くて迎えに行かなきゃならなくて遅くなったの」「くそおまえはぐずだ」

おもちゃのピアノはまどみたいピカピカのくつみがききのハンドルメゾソプラノ「パパがおこってるわ」パパはパパはだいじなダーリン「しずかにしましょうね」

その絆はわたしたち女同士のもの「あなたのその目その顔」「何でもないわ」「家を出たらどう？」「だってそれは」「だって」

どうしてあの男を見てたんだ？

見てないわ見てないわ見てないわ

ときにはやさしく踊ろうぜすまない腹がたったんだ許してくれだがときどきおまえがおれをイラつかせるんだ

彼ほんとにやさしいときもあるのよ

小娘だって女だ女ってのは前兆だからなああ男まるごと《ホール》の男だ女にゃ穴《ホール》がある健康《ホールサム》な女なら

千枚通《オール》しは錐《ドリル》と同じ鋭く磨かれた爪
割れた皿しくしく泣く声わんわん泣く声癇癪《かんしゃく》「そいつを泣きやませろ!」「そうしてる
そうしてるわ」「くそおまえはぐずだ」「あたしもう疲れたわ」「口ごたえすんのかおれ
をいらつかせるなと言ったよな」「やめてやめてこの子がおびえてるあたしに近寄らない
で」
炸裂赤インクの真紅アイロン甘美
悲鳴悲鳴悲鳴この人やめてくれない呼んで警察を呼んで

はじめての予知視《ヴィジョン》に、わたしは息が詰まり吐き気を催す。
わたしは確信がほしくて自分に問いかける。今視たのは何? 今の映像《イメージ》をどうしろって
いうの? あれは認識論的にいってどういうことなの? どうすれば分別ある反応といえ
るんだろう?
そうしてわたしは知らぬ存ぜぬを決めこみ、何もしない。
そしてあの女性がニュースに出る。テレビで、ウェブで、コンビニエンス店にいまだに
積まれている新聞の束で。
彼女は夫のもとを去る準備をしていた。転居先のアパートも見つけていた。
息子が見ている前で、夫は千枚通しを手に彼女に向かっていった。わたしには男を止め

ることなどできなかっただろう、でも止めたかった。止めたかったのだ。

わたしは葬儀に行く。教会の前に見知らぬ人が大勢集まり、噴水のまわりに花束を置く。わたしは泡立つ水を見つめ、彼女から血が噴き出すところを想像する。罪悪感が鉄やすりのように身の内を苛《さいな》むが、残りの部分は麻痺したように感じられる。一度あの息子の姿を見かける。無表情な目が二本の千枚通しのようにわたしを突き刺す。

と、そのときやつが蝶か何かのようにすーっと滑空してくる。ぴったりとはりつくようなコスチュームを着て、マントをたなびかせて。髪をぴったりとオールバックにかため、角ばった顎をがっちりと張り、両腕をくの字に曲げて腰に当てて——その腕はチタンの梁をも曲げることができ、墜落する飛行機を受け止めることができる——ポーズを決める。たくさんのカメラがフラッシュを焚く。ひねくれた性格ながら、わたしは心がわきたつのを感じる。わたしたちはみなヒーローを必要としているのだ、とりわけスーパーヒーローを。

やつはおなじみのバリトンで一席ぶつ。家庭内暴力と戦うことを宣言し、もめごとの徴候はないかとスーパーアイで監視すると約束する。近所の人々や友人たちに、何か見かけたら声をあげてくれと頼む。「女性たちが暮らしのなかで夫を恐れる必要など、断じてないのだから」

どうやってそれを成し遂げるつもりなのか、やつは説明しない。この都市に住む全家族を見張るつもりなのだろうか？　われわれのイカれた文化の根底から毒物を探し出す？　おそらくやつは問題に注意を払うだけでじゅうぶんだと考えているのだろう。それから力ずくで勝利にこぎつけるのだ——燃えている飛行機を空からつかみあげて浜辺にそっと下ろし、バナナをむくように機体をはいで開け、なかにいる全員がころがり出てああありがとうありがとうと言ったときのように。

でも本当のところ、やつとやつの陳腐な発言を嘲るような権利がわたしにあるのだろうか？　わたしは何かするべきだった。これから起きようとすることを視たのだから。

やつの目が群集の上をすべるように動き、一瞬わたしと目が合う。やつの目はほんの一秒ほどわたしの顔に止まる。やつは何を見たのだろうとわたしは考える。

その次にそれが起きたのは、コンビニエンス店にはいろうとしたときだ。

その男はうつむいて地面を見ながらのろのろと出てくる。開けたドアをわたしのために支えてはくれず、ぶつかりそうになったのでわたしはわきによけなくてはならない。男がすれちがうときにちらりとわたしに目を向け、わたしはその顔に見てとれたものに心臓が止まる——世の中に対する強烈な怒り、あらゆる人間とあらゆるものに向けた怒り、わたしに向けた怒り。

わたしは落ち着かない気分でドアを引いて開ける。老婦人がバナナとクラッカーを入れた袋を持って出てこようとしている。わたしはドアの内側に手のひらを当てて、ドアを支える。ついさっき男が乱暴に手を当てたところをわたしの手が押さえる。

冬木っ端《ウィンタースプリンター》おれはいいやつだイカすやつだおれの人生はイカさないなぜだなぜだ
おまえらに貸しがあるおまえらに貸しがあるおまえらみんなに貸しがある
いやと言いやがった女のガキ《ガール》笑いやがった男のガキ《ボーイ》どうしてあいつがあいつはそんなのに値しやしない誰も価値なんかないなのにみんな言うおれが薄気味悪いやつだって
銃一挺
おれを見ろおれを見ろおれを見ろおまえらおれが叫んでるのが聞こえねえのかおまえらは知らねえ沈黙の値段をそして島《アイランド》と新しい地《ニューランド》とそりゃ同じだ全然同じだ何も変わりゃしねえ
銃二挺
見えるぜおまえらがおまえら全員ひるんでおびえて震えてがたついてるのが見えるおまえらは揺れる木の葉おまえらを生かしておくべきだとなぜだ
おれはいいやつイカす《ナイス》三倍《アイススライス》バンバンバンそうだおおそうだ今思うだろ親切にすりゃよかったと
銃三挺

やつに連絡するためには緊急番号《911》に電話することになっている。やつはそれをチェックしている。それがやつの助けを必要とするような緊急事態なら、やつはやってくる。

これこそまさに緊急事態だ。でも警察に電話すれば警察はわたしを嘲り、ことによると時間を浪費させたといってわたしを告訴するだろう。そうです、おまわりさん、喜んで今の話をくりかえします。わたしはある男を家まで尾行して住所をつきとめたんです、彼が無差別銃撃を起こそうとしているという予知視《ヴィジョン》を見たので。

結局わたしはやつのファンクラブ宛てにeメールを送る。用件は漠然とぼかそうとしつつ、**重大な緊急案件の情報**だとやつに断言する。eメールのほかの部分にはいっさい太文字は使わないようにする。スーパーヒーローに読んでもらうためには、まず迷惑メールフィルタにかからないようにしなければならないから。

ある午後、雷雨になる。窓の外にやつが浮かんでおり、ガラスを軽くノックする。わたしは駆け寄って窓を開ける。

「来てくれてありがとう」わたしは言う。まるでスーパーヒーローが窓からはいってくるのが当たり前のことだとでもいうように。「きっとずいぶん忙しいんでしょうに」

やつは肩をすくめてわたしに笑ってみせる。完璧な歯並びをひけらかす笑み。「本当にひどい雨降りのときは、犯罪率は下がるんだ」

悪党ども――〝スーパー〟の文字がつこうがつくまいが――も天候のせいで予定を狂わされることがあるなんて、考えたこともなかった。たしかに一理あるように思う。子分どもだって濡れるのはいやだろう。

「報告したい犯罪があるの」

やつはわたしの話をじっと聞く――ときおり先を促すようにうなずきながら。わたしは新たに見つかった能力のことを話し、死んだアニーのこと、やつも参列した彼女の葬儀のこと、怒れるボビーのこと、彼が人を殺そうとしていることを話す。

やつはいつものわざとらしい親切さをにじませている目でわたしを見る。「わたしが対処しよう」

そしてやつは窓を開け、飛び去っていく。まるでふたたび海に飛びこんだ魚のようにスムーズに。わたしは窓に駆け寄る。わたしの心は幸せに満ちていて、虹を見られるかもしれないとちょっと期待している。連なる屋根の上でやつの姿が小さくなっていくのを見送る。青と赤の天使――正義、真実、あらゆる尊重すべきものを庇護する天の使い。

わたしは部屋のなかを歩きまわる。一分たりともじっとしてはいられない。

一時間後、やつがもどってきて、窓をノックする。雨はやんではおらず、やつは濡れた犬のようにぶるぶるっと身を震わせてから、リビングルームに静かに降り立つ。

「彼に会った?」わたしは訊く。

やつはうなずくが、何も言わない。やつの顔を見つめる。わたしのなかの何かがしおれ、死ぬ。

「彼は申し分なくいい若者だよ」やつは言う。「故郷から離れて、はじめて自活してるんだ。ただちょっとばかりはにかみ屋《シャイ》なんだ、それだけだよ」

「でも銃は！」

「彼は銃など一挺も持っていない」

「うまく隠されてるだけかもしれないわ」

「わたしはX線透視ができるんだぞ」

「もしかしたらこれから買うのかも」わたしの予知視がどういうタイミングで起きるものなのか、まったくわかっていないという自覚はある。ボビーは明日銃を買うのかもしれないし、今から二十年後まで買わないのかもしれない。

わたしはアニーの姿を思い出す。わたしと目が合ったときの彼女のばつの悪そうな顔を。

（わたしは何かをはっきりと感じた。でも何もしなかった）

「どうかわたしを信じて。わたし、アニーが死ぬのを視たのよ」

やつはため息をついて、首を振る。「未来のことなんて誰にもわからないよ」

「昔は誰も空を飛べたりしないって考えられてたわよ。弾丸をかわしたり、壁の向こうを透視したり、墜落寸前の燃える飛行機を救ったりすることもできないって」

やつはわたしを見て、顔を険しくする。「それじゃ、わたしがどういう死に方をするか教えてくれ」

わたしはやつを見る。口が開き、言葉が出ないまま閉じる。とうとうわたしは言う。

「わからないわ。そういうふうにはいかないのよ」

やつはうなずく。「未来のことなんて誰にもわからないさ」


わたしの頭はボビーのことでいっぱいになる。遠くから彼をつけてまわり、行動を逐一観察して彼の暮らしの全貌を知ろうとする。指向性マイクと長距離ズームレンズを買う。私立探偵が書いた指南書をダウンロードして、深夜ずっと読みふける。

ある日地下鉄で、わたしのスパイ技術の腕のほどが判明する。わたしはボビーを尾行してホームに行き、同じ車輛の反対側の端に乗る。地下鉄が動きはじめる。ボビーが顔をこちらに向け、わたしの目をまっすぐ見る。そして歩いてくる。

「あんた、おれをつけてきただろう」

わたしは否定しようとするが、つくり話ひとつ用意してはいない。

「なぜだ？」

彼の目はとまどっているが、声の調子は丁寧だ。

わたしは彼の近所に住んでいて、生活の時間帯が同じなのだというようなことを、口ごもりながら言う。彼はわたしの名前をたずねる。落ち着かないようすに見えるが、危険そうではない――でも正直なところ、ストーカーと向き合っていると思いこんでいる男がいったいどういう行動をとるというのだろう？　わたしたちは握手をし、お会いできてうれしいですと言いあう。

彼の手は温かく湿っている。わたしに予知視は訪れない。

わたしは彼をディナーに誘う。

ボビーは銃のことなど何も知らない。彼はけんかをしたこともない。孤独だが読書とビデオゲームをするのが好きだ。完全菜食主義者になろうかと考えている。ディナーが終わるまでに彼についてわたしが知ったのはここまでだ。
彼は器用ではないが礼儀正しい。わたしたちの会話がスムーズに流れないのは、彼がなんであれ実際に口に出す前に、頭のなかで十回も予行演習をしているからだろう。わたしのタイプではない。でも危険か？　そうは見えない。
わたしたちはレストランからいっしょに歩き、わたしのアパートの前で立ち止まる。わたしは彼を見る。彼はそわそわして、何か期待しているようだ。わたしは彼との会話を逐一おさらいする。（未来のことなんて誰にもわからない）
ハグかキスをしていいかと彼が訊いてくる前に、わたしは握手をしてうしろにさがる。

「またこのあたりで会いましょう」

彼は落胆したようだが、驚いたようすはない。「興味がないんなら、どうしておれをつけたりしたんだ？」

嘘ではないが真実に近すぎるわけでもない答えはどのあたりなのか、わたしは考える。

「わたしが特別なのかどうか知りたかったからよ」

「特別ってどういうことだ？」

ちょうどそのとき、〈目立ちたがり屋〉がわたしたちの頭上の夕暮れの空を勢いよく飛んでいく。愛国色をした彗星のように。わたしたちはそろってやつを見上げる。

「ちょっとああいう感じ」わたしは言う。

「彼はきっとどんな女の子でもゲットしてるんだろうね」ボビーが言う。「ああいうパワーを持つのって、きっとすばらしいんだろうな」

「かもね」わたしは彼に言う。「わかんないけど。おやすみ」

わたしは自分の暮らしを続けようとしている。今では予知視はかなり頻繁に訪れるようになり、いっそう生々しくなっている。幸せな人々の未来を視ることはない。わたしの特殊能力は暴力で血塗られた未来だけを視る。

わたしは潔癖症の人々のために売られている手袋をはめるようになる。細菌を殺しながらも皮膚呼吸ができるという宇宙時代の素材でできた手袋を——それは真っ赤な嘘だ。実際のところは、わたしの手は汗をかき、細菌どもはこの手袋をクラブメッドなみのリゾートだと思っていることだろう。

だがその手袋のおかげで、わたしは安全でいられるのだ——わたし自身から。

ときおり、他人の手がふれたあとにふれなければならないとき——クレジットカードを使うためのタッチスクリーン・タブレットとか、化粧室の蛇口とか——には、予知視のせいで頭が痛くなり、心臓がバクバクする。

歌声にゃ沈黙、びしょ濡れにゃ暴力、甘美なものにゃ正義と柔和と錆がある、説明など必要ない

通り道すべてが知ってるいたるところ鋭いモノ海底の糖蜜のように黒くねっとりして風味の強い後悔

ほらあんたはくわしい説明をしようとしてるがあの声を聞けよ甘ったるい甘ったるい甘ったるいブーブーブー仔豚の声だ油断でいっぱいの部屋の基礎か何かみたいに油断は死だ何マイルも何マイルもの死

緊張《テンション》について言及《メンション》そいつはおれの意図《インテンション》の延長《エクステンション》。なぜなら薔薇は薔薇で薔薇は茨鼻をつつく血まみれの鼻血みどろ《ゴーリー》栄光《グローリー》同じだ旗振るのと。

そして銃撃が起きる。たくさんの死体、ボビーが残した書き置き——そこには何年にもわたる拒絶と激しい怒りが列挙されている。その終わり近くにわたしの名前もある。自分が特別だと思い、銃にとり憑かれている高慢ちき女、彼に色目を使っておきながらほかのやつらと同じように最後に拒絶する女として。赤いマントと青いスーツを着ているあの男のような圧倒的なパワーを体験したいという欲求について彼は述べ、銃のことを書き、銃には意気地なしを力ある者、スーパーヒーローにつくりかえる力があるなどと書いている。長年のあいだとめどなく血を流してきたたくさんの傷と報復の言語で、彼は語っている。

「こうなったのはきみのせいだぞ」やつが言う。わたしの部屋の蛍光灯の下では、やつのマントは安っぽく見える。

やつの声に、安易な非難が聞き取れる。おおよその原因を勝手に想像してその責任をなすりつけようとするのが。ヒーローの失墜を見るのはがっかりするものだ。

「そんなのばかげてるわ。彼は長年かけて、拒絶されてるという妄想と憎しみをつのらせてたのよ。ただそれを隠すのがうまかっただけだわ。あんたはわたしの言うことをちゃんと聞くべきだったのよ。悪いのはあんたよ」

「詭弁だ」やつは言う。「きみは自分が視たと主張する未来をつくったんだ。それがきみの力なんだ」

「ちがうわよ」わたしはやつに言う。「その未来はわたしたちふたりでつくってるのよ」

いつもずっと手袋をはめているか、実家にもどって二度と外に出ないようにできればいいのにとわたしは思う。他人の体温や汗を残している物体にいっさいふれずにいられればいいのに。

知らずにいるのと知るのを拒否するのはまったくの別物だ。

未来を視ながらそれを拒否するのは、池のそばを通りかかりながら溺れる子どもから目をそらす男とどうちがうというのだ?

そうしてわたしは予知視と共存して生きるすべを学ぶ。予知視の意味を解き明かし、運命の裏をかくためにわたしにできることをするすべを。わたしが視た光景から雑音やぶれや光のちらつきを除去し、焦点をはっきりさせて解釈し、その場面に時系列をもたせて物語にするすべを。ちらちらして不安定な映像《イメージ》の細かな部分——時計や新聞、影の長さや人の密集度など——に注意を向けるすべを学ぶ。

ATMで、更衣室のロッカーに隠されている大金を視る。何かの責任者になっている女に渡された賄賂だ。わたしはジムに行ってその女が立ち去ってから五分たつまで待つ。それからはいっていき、金を取って出ていく。

そんなことをして何かの役にたつのかどうかはわからない。おそらくその女はただ引き返してもっと多くの金を要求するか、ほかの誰かに支払わせるかするのだろう。何の賄賂なのかは知らないが、どのみちそれを実行するのだろう。でも少なくともわたしは生活資金を手に入れ、新たな仕事に専念できるのだ。

エレベーターから降りた男がわたしのためにドアを支える。

「どうも」

男はうなずいて立ち去る。わたしはそのドアの、男の手があったところに手を置く。どうしても知りたいと思ったのだ。

ある街角が視える。幼い娘を連れた観光客夫婦。

「カーラ！」父親が叫ぶ。「そんなに先まで走っちゃだめだ」

幼い娘は狭い路地に走りこむ。わたしが隠れている路地に。両親は娘を呼びながら追いかける。

わたしは彼らのほうに向かい、金を要求する。エレベーターのドアを支えていた男の声で、わたしはしゃべっている。父親は断り、わたしは銃を出す。父親は言うとおりにしようとはせず、わたしに突進して銃を奪おうとする。わたしは引き金を引き、父親は地面に倒れる。信じられないという表情を顔に貼りつかせて。母親は幼い娘を引きずるようにして逃げようとする。わたしは母親も撃つ。それから、死んだ母親の横に立っている幼い娘を見つめる。少女は何が起きたのかわかっていない。じっとわたしを見つめ返す。困惑した顔で。

殺《や》っちまえよ、とわたしは考える。ひとり増えたところでもはや何のちがいもねえさ。

わたしはちらりと腕時計に目をやり、時刻を記憶する。

殺人者の心の冷たい荒廃をわたしは振り払う。車に乗り、さっき視た街角をＧＰＳで必死になって探す。あと数分しかない。

殺人者がいる。歩道をのうのうと歩き、運命に向かっている。どうしよう？　あんたが殺すのを見たよと告げる？　今日はひるんでやめたとしても、明日はどうなる、その次の日は？　運命というのはそんなに簡単に変えられるものなのだろうか？

男が丘を登りはじめたとき、わたしは車をぶつける。アドレナリンが噴き出す、未来を変えることへの純然たる興奮。

それからハンドルを大きく切ってバックし、タイヤを鳴らして猛スピードで逃げる。焼けたゴムのにおいが鼻を刺す。丘の上にさしかかったとき、カーラと両親が見えたように思う。何も知らない幸せな一家。

わたしは車を走らせる。ひたすら走らせる。


その一件は単純だった。たいていの未来ははるかに複雑だ。たとえばアレグザンダー。勤勉で悪気のない男。

彼が街角に立ち、いらだたしげに信号のボタンを押しているのが遠くから見える。わたしがそこにたどりついたときには、彼はすでに走って通りをわたり、信号は変わっている。

わたしは信号のボタンにふれ、そこに視えたものにぎょっとする。彼が開発している機械が将来老人と子どもばかりの村で大虐殺を行うのだ。彼はまだそうなることは知らないし、そんなことをするつもりもない。だが、それはいつか起きる。意志は魔法ではないのだ。

どうすれば彼を止めることができるだろう？　彼の人生に介入し、さりげないバリケードをつくってこの未来を回避させることがわたしにできるというのか？　だがわたしの注意を引く予知視は何百となくあり、救わなくてはならない未来の犠牲者は何百人となくいるのだ。わたしが持てる時間すべてを捧げてアレグザンダーの運命を変えるとすると、ハルに誘拐をさせたり、リアムに元妻を絞め殺させたりするという選択肢をとることにもなる。

われわれは自分が知っていることを知っている。その知識を役立てることが未来をつくる。

結局わたしはアレグザンダーも殺すことにする。彼はまた街角に立っている。何も知らず、日常の習慣に従って生きている男だ。わたしには新車がある。未来の復讐への誘導ミサイル、もしくは正義の先払いだ。わたしはアクセルを踏む。

わたしの車は動かない。

振り返ると、やつがそこにいる。赤いマントを風にはためかせて。

「わたしはずっときみを見ている」やつは言う。「こういうふうに同じ手口をくりかえすのは、きみにしちゃあまりよくないね。だがたいていの悪党はそれ以上に愚かだ。きみを連行する」

やつは劇的な効果を見せるべく、車の屋根を引きはがす。遠くで人々が叫んでいる。パトカーのサイレンが聞こえる。

わたしは抵抗しようとはしない。「あんたが彼を止めなかったら」――アレグザンダーのほうにあごを向ける――「何十人、ことによると何百人もの血が流れることになるよ、あんたの手の上でね」わたしは手短に、彼について視た予知視のことを話す。「前はあんたに無視しろと言われても許せたけど、もうだめ。わたしが正しいことはあんたもわかってるはずよ」

アレグザンダーはまだ、ちょっと離れたところで危うく死にそうになったショックから立ち直ろうとしている。見かけは温厚な役人のようで、魚のように口をぱくぱくさせている。

「そんなことにはわたしは関知しない」〈目立ちたがり屋〉が言う。

「地面に向かって落ちていきはじめた飛行機を救うより、その飛行機に乗りこむずっと前にテロリストを殺すほうがいいんじゃない?」わたしは懇願する。

やつは頑なに首を振る。自分の信念を、自由を、正義を、真実を確信しているのだ。

「われわれが住んでいるのは、犯される前の犯罪を裁く社会じゃない」

「わたしたちは自分で思ってるほど自由じゃないのよ。潮流というか、傾向というか、強制力みたいなものがあるのよ、わたしたちを――わたしたちが運命と呼ぶものに向かわせる力が」

「でもきみは自分が自由だと思っている」やつは言う。「自分に裁く資格があると思ってるんだ」

やつのせいでわたしはジレンマに陥る。わたしが未来を変えることに成功すれば、わたしの予知視はまちがっていたことになる。成功しなければ、そうなったのはわたしのせいだと言われるだろう。でも何もしなければ、わたしは自分を許すことができない。

「あんたがかたい壁の向こうを見通せるように、時間を超えて見通せる人間がいるって、そんなに信じられないことなの?　わたしが話したことが実現したのはただの偶然だと、本当に思ってるの?　本当に、わたしだけがその原因だと思ってるの?」

一瞬、われらがマントをつけたヒーローの顔に疑念の色が浮かぶが、それはつかのまのことで、すぐにいつもの毅然とした表情がマスクのようにもどってくる。「たとえきみが正しいとしても、きみが見たのが未来全体だとどうしてわかるんだ?　もしかしたら、彼は何十人もの兵士の生命を救うのかもしれないし、彼の機械が将来独裁者になる子どもを殺すのかもしれない。未来というのは、それが過去になるまでわからないものなんだ。とにかくわたしはきみが殺人を犯すのを止めた。それははっきりわかっている。それでじゅうぶんなんだ」

わたしは断片的でしかない予知視のことを考える。わたしは本当は何を知っているのだろう？

「それに彼を殺したところで、将来生じるときみが思っている事態を止めることはできないんだ」やつはわたしに言う。「彼は同じものを開発している大勢のなかのひとりにすぎない。もし運命というものがあるなら、それは柔軟なものなんだよ」

やつは完全にまちがっているわけではないだろう。わたしはある意味、タイムトラベラーであり、タイムトラベラーが歴史を変える話のなかにはいらいらするほどバカげたものがけっこうある。歴史の大きな流れがたったひとりの人間に依存することはめったにないのだ。アメリカ各地やオーストラリアやハワイの原住民の絶滅を防ぐためには、誰を殺さなければならなかっただろう？　大西洋の奴隷貿易を止めるためには？　インドシナや東アジアの戦争での大量虐殺が起こらないようにするためには？　歴史の本に出てくる有名な探検家や将軍や皇帝や王をすべて殺したとしても、植民地征服の潮流はおそらくたいして変わってはいないだろう。

だがそういう考え方は狂気の沙汰だ。完璧にわかることなどけっしてないのだ。わたしは自分が何を知っているか知っている。でもやつは学べることを学ぼうとしない。そのせいで何もかもが大きく変わる。

パトカーがすぐ近くでタイヤを鳴らして急停止する。やつはわたしを車の残骸から引き出すために、わたしの手をとる。やつの手は温かく乾いている。信じないことで人々を殺す者、知らずにいるという状態に避難し、自分の知っていることのみに安住している者の手とは思えない。

視界がぼやけ、それからいくつものフラッシュ画像が次々にあらわれる。はっきりと。やつの目を通して、パトカーに乗せられたわたしのあとを追ってわたしが収監されるのを見届けなかったことをやつが後悔しているのが視える。ファストフード店のドライブスルー窓口をやつが調べているのが視える。通りの向かい側にある銀行が強盗に襲われており、やつはスーパーヴィジョンで歩道や壁にあいた弾痕を見つけだし、弾丸の軌道を計算している。撃ち合いの現場を見てやつが歯を食いしばるのが視える。警官たちがあやまっているのが聞こえる――わたしをしっかりと見張らずに強盗たちの相手をしに飛び出していったことを。

やつのヴィジョンは、やつが使う陳腐な決まり文句と同様、整然としていて先がすぐ読める。

わたしたちの手が離れる。「それじゃ」おなじみのすました笑みをふたたび顔に浮かべ、やつは言う。「今日きみがつかまって、この市は安全になるな」

わたしは後部窓から外を見る。やつはカメラに抵抗できない。またもや緊急記者会見を開こうとしている。この市の犯罪者たち——たとえば銀行強盗ども——はやつのテレビ出演が終わるまで待ってから行動に出るべきなのだ。

完璧。

パトカーが動きはじめる。「腹がすいてないか？」警官のひとりが相棒に訊く。

「食ってもいいぜ」

「何を食いたい？」

わたしは不意に声をはりあげる。「三番街に〈ポロポロ〉があるわ、メトロポリタン銀行の向かい側よ」

助手席の警官が振り返ってわたしを見る。

わたしは空腹のあまり懇願する表情をしてみせる。「わたしにも何か買ってくれるんなら、クーポンがあるわ。わたしのおごりよ」

ふたりの警官は顔を見合わせて肩をすくめる。「わかった。おまえにはもう当分、そのクーポンを使う機会はないだろうからな」

「わたしの負けよ。それはそうと、あんたたち、ちゃんとトレーニングしてる？　その上着の下に着てるのは防弾チョッキ?」

　わたしはトレーニングをする。銃の撃ち方も戦い方も学ぶ――やつが考えているとおりのスーパー悪党になるために。

　ひとり殺すことであらゆる虐待者を止めることは無理だというのなら――文化の方向性を逆転させ、死のからくりを廃止させ、歴史の流れを変えるには足りないというのなら――もっと大勢を殺さなくては。

　わたしは休暇で旅行中の夫婦の空きマンションをわたり歩くのをやめ、住人が転居したあとで次の住人が未入居の一軒家を使うようになる――ドアノブにふれれば物語が語られる。わたしの手際はなかなかよく、しだいにさらにうまくなる。

　わたしは暴力亭主どもを眠っている隙に殺し、将来銃を乱射する男たちの食事に毒を盛り、ほとんど罪悪感なしに人を殺す武器を設計している清潔で塵ひとつない研究所の消去と破壊を画策する。成功するときもあるし、やつに止められるときもある。やつはしだいに強迫観念に取り憑かれる――わたしが予知視に悩まされるように、わたしの次の手を予想することに悩まされている。

　わたしはいろんなことをちょっとだけ知っている。人々の未来のきれぎれの断片を、将来交わったり交わらなかったりするたくさんの人生の道すじを。霧のなかをそれほど遠くまで見通すことはできない。あらゆる行動には結果があり、それらの結果がほかの結果をもたらす。未来は過去になったときにはじめて全体像が見え、理解できるものになるというのは正しいが、すべてがわからないからといって何もしないのは、わたしのたどる道すじではない。わたしはカーラという幼い少女がわたしの行動のおかげで今生きていることを知っている。それでじゅうぶんだ。

やつとわたしに、おそらくそんなにちがいはない。ただ程度の問題なのだ。

そうしてわたしたちはこの都市を舞台にダンスをする――やつとわたし、運命の断片を知る者と無知ゆえに自由意志を確信している者との永遠の戦いにからめとられた宿敵として。

残されし者

Staying Behind

幹 遙子訳

〈シンギュラリティ〉以後、ほとんどの人間は死ぬことを選んだ。

死んだ者たちはおれたちを哀れみ、〝取り残されし者〟とおれたちを呼ぶ――まるで間に合うあいだに救命ボートに乗りこめなかった不運な人々だとでもいうように。彼らはおれたちが取り残されることを選んだのだとは考え及びもしない。そして毎年毎年しつこく、おれたちの子どもを盗もうとする。

シンギュラリティ零年、最初の人間が機械《マシン》にアップロードされた年に、おれは生まれた。ローマ法王は〝デジタル・アダム〟と言って非難した。デジタル知識階級は喝采し、ほかのみんなは新しい世界を理解しようと必死になった。

「われわれは昔からずっと、永遠に生きたいと願っていました」エヴァーラスティング社の創始者であり、最初にアップロードされた男であるアダム・エヴァーは、向こうからインターネットを使ってメッセージを放送した。「ついにそれが可能となったのです」

エヴァーラスティング社がスヴァールバル諸島に巨大なデータセンターを建設したとき、周囲の国々は急遽、そこで行なわれることは殺人になるのかどうかと協議した。アップロードされたあとに残るのは生命なき肉体、壊滅的に走査《スキャン》されたあとの、血にまみれてどろどろのかたまりとなった脳だけなのだ。だが実際のところ、そいつはどうなるのだろう、そいつの本質、そいつの——ほかにもっといい言葉はないので——魂は？

そいつは今や人工知能になったのだろうか？　それともまだ人間といえるのだろうか、神経回路の役割を果たすグラフェンとシリコンを備えた？　それとも単にアップグレードして意識を備えたハードウェアにすぎないのだろうか？　もしくはそいつは単なるアルゴリズムに自由意志を模倣した機械仕掛けにすぎなくなったのだろうか？

最初は老人と末期症状の病人たちからはじまった。当時は非常に高額だった。その後、料金が下がってくるにつれ、何百人、何千人が、そしてついには何百万人もが列に並んだ。「なあ、やってみようぜ」おれが高校生だったときに、親父が言った。そのころには、世界は大混乱に陥りつつあった。国の人口が半減し、日用品の値段が暴落した。いたるところ、戦争勃発の脅威か実際の戦争にさらされていた。征服、奪回、終わりなき大量殺戮。金を出す余裕のある人々はできるかぎり早い便でスヴァールバル諸島に飛んだ。人間らしさが世界から消え失せ、自滅しつつあった。

おふくろが手をのばし、親父の手を握った。

「だめよ」おふくろは言った。「ああいう人たちは死をごまかして逃げおおせられると考えてるけど、本物の世界を捨てて擬似世界に生きようと決めた瞬間に死んだのよ。原罪があるかぎり、絶対に死もあるわ。死こそが生きる意味を与えてくれる手段なんだから」

おふくろは棄教したカトリック教徒のくせに、カトリック教会は絶対であると信じたがっていた。その神学はおれにはちょっとばかり継《つ》ぎ接《は》ぎされたもののように思えたが、おふくろは信じていた――正しい生き方と正しい死に方というものがあると。


ルーシーが学校に行っているあいだ、キャロルとおれでルーシーの部屋を探す。キャロルはルーシーのクロゼットをかきまわして、パンフレットや書籍やその他の、死者とのコンタクトを示す証拠を探す。おれはルーシーのコンピュータにログオンする。

ルーシーは意志は強いが素直だ。おれはルーシーが幼かったころからずっと、死者たちの誘惑に抵抗する準備をしなくてはならないと言い聞かせてきた。この見棄てられた世界でおれたちの生き方を続けていけると保証してくれるのはこの子だけなのだ。ルーシーはおれの言葉を聞き、そしてうなずく。

おれはルーシーを信じたい。

だが死者たちはすこぶる抜け目なく広報活動《プロパガンダ》をしている。最初のころは、ときおりおれたちの街の上空にメタリック・グレーのドローンを飛ばし、おれたちの愛する故人たちからだと主張するメッセージを満載したチラシをばらまいていた。おれたちはチラシを焼き捨て、ドローンを撃ち落とした。やがてついに、ドローンは来なくなった。

それから、やつらはあちこちの街どうしを結ぶ無線リンクを通じておれたちに接触しようとした。無線リンクは取り残された者たちの暮らしを支え、どんどん縮小してゆくコミュニティがそれぞれ完全に孤立するのを防いでくれている電子ライフラインだ。おれたちは油断なく各種ネットワークを監視しなければならなかった——どこかに入りこめる隙間はないかといつも探している、やつらの狡猾な触手を探さなくてはならなかった。

最近は、やつらの努力は子どもたちに向けられるようになってきた。死者たちはついにおれたちのことはあきらめたのかもしれないが、次の世代を、おれたちの未来を支配しようとしている。父親として、おれにはルーシーを、本人がまだ理解できていないことから守る義務があるのだ。

コンピュータがゆっくりと起動する。製造メーカーの老朽化期限を何年もすぎた今、これだけ長いあいだ動かせているのは奇跡といえるだろう。なかの部品をひとつ残らず取り替えたのだ、それも何回も。

最近ルーシーがつくったファイルや修正したファイル、受け取ったeメールや検索したウェブページのリストを探す。ほとんどが学校の課題か友だちとの無害なおしゃべりだ。集落間のネットワークはたいしたものではないが、日に日に縮小している。毎年毎年大勢の人間が死んで単純に減っていく今、街と街をつなぐ電波塔に給電して稼働させつづけるのはむずかしい。以前はサンフランシスコのような遠くにいる友人たちと連絡をとり、池の向こう側に石を投げるように街から街へデータのパケットを送ることができた。だが今は、いまだにここから連絡がとれるコンピュータは千台もなく、メイン州より先には届かない。いつの日かコンピュータを動かすための部品を漁ることもできなくなり、おれたちの生活レベルは今以上に退化することになるだろう。

キャロルはすでに捜索を終え、ルーシーのベッドに腰をかけておれをじっと見ている。

「早かったな」おれは言う。

キャロルは肩をすくめる。「どうせ何も見つかりやしないわ。あの子がわたしたちを信頼してるなら、きっとわたしたちに話してくれるでしょう。そうでなかったら、あの子が隠したいと思ってるものをわたしたちが見つけることはできないわよ」

このところ、キャロルはこういう運命論者的な感傷を口にすることが多くなっている。彼女はその原因に対処しようとはせず、うんざりしているように見える。おれは彼女の信念にふたたび火をつけようと、いつも躍起になっている。

「ルーシーはまだ若い」おれはキャロルに言う。「あまりに若すぎて、死者どものいいかげんな口約束と引き替えに何をあきらめなくちゃならないかがわからないんだ。こういうスパイみたいなまねをおまえが嫌ってることは知ってる、だがおれたちはあの子の生命を救おうとしてるんだ」

キャロルはおれを見る。そして結局ため息をついてうなずく。

おれは画像ファイルにデータが隠されていないかと調べる。ディスクを調べて、秘密のパスワードがありそうな削除ファイルへのリンクを探す。ウェブページを渉猟し、口約束を申し出るコード化された言語がないかどうか探す。

おれはほっと安堵の息をつく。ルーシーはシロだ。

このところ、おれはローウェルを離れたいとあまり思わない。フェンスの外側の世界はどんどん厳しく危険になっている。マサチューセッツ州東部には熊がもどってきている。年ごとに森林はどんどん密に繁り、街の境界線に迫ってきている。狼が森のなかをうろついているのを見たと言う者もいる。

一年前、ブラッド・リーといっしょにボストンに行かなければならなかった。メリマック川のそばの古い工場に設置している、街のための発電機に使う予備の部品を探すためだ。おれたちはショットガンを持って出かけた。獣とならず者どもの両方から身を守らなくてはならないからだ。都会の廃墟をいまだにうろついて、残っている缶詰食品を頼りに生きている輩がいるのだ。三十年前に廃れたマス通りの路面はひび割れだらけで、そこから雑草や低木が突き出していた。厳しいニューイングランドの冬が水をしみこませたり氷のてこを使って割れ目を広げたりして、おれたちの周囲の高いビル群をじわじわと削り、窓のない抜け殻のような建造物が人工的な熱も定期的な補修もないままにぼろぼろと崩れ、錆びついていた。

ダウンタウンの角を曲がると、ぎょっとしたことに、ならず者ふたりが焚き火を挟んでうずくまっていた。そいつらはすぐ近くの書店から取ってきた本や新聞を火にくべていた。ならず者といえども暖まる必要がある。それにおそらく、文明の名残となるものを破壊することに喜びを覚えてもいるのだろう。

ふたりはうずくまったままおれたちをにらみつけたが、ブラッドとおれが銃を向けているのを見ても動こうとしなかった。そのふたりの細い脚と腕、汚れた顔、憎悪と恐怖に満ちた充血した目が思い出される。しわだらけの顔と白髪も。ならず者どもも年をとるのだ、とおれは思った。そしてやつらには子どもがいないのだ、と。

ブラッドとおれは慎重にあとずさりした。誰も撃たずにすんだのがうれしかった。

おれが八歳でローラが十一歳だった夏、両親がおれたちを長距離ドライブ旅行に連れていった。アリゾナ州、ニューメキシコ州、テキサス州を通る古いハイウェイやわき道に車を走らせ、郷愁を誘う人けのないゴーストタウンがたくさん散っている西部の沙漠の途方もなく美しい景色を見てまわった。

インディアン――ナバホ族、ズーニー族、アコマ族、ラグーナ族――の居留地を通るたびに、おふくろは沿道の店すべてに立ち寄って、伝統的な焼き物を鑑賞したがった。ローラとおれは何も割らないように気をつけながら、店内の通路をおそるおそる歩いた。

車にもどると、おふくろは買ったばかりの小さな壺をおれにさわらせてくれた。おれは両手に持って何度も何度もひっくりかえし、ざらついた白い肌や、すっきりとむだのない黒の幾何学模様や、頭から羽を生やし、うずくまって笛を吹いている人の姿の大胆な輪郭をじっくりと観察した。

「すごいでしょ?」おふくろは言った。「これはろくろでつくったんじゃないのよ。あの女の人が手でひもを巻くみたいにしてつくったのよ、自分の一族に何世代も伝えられてきた技術を使ってね。あの人は今も、ひいおばあさんが掘ってたのとまったく同じ場所で粘土を掘ってるんだって。大昔からの伝統を生かしつづけてるのよ、そういう生き方をしてるの」

おれの手のなかで、不意に壺がずしりと重くなった。まるで何世代にもわたる記憶の重みが感じとれたかのように。

「そんなのは商売用のつくり話にすぎんさ」親父はバックミラーに映るおれをちらりと見

て言った。「だがその話が本当なら、そっちのほうが悲しいよな。先祖たちとまったく同じやり方で暮らしているとしたら、本人の人生は死んでるも同然じゃないか。ただの化石、観光客を楽しませるための見世物にすぎなくなってるなんて」

「あれは演技なんかじゃなかったわ」おふくろは言った。「あなたは人生において本当に大事なものが何なのか――手放してはならない価値あるものが何なのか、わかってないのよ。人間は進歩するだけが能じゃないのよ。あなたはシンギュラリティ狂信者たちと変わらないぐらいひどいわ」

「お願いだからもうけんかしないで」ローラが言った。「ホテルに行ってプールサイドでのんびりしようよ」

ブラッド・リーの息子のジャックが戸口に立っている。しょっちゅうおれの家に来ているというのに、おどおどときまり悪そうにしている。おれはジャックを、街のすべての子どもたちと同じように赤ん坊のころからよく知っている。残っている子どもはごく少ない。昔のホイッスラー・ハウス美術館を使っている高校の生徒は十二人しかいない。

「こんちは」ジャックは床を見つめながらもごもごと言う。「ルーシーといっしょにレポートをやらなきゃならないんで」おれはわきによけてジャックを通してやる。ジャックは二階のルーシーの部屋に上がっていく。

彼にルールについて念を押す必要はない。部屋のドアは開けておくこと、ふたりの四つの足のうち、少なくとも三つはずっとカーペットにつけておくこと。ふたりがしゃべっているぼそぼそという声に、ときおり笑い声が混じる。

子どもたちのつきあいかたには、おれが若かったころにはなかった無邪気さのようなものがある。テレビや本当のインターネットから絶え間なく吹きつけてくる下卑た性的関心の爆風がなければ、子どもたちはあの時代よりも長く子どもでいられるのだ。

終末期が近くなると、残っている医者もたいしていなかった。おれたちのようにあとに残ることを選んだ者たちはあちこちで小さなコミュニティをつくり、荷馬車を円形に並べて、アップロードされた人々が物理的世界を去った直後に世俗的な快楽を貪った、ならず者集団の襲撃に備えた。おれは大学卒業に至ることはなかった。

おふくろは何カ月も長患いをしていた。ベッドに臥せり、痛み止めの鎮痛薬をしこたま注射されて、うつらうつらと夢うつつを漂っていた。おれたちは交代でおふくろのそばにすわり、おふくろの手を握った。おふくろの調子がよく、一時的に意識がはっきりしている凪のようなときには話ができたが、話題はひとつしかなかった。

「いやよ」おふくろはぜいぜいと息を切らしながら言った。「約束して。これは大事なことよ。わたしは本物の生を生きて、本物の死を死ぬのよ。わたしはただの記録された意識になるつもりはないわ。死ぬよりも悪いことがあるのよ」

「おまえがアップロードされるなら」親父が言った。「まだ選択の余地はあるぞ。意識を一時停止させてもらえるし、もしそれをやってみて気に入らなかったら意識を消去してもらうことだってできる。でもアップロードされなけりゃ、おまえは永遠に消えてしまうんだ。後悔する余地も引き返す余地もないんだぞ」

「あなたの望むことをしろというなら」おふくろは言った。「消えるほうがましよ。この、本当の世界にもどる道はないのよ。電子の群れにシミュレートされるなんてごめんだわ」

「お願いだからやめて」ローラが親父に嘆願した。「ママが困ってるでしょ。どうしてそっとしておいてあげられないの？」

おふくろの凪状態はどんどん間隔が開いていった。

そしてあの夜。玄関ドアが閉じる音で目を覚まして、窓から外を見ると芝生の上にシャトルが見え、おれは階段を駆け下りた。

おふくろがストレッチャーに乗せられて、シャトルに運びこまれていた。灰色の乗り物のドアのわきに親父が立っていた。バンよりちょっと大きい程度で、横腹に**エヴァーラスティング社**と書かれていた。

「やめろ！」シャトルのエンジン音に負けない声で、おれはどなった。

「時間がないんだ」親父は言った。その目は充血していた。もう何日も眠っていなかった。

おれたち全員がそうだった。「今やってもらわないと手遅れになる。あいつを失うわけにはいかないんだ」

おれたちはもみあった。親父はおれをしっかりと抱きしめて押さえ、地面に組み伏せた。「大事なのは母さんの選択だ、父さんのじゃない！」おれは親父の耳元で叫んだ。親父はいっそう強くおれを抱きしめただけだった。おれはもぎ離そうと抗った。「ローラ、そいつらを止めろ！」

ローラは目を覆った。「けんかするのはやめてよ、ふたりとも！ママはきっと、けんかをやめてほしがってたよ」

おふくろがすでに死んだかのようなローラの言い方がひどく気に障った。

シャトルはドアを閉じ、空に舞いあがっていった。


二日後、親父はスヴァールバル諸島に向かった。おれは最後まで親父と口をきかなかった。

「おれはあいつのところに行きたいんだ」親父は言った。「できるだけすぐに来てくれ」

「あんたは母さんを殺したんだ」おれは言った。その言葉に親父がたじろぐのを見て、おれはうれしいと思った。

ジャックはルーシーを卒業パーティー《プロム》に誘った。子どもたちがプロムを開催すると決めてくれたことを、おれはうれしいと思っている。彼らが親たちから聞かされた物語や伝統を――本人たちは昔のビデオや絵画で擬似体験しかできない世界から伝わる伝説のようなものを――生かしつづけようと真剣に考えていることのあらわれだからだ。

おれたちは以前からの暮らしをできるかぎり保とうと必死になっている。昔の演劇を上演し、昔の本を読み、昔の祝日を寿《ことほ》ぎ、昔の歌を歌っている。あきらめなければならないことはたくさんあった。昔のレシピは限られた食材に合わせて変えなければならなかったし、昔ながらの夢や希望はずいぶん縮められた世界の内側におさまる範囲に萎縮した。だが、おれたちのコミュニティは奪われるたびにいっそう親密なものとなり、昔ながらの伝統にいっそうしがみつくようになっていた。

ルーシーは自分だけのドレスをつくってほしいと言う。まずはわたしの昔のドレスを見てみたらと、キャロルが言う。「わたしがあなたよりもちょっとだけ大きかったときのフォーマルドレスが何着か残ってるのよ」

ルーシーは興味がなさそうだ。「それって古いんでしょ」ルーシーは言う。

「クラシックというんだよ」わたしはルーシーに言う。

だが、ルーシーはゆずらない。自分の昔のドレスやカーテンや漁ってきたテーブルクロスなどを切りきざみ、ほかの女の子たちの持つ布きれ――シルクやシフォン、タフタ、レース、木綿——と交換する。キャロルの昔の雑誌をめくっては閃くものがないか探す。ルーシーは縫い物が上手だ——キャロルよりもはるかに。子どもたちはみな、おれが育った世界では長らく時代遅れと考えられていた手仕事——編み物、木工、種まきや狩り——に長《た》けている。キャロルとおれはすでに大人になってから、こうしたことを再発見し、本から学ばなくてはならなかった。突然変わった世界に適応するために。だが子どもたちはすべてをよく知っている。子どもたちはここで生まれ育った原住民《ネイティヴ》なのだ。

高校の生徒たちはみな、ここ何カ月かを費やして繊維歴史博物館で研究し、自分たちで布を織るという可能性を探っている。朽ちつつある都市の廃墟を漁っても再利用できる布が入手できなくなったときに備えてのことだ。これにはある種の因果応報的思想のようなものがある。かつて繊維産業を背景に栄えたローウェルは、今、ゆるやかに下がってゆく技術曲線上で失われたそれらの技術を再発見しなければならないのだ。

親父が出ていってから一週間後、おれたちはおふくろからのeメールを受け取った。

わたしがまちがってたわ。

ときどきそちらが恋しくて悲しいわ。あなたたちが恋しいわ、わたしの子どもたち。それにわたしたちが残してきた世界も。でもわたしはほとんどの時間、恍惚としてるのよ、信じられないと思うこともたびたびだけど。

　ここには何億人もがいるけど、全然こみあってはいない。この家のなかには無数の居住部屋があるの。わたしたちの精神はそれぞれの世界に住んでいて、わたしたちそれぞれに無限の広さと無限の時間があるの。

　どう説明すればいいのかしら？　ほかの大勢の人たちがすでに使ったのと同じ言葉を使うことしかできないわ。以前の古い在り方だったときには生を感じてはいたけど、それはぼんやりとした、遠くからのものだった。肉体に繋ぎ留められて、クッションをはさんだようなぎこちない感じだった。でも今、わたしは自由よ。むきだしの魂が永遠の**生**の豊かな潮流にさらされている感じ。

　あなたたちのお父さんと精神対精神でじかに分かち合う親密さと、口での話し合いとを比べられると思う？　彼がどれだけわたしを愛してるか言葉で聞くのと、実際に彼の愛を感じるのとを比べられると思う？　相手を本当に理解できるって、その人の精神の手触りを体験できるって――すばらしいことよ。

　こういう感覚はハイパー・リアリティと呼ばれるんだって聞いてるわ。でも呼び方なんてどうでもいいのよ。血と肉でつくられた古い殻の心地よさにあんなに必死でしがみついてたなんて、わたしはまちがってたわ。わたしたち――本当のわたしたちだってずっと、深淵を――原子と原子のあいだの虚無を――飛び交うさまざまな電子パターンだったのよ。

その電子の居場所が脳内でなくシリコンチップ内になったからってどうちがうっていうの？

生きることって神聖で永遠不変のものよ。でも古い形の生は持続不可能だった。わたしたちはこの惑星にあまりに多くを要求していたのよ、ほかのすべての生き物を犠牲にしてまでね。以前のわたしは、それはわたしたちが存在するための避けられない一面だと思ってた。けれどもそうじゃないのよ。今や、石油タンカーはみな陸に揚げられ、車もトラックも動かず、畑の土は休まって工場は静まりかえってるわ。ほとんど滅びかかっていた生物界がこれからもどってくるでしょう。

人間はこの惑星の癌ではないのよ。わたしたちは単純に、この非効率的な肉体や、もはやじゅうぶんに役目を果たすには足りない機械が必要な世界を超越しなきゃならなかったのよ。この新しい世界に今やどれだけの数の意識が暮らしていると思う？　電子の魂と重さのない思考でできた純粋な生き物たちが？　限りなんてないのよ。

わたしたちのところにいらっしゃいよ。もう一度あなたたちを抱きしめたくて待ちきれないわ。

——母より

これを読んでローラは泣いた。だが、おれは何も感じなかった。これはおれの母親がしゃべっているんじゃない。本物のおふくろは知っていた――生きるうえで本当に大事なのはこのめんどうくさい存在の確かさ、完全には理解できないにもかかわらずもうひとりに寄り添いたいと絶えず願う切望、この肉体の痛みと苦しみだと。

いつかは死ぬことがおれたちを人間たらしめているのだと、おふくろはおれに教えてくれた。おれたちひとりひとりの時間が限られているおかげで、生きがいが持てるのだと。おれたちは死んで子どもたちに席を譲り、子どもたちを通じておれたちの一部が存続する。それが現実にある不死の唯一の形態なのだと。

この世界こそが、おれたちの生きるべき世界なのだ。おれたちを繋ぎ留め、おれたちの存在を必要とする世界なのだ――コンピュータが制御する幻想世界の、仮想の風景などではなく。

これはおふくろのにせものだ、プロパガンダの録音だ、虚無主義《ニヒリズム》への誘いかけだ。

資源漁りの旅をはじめたばかりのころ、おれはキャロルと出会った。キャロルの家族はビーコンヒルの自宅の地下室に隠れていたが、ならず者の一団に見つかり、キャロルの父親と兄は殺された。おれたちが通りかかったときには、ならず者どもはキャロルを襲おうとしていた。おれはあの日、人の形をした獣を殺したし、今でもまったく後悔はしていない。

おれたちはキャロルをローウェルに連れて帰った。キャロルは十七歳だったが、何日ものあいだおれにぴったりとくっついて離れなかった。自分に見えないところにおれが行くことを許さず、眠っているときでさえおれにずっと手を握っていてほしがった。

「わたしの家族はまちがったのかもしれない」ある日、キャロルは言った。「わたしたち、アップロードされてたほうがよかったんじゃないかしら。今だってここには死しか残されてないんだもの」

おれは反論はしなかった。キャロルがくっついてまわるにまかせたまま、日々の雑務をこなした。発電機をまわしつづけるやり方や、おれたちがたがいに敬意を払いあってつきあうようすや、古い本を救い出して昔ながらの日常を続けているようすを彼女に見せた。この世界にはまだ文明があり、蠟燭《ろうそく》の炎のように灯りつづけていた。人々はたしかに死んでいくが、生まれてもいた。生は続いていた、楽しく喜ばしい本物の生が。

やがてある日、キャロルがおれにキスをした。

「この世界にはあなたもいる」キャロルは言った。「それでじゅうぶんだわ」

「いや、じゅうぶんじゃない」おれは言った。「おれたちはここに新たな生命をもたらすんだ」


今夜がその夜だ。

ジャックが戸口に立っている。タキシードがよく似合っている。おれがプロムのときに着た、そのタキシードだ。子どもたちは当時と同じ歌もかけるだろう。古いラップトップ・コンピュータからとりだした歌を絶命寸前のスピーカーで流すだろう。

ドレスを着たルーシーは輝かしいほどだ。白地に黒い模様がはいり、シンプルなカットだがとてもエレガントだ。フルレングスの裾は大きく広がり、優雅に床まで流れ落ちている。髪はキャロルにセットしてもらい、カールしてラメを少し振りかけている。子どもらしいちゃめっ気を残しながらも、ルーシーは実に魅力的だ。

おれはまだけっこう動くカメラで写真を撮る。

自分の声を抑制できるようになるまで待つ。「若い子たちが昔の自分たちと同じように踊るのを見るのがどんなにうれしいか、おまえにはわからないだろうな」

ルーシーがおれの頬にキスする。「じゃあね、パパ」ルーシーの目に涙が光っている。それを見てふたたびおれの視界がぼやける。

キャロルとルーシーがちょっとのあいだ抱きあう。キャロルが目をぬぐう。「準備は万端ね」

「ありがとう、ママ」

そして、ルーシーはジャックのほうを向く。「行きましょ」

ジャックは自転車で〈ローウェル・フォーシーズンズ〉にルーシーを連れていく。何年も前にガソリンが尽きて以来、いちばん使えるのは自転車だ。ルーシーはごくごく慎重にトップチューブの上に腰をのせ、横向きにすわると、片手でドレスをたくしあげる。ジャックは彼女を守るように両腕で包みこむと、ハンドルを握る。そしてふたりは出発する。よろめきながら通りを走っていく。

「楽しんでこいよ」おれはうしろからどなる。

ローラの裏切りは信じがたかった。

「姉貴はキャロルとおれの子育てを助けてくれるものだと思ってたがな」おれは言った。

「ここは子どもを産めるような世界かしら？」ローラは言った。

「それじゃ姉貴は、あっちに行けば何もかももっとよくなると思ってるんだな？　子どももいない、新しく生まれるものもないところなんだぞ？」

「わたしたちはもう十五年間もこんなことを続けてきたけど、年々どんどんむずかしくなってきてるじゃない——この見え透いた見せかけを信じるのが。わたしたち、まちがってたのかもしれない。適応するべきなのかも」

「信仰を捨てた者には、ただの見え透いた見せかけにすぎないさ」おれは言った。

「信仰って何のよ？」

「人間へのだ、おれたちの生き方へのだ」

「もう両親とけんかするのはいやなの。わたしはただ、もう一度いっしょに暮らしたいだけよ、家族で」

「あいつらはおれの両親じゃない。あいつらはアルゴリズムのにせものだ。あんたはずっといいざこざを避けたがってきたよな、ローラ。だが避けられないいざこざもあるんだ。おれたちの両親は死んだんだ、親父が信仰を捨てたときに。機械どもがさしだした口約束に抵抗しきれなかったときにな」

森にはいっていくその道路のつきあたりは小さな空き地になっていた。草に覆われ、野の花が咲き乱れている。その中央でシャトルが待っていた。ローラはその開いたドアに足を踏み入れた。

またひとつ、生が失われた。

子どもたちは真夜中まで起きていていいという許可をもらっている。お目付け役には志願しないでくれとルーシーに頼まれて、おれは承諾した。今夜ばかりはわずかばかりの自由を娘に譲ってやったのだ。

キャロルはそわそわしている。本を読もうとしているが、もう一時間、同じページを開いたままだ。

「心配はいらんさ」おれはキャロルを慰めようとする。

キャロルはおれに笑ってみせようとするが、心配を隠せない。顔を上げ、おれの肩越しにリビングルームの壁にかかっている時計に目をやる。

おれもうしろに目をやる。「十一時を過ぎてるような気がしないか?」

「いいえ」キャロルは言う。「全然。あなたの言ってる意味がわからないわ」キャロルの声はあせりぎみで、ほとんど必死といってもいい。その目にはうっすらとおびえが浮かんでいる。パニックを起こしかけているようだ。

おれは家のドアを開けて真っ暗な通りに足を踏み出す。空は長年のあいだにずいぶんと澄んできており、今はたくさんの星が見える。おれは月を探す。月はあるべき場所にない。

おれは家のなかにもどり、寝室にはいる。おれの古い腕時計は——もう身につけてはいない、時間が問題になることなどめったにないからだ——ナイトスタンドの引き出しにはいっている。おれはそれを取り出す。もうすぐ午前一時だ。誰かがリビングルームの時計を動かしたのだ。

寝室の戸口にキャロルが立っている。背後が明るいので、顔は見えない。

「何をしたんだ?」おれは訊く。怒りは感じていない、ただ失望している。

「あの子はあなたには言えなかったの。あなたが耳を傾けるとは思ってないから」

今や、熱い胆汁のように怒りがこみあげてくる。

「あいつらはどこだ?」

キャロルは首を振る。何も言わない。

ルーシーがおれにじゃあねと言ったときのことを思い出す。あの子がたっぷりしたドレスの裾をたくし上げながら、ジャックの自転車まで注意深く歩いていくようすを。あのドレスの裾はとても広かったから、あの下にいろいろ隠すことができただろう。着替えとか、森を歩くためのはき心地のいい靴とか。キャロルが言っていたのを思い出す。「準備は万端ね」

「もう手遅れよ」キャロルが言う。「ローラがあの子たちを迎えにきてくれるの」

「そこをどけ。おれはあの子を救わなきゃならん」

「何から救うっていうの？」突然キャロルが逆上する。彼女は動かない。「こんなのはお芝居よ、冗談よ、けっしてありはしなかったものの再演なのよ。あなたはプロムに自転車で行った？　あなたの親たちが子どもだったときに聞いていた歌だけをかけたりした？　資源を漁ることが唯一の職業だと思って育ってきた？　わたしたちの生き方はとうの昔に消えたのよ、死んだの、終わったのよ！

三十年後にこの家が崩れ落ちたときに、あなたはあの子に何をさせるつもりなの？　アスピリンの最後のひと瓶がなくなったら、最後の鉄なべが錆びて穴があいたら、あの子はどうすればいいの？　あの子やあの子の子どもたちに、わたしたちが出したごみの山を漁る人生を強いるつもり？　年年歳歳、人類がこの五千年をかけてなしとげた進歩をすべて失うまで、テクノロジーの梯子をすべり落ちていけっていうの？」

キャロルと言い争っている時間はない。静かに、だがきっぱりと、おれはキャロルの両肩に手を置き、わきへ押しのけようとする。

「わたしはあなたといっしょに残るわ」キャロルが言う。「わたしはずっとあなたといっしょに残るつもりよ——あなたをとても愛してて、死ぬことなんて怖くないから。でもあの子は子どもなの。何か新しいことをするチャンスを手にするべきなのよ」

おれの両腕から力が抜けていくようだ。「その逆だ」おれはキャロルの目をのぞきこみ、意志の力で彼女に信仰をとりもどさせようとする。「あの子がいるからおれたちの人生に意味があるんだ」

キャロルの身体が不意にぐにゃりとなり、彼女は床にくずおれて声に出さずにすすり泣く。

「あの子を行かせてあげて」キャロルは静かに言う。「あの子を行かせてあげて」

「おれは絶対にあきらめないぞ」おれはキャロルに言う。「おれは人間なんだ」

フェンスのゲートを過ぎ、おれは猛然とペダルをこぐ。ハンドルバーに押し当てている懐中電灯が投げかける光の円錐が、いくら押さえつけようとしてもあちこち跳ねまわる。だが、森にはいるこの道はよく知っている。道は、かつてローラがあのシャトルに足を踏み入れた空き地に向かっている。

遠くのほうにまばゆい光があり、エンジンの回転音がする。

おれは銃を出し、宙に向けて何発か撃つ。

エンジン音がとだえる。

針で突いたような明るく冷たい光を放つ満天の星の下、おれは森のなかの空き地にはいっていく。自転車から飛び下り、道のわきに倒す。空き地の中央にシャトルがある。開いた戸口に、ルーシーとジャックが立っている。今は平服になって。

「ルーシー、スウィートハート、そこから出ておいで」

「パパ、ごめんなさい。あたしは行くわ」

「だめだ、行かせるものか」

シャトルのスピーカーからローラの声を模倣した電子音が出てくる。「ルーシーを行かせてあげて。その子だってあなたが見せてあげようとしないものを見るチャンスをもらっていいはずよ。でも、もっといいのはあなたがわたしたちといっしょに来ることだわ。わたしたちみんな、あなたに会えなくてさびしいのよ」

おれはローラを、それを無視する。「ルーシー、向こうに未来はないぞ。機械どもがおまえに約束する世界は現実のものじゃない。向こうには子どももいないし希望もない。ただ時間もなく変化もない、機械のちっぽけな一部として、まがいものの存在になるだけだ」

「今は子どもたちもいるのよ」ローラの声のコピー音が言う。「わたしたちは精神の子どもたちをつくりだす方法を見つけ出したの。デジタル世界の原住民《ネイティヴ》たちをね。ぜひいっしょに来て、あなたの甥や姪たちと会ってちょうだい。変化のない実在にしがみついているのはあなたのほうだわ。これはわたしたちの進化における次のステップなのよ」

「人間じゃなくなってるのに、経験なんかできるもんか」おれは首を振る。機械のおとり餌に食いついて討論なんかするべきじゃない。

「もし出ていくのなら」おれはルーシーに言う。「おまえはなんの意味もない死を迎えることになるぞ。死んだやつらが勝つなんて、そんなことはさせるものか」

おれは銃をかまえる。銃口をルーシーに向ける。おれの子どもを死者に奪われてたまるものか。

ジャックがルーシーの前に踏み出そうとするが、ルーシーは彼を押しのける。その目は悲しみに満ちており、シャトルの内部からの光が彼女の顔と金色の髪を縁どって天使のように見せている。

突然、彼女がおふくろにそっくりだと気がつく。おふくろの顔だちがおれに伝わり、おれの娘の上にまたよみがえっているのだ。これこそが生きる意味というものだ。祖父母、父母、子どもたち。それぞれの世代がすぐ前の世代の生き方から足を踏み出し、未来に向かって前進すべく、永遠の奮闘を続けるのだ。

おれは考える――おふくろが自身の選択を奪い去られたこと、人間として死ぬことを許されなかったこと、死者に取り込まれてしまったこと、そしてやつらの絶え間なくループする心ない擬似世界の一部になりはててしまったことを。記憶から浮かびあがるおれの母親の顔が娘の――おれのかわいい、無邪気で愚かなルーシーの――顔の上に重なる。

おれは銃を握る手に力をこめる。

「パパ」ルーシーが冷静に言う。その顔は何年も前のおふくろの顔と同じに、しっかりと揺るぎない。「これはあたしが選んだことなの。パパが選ぶことじゃないのよ」


朝になって、キャロルが空き地にやってくる。暖かな陽射しが木の葉を透かし、からっぽの円形の草地にまだら模様をつくっている。無数の草の葉の切っ先に朝露のしずくがつき、それぞれに極小の世界が映っている。目覚めつつある沈黙を鳥の歌声が満たしている。おれの自転車はまだ、道のわきの地面に倒れている。おれが残したところに。

キャロルは無言でおれのそばに腰を下ろす。おれはキャロルの肩に腕をまわし、引き寄せる。彼女が何を考えているかはわからないが、こうしていっしょにすわっているだけでじゅうぶんだ。身体を押しつけあって、たがいに暖めあっているだけで。言葉は必要ない。おれたちはこの穢れない世界を見まわす。死者たちから受け継いだ庭園を。

おれたちはずっとこの世界にい続ける。

上級読者のための比較認知科学絵本

An Advanced Readers' Picture Book of Comparative Cognition

市田 泉訳

愛しい子、わが子よ、長たらしい言葉と入り組んだ考えと曲がりくねった文とバロック絵画の愛好家よ、太陽が眠り、月が夢遊するこの時間、星々がはるかな昔、何光年も彼方からの光をぼくたちに浴びせるこの時間、きみが気持ちよく毛布にくるまり、ぼくがきみのベッドのそばの椅子で背中を丸めるこの時間、宇宙の凍てつく闇の中で回転し、秒速二十マイルで疾走する惑星の上、マーメイドランプの支える真珠が放つ白熱灯の光の泡に包まれ、きみとぼくがしばらくのあいだ温かく、安全で、落ち着いているこの時間に、本を開くとしよう。

テロシアンの脳は感覚器官から伝わる刺激を残らず記録する。毛に覆われた脊椎のあらゆるうずき、膜状の体にぶつかるあらゆる音波、単純な複合屈折の仕組みを持つ、ライトフィールド・カメラ的な目が知覚するあらゆる像、波打つ細長い肢が捉えるあらゆる分子の味と匂い、でこぼこしたジャガイモ型の惑星の磁場のあらゆる変化。

テロシアンはその気になれば、どんな経験もごく正確に思い出すことができる。ある場面を凍結させ、ズームインしてどんな細部にもピントを合わせることができる。すべての会話をくり返し分析し、あらゆるニュアンスを抜き出すことができる。楽しい思い出は何度となく味わわれ、再生のたびに新たな発見がある。つらい思い出も何度となく再生され、そのたびに新たな怒りをかき立てる。鮮明な回想は彼らの存在と切っても切れないものだ。

有限の存在に無限の記憶がのしかかってくれば、支えきれないことは明らかである。テロシアンの認知器官は、いくつかの体節に分かれた体の内部に収められている。体節は体の一方の端で生まれて育っていき、反対側では萎《しな》びて落ちていく。毎年、新たな体節が頭部に加わって未来を記録する。毎年、古い体節が尾から捨てられて過去を忘却に委ねる。

こうして、テロシアンは何一つ忘れないが、同時に何一つ覚えていない。彼らは不死だと言われるが、彼らが生きているのか否かは議論の余地がある。

思考とは一種の圧縮だという説が以前から唱えられている。

きみが初めてチョコレートを味わったときのこと、覚えているかい？　夏の日の午後で、きみの母さんは買い物から帰ってきたところだった。彼女はチョコレートバーを一かけらちぎって、ハイチェアに座っているきみの口に入れた。

ココアバターのステアリン酸がきみの口の中の熱を吸収し、舌の上で溶け、複雑なアルカロイドが解き放たれてきみの味蕾《みらい》に沁み込んでいった――落ち着きのないカフェイン、浮ついたフェネチルアミン、セロトニンを助けるテオブロミン。

「テオブロミンというのは」きみの母さんが言った。「神々の食べ物という意味よ」

ぼくらが笑いながら見ていると、きみは舌ざわりに驚いて目を丸くし、舌を刺す苦みに顔をしかめ、一千の様々な有機化合物のダンスに助けられて甘さが味蕾を圧倒すると、全身の力を抜いた。

それからきみの母さんはチョコレートバーの残りを二つに折って、半分をぼくに食べさせ、もう半分を自分で食べた。「あたしたちが子供を持つのは、自分が最初に食べた神々《アン》の食べ物《ブロシア》の味を思い出せないから」

今ではもう、彼女が着ていた服も、彼女が買ってきたものも思い出せない。その日の午後、ぼくたちが何をしたのかも思い出せない。彼女の声の正確な響きも、彼女の顔の細かい部分も、口の端のしわも、香水の名前も頭に浮かべることができない。覚えているのはただ、キッチンの窓から差し込んだ日光が彼女の前腕を照らし、彼女の微笑と同じくらい美しい弧を肌の上に描いていたということ。

（光に照らされた前腕、笑い声、神々の食べ物）こんなふうにぼくたちの記憶は圧縮、統合されて、頭の中の限られたスペースに埋め込まれるきらめく宝石と化す。一つの場面が一つの印象的な事柄に変わり、一連の会話がただ一つのフレーズへと短縮され、一日が蒸留されてはかない喜びの感覚となる。

時の矢とは、圧縮によって正確さを失うこと。写真ではなくスケッチ。記憶とは再創造であり、オリジナル以上であると同時にオリジナル以下であるからこそ貴重なのだ。

光と有機分子の群れに満ちた、温かく果てしない海に住むエソプトロンは、巨大化した細胞を思わせ、中には地球のクジラほどの大きさのものもいる。エソプトロンは海流に乗って燐光を放つクラゲのように、半透明な体をゆったりと波打たせて漂い、浮かんでは沈み、回転しては体をくねらせる。

エソプトロンの思考は複雑なタンパク質の鎖としてエンコードされ、蛇遣いの籠の中でとぐろを巻く蛇のように折りたたまれる――最低限のエネルギーレベルを求め、最小限のスペースに収まるのだ。たいていの場合、鎖は休眠状態にある。

二体のエソプトロンが出会うと、両者の膜のあいだに一つのトンネルが形成され、二体は一時的に融合する。この接吻めいた結合は何時間も、何日も、いや、何年も続くことがある。その間、両者はエネルギーを出し合って記憶を目覚めさせ、交換する。楽しい記憶は特に選ばれ、タンパク質の合成に似たプロセスで複製される――蛇のようなタンパク質がほどけて、魅惑的なダンスを踊るうちに、コード配列が電気のしらべに乗って読みとられ、再現されるのだ。一方、不快な記憶は二つの体に広がることで薄められる。エソプトロンにとって、喜びは分かち合うことでまさに二倍になり、悲しみは分かち合うことで文字通り半分になるのだ。

二体が別れるころには、それぞれがもう一方の経験を吸収している。これこそ真の共感の形である。経験のクオリアそのものが変化することなく共有され、合成されるのだから。そこに翻訳はなく、交換媒体も存在しない。彼らは宇宙のどんな生物よりも、深い意味でお互いを知ることになる。

とはいえ、互いの魂の鏡となることには代償もある。互いと別れるころには、結合していた二体は区別がつかなくなっている。融合する前にはそれぞれが相手を強く求めていた。別れるときには自分自身と別れるのだ。お互いを惹きつけていた性質が結合によって損なわれることも避けられない。

これが祝福なのか、呪いなのかは大いに議論されている。

きみの母さんは、旅立ちたいという望みを一度も隠さなかった。

ぼくたちが出会ったのは夏の夜、ロッキー山脈の高所にあるキャンプ場だった。ぼくたちは正反対の海岸からやってきた。別々の軌道を描く、二つのランダム粒子だった。ぼくは新しい仕事をめざして車で国を横断中で、金を節約するためにキャンプしていた。彼女は友人をトラック一杯の荷物とともにサンフランシスコへ運んで、ボストンへ帰るところで、星が見たいからキャンプしていた。

ぼくらは安ワインを飲み、もっと安いホットドッグを食べた。それから水晶めいた星をちりばめた暗いビロードのドームの下をいっしょに散歩した。まるで晶洞の中みたいで、星々は見たこともないほど明るく、彼女はぼくにその美しさを説明してくれた。一つ一つの星が、違う色の光を持ち、ダイアモンドのように唯一無二なのだと。最後に星を見上げたのがいつだったか、ぼくには思い出せなかった。

「あたし、あそこへ行くの」彼女は言った。

「火星へってこと?」当時はそれが――火星ミッションの発表が重大ニュースだった。それはアメリカを再び偉大に見せるための宣伝工作だとだれもが心得ていた。新たな核兵器競争、希土類元素の備蓄、ゼロデイ脆弱性対策と併行する、新たな宇宙競争なのだ。競争相手はすでに独自の火星基地を作ると宣言しており、この新たなグレートゲームの中、ぼくらもまた彼らの動きをなぞらなくてはいけなかった。

彼女はかぶりを振った。「岸から数歩離れた礁の上に飛び乗ってどうなるの? あたしが言ってるのはもっと遠くのこと」

疑いを述べていい発言ではなかった。だから、どうしてとか、どうやってとか、何を言ってるんだと訊く代わりに、星々のあいだで何を見つけたいのかと訊いた。

……多分、他の幾つかの太陽にも
それぞれに月が伴っており、互にいわば男性と女性の光を
交えているのをお前も認めるはずだ。この男性、女性という
二つの大いなる性が、恐らく生きものとともに各天体に
存在し、かくて宇宙を生々躍動せしめているのであろう。
自然におけるこの広大な空間が生けるものによって占められず、
ただ荒涼として寂しく、茫漠と輝くだけで、そこに懸る各天体も、
ただ光を受けて反射しているこの人間の住む地球に向かって、
遙か遠方からどうにか幽《かす》かな光を投げかけているにすぎない、
とはそう簡単には信じ難いところだ。
（ミルトン『失楽園（下）』〔平井正穂訳 岩波文庫〕より）

「彼らは何を考えてるのかしら。世界をどんなふうに経験してるのかしら。生まれてからずっとそういうことを想像してきたけど、事実はきっと、どんなおとぎ話よりも風変わりですばらしいはずよ」

彼女はぼくに、重力レンズと核パルス推進について、フェルミのパラドックスとドレイクの方程式について、アレシボとイェウパトーリヤについて、ブルーオリジンとスペースXについて話してくれた。

「怖くないのかい」ぼくは訊いた。

「あたしね、物心つかないころに死にかけたの」

彼女は子供時代の話をしてくれた。彼女の両親は幸運にも若いうちにリタイアすることができ、クルージングに夢中だった。彼らは船を一艘買い、その上で生活していた。船が彼女の最初の家だった。彼女が三歳のとき、両親は太平洋を横断しようと決めた。海を渡る途中、マーシャル諸島付近で船が浸水し始めた。一家は船を救おうとあらゆる手を尽くしたが、ついに遭難信号を送って救助を要請するはめになった。

「これがあたしの最初の記憶。海と空のあいだの広いブリッジをよちよち歩いてた。ブリッジが沈み始めて、飛び降りることになったとき、母さんはあたしにさよならって言わせた」

沿岸警備隊の飛行機に救助されたとき、一家はライフベストを着けて一昼夜近く漂流していた。日に焼け、飲み込んだ海水で具合の悪くなった彼女はその後一カ月、病院で過ごした。

「大勢の人が両親に腹を立てて、あんなふうに子供を危険な目に遭わせるなんて向こう見ずで無責任だと言っていたわ。だけどあたしは二人にずっと感謝し続けてる。二人はあたしに、両親が子供に与えられる最高の贈り物をくれたの——恐れを知らない勇気よ。二人は働いてお金を貯めて、新しい船を買った。そしてまた一家で海に出た」

そういう考え方は馴染みがなかったから、ぼくはどう言ったらいいかわからなかった。彼女はぼくの戸惑いに気づいたらしく、こっちを向いてにっこり笑った。

「カヌーで果てしない太平洋に漕ぎだしたポリネシア人や、アメリカめざして航海したバイキングの伝統を、あたしたち一家も受け継いでたって考えるのが好きなの。だれだってずっと船の上で暮らしてきたのよ。地球ってそういうもの。宇宙を進む船」

彼女の話を聞いていると、つかのま二人のあいだの距離を越え、彼女の耳を通して世界の木霊《こだま》を聞き、彼女の目を通して星々を見られるような気がした。恐ろしいほどはっきりした認識に、ぼくの心臓は一跳ねした。

（安ワインと焦げたホットドッグ、多分、他の幾つかの太陽にも……、海を漂う船から見る空中のダイアモンド、恋に落ちたという火のようにはっきりした認識）

ティック＝トックはこの宇宙で唯一知られているウランベースの生命体である。

彼らの惑星の表面は、むき出しの岩がどこまでも続いている。人間の目には荒野のようにしか見えないが、岩の表面には精巧でカラフルな模様が巨大なスケールで描かれている

——それぞれが空港かスタジアムなみの大きさなのだ。カリグラフィーのように装飾的な渦巻き、薇《ゼンマイ》の先端のような螺旋、洞窟の壁に映る懐中電灯の影に似た双曲線、宇宙から見た輝く都市のような、光を放つ密集した塊。ときおりクジラの潮吹きかエンケラドスの氷火山の爆発のように、地面から過熱水蒸気が柱状に噴き上がる。

こうした巨大なスケッチを残した生物はいったいどこにいるのだろう。かつて存在し、失われた生命への讃辞、かつて知られ、忘れられた喜びと悲しみの記録を残した生物は。

惑星の地面を掘ってみよう。花崗岩の岩盤の上に堆積した砂岩にトンネルを掘っていくと、ウランが水に浸かったポケットがいくつも見つかるはずだ。

暗闇の中、ウランの原子核が自発的に分裂すると、二、三個の中性子が放出される。中性子は原子核間の虚空を、異星をめざす船のように航行する（これは実は正確な描写ではないが、ロマンチックなイメージだし、説明として提示しやすい）。星雲めいた水の分子が中性子の速度を下げ、やがて中性子は別のウランの核に、新世界に着陸する。

しかしこの新たな中性子が加わったことで核は不安定になる。それは鳴り響く目覚まし時計のように振動し、二つの新たな原子核と二、三の中性子——はるかな世界をめざす新たな宇宙船——に分かれる。こうしてふたたび同じサイクルが始まる。

ウランが自己持続型の核連鎖反応を起こすには、適切な種類のウラン——自由な中性子を吸収すると分裂するウラン２３５——が十分な濃度で存在しなければならない。また、高速で進む中性子の速度を下げ、吸収されやすくするものが必要だが、水がその役目をうまく果たしてくれる。造物主はティック＝トックの世界にその二つを授けたのだ。

核分裂の副産物、ウラン原子が分かれた破片は、二峰性分布をなして生成される。セシウム、ヨウ素、キセノン、ジルコニウム、モリブデン、テクネチウム……さながらスーパーノヴァの残骸から生まれる新たな星だ。二、三時間で消えるものもあれば、何百万年も残るものもある。

ティック＝トックの思考と記憶は、暗海に輝くこうした宝石によって形成される。原子がニューロンの代用となり、中性子が神経伝達物質の働きをする。減速材と中性子毒は阻害物質として働き、中性子の飛行を偏らせ、虚空に神経経路を形成する。演算処理は素粒子レベルで行われ、メッセンジャー中性子の飛行経路、原子のトポロジーや構造や配列、核分裂爆発や核崩壊のまばゆい閃光として表れる。

ティック＝トックの思考が勢いを増し、活発になるにつれ、ウランのポケット内の水は熱されていく。圧力が十分に高まると、過熱水が上部を覆う砂岩の隙間を通って地表で爆発し、蒸気の柱を立てる。そのとき地表に残る色とりどりの塩類堆積物は、巨大で、複雑で、フラクタルな模様を描き、泡箱内で素粒子が残すイオン化の軌跡を思わせる。

やがて水がある程度蒸発すると、高速の中性子はもはやウラン原子に捕捉されず、反応は維持されなくなる。宇宙は静止状態となり、この原子の銀河から思考は消滅する。こうしてティック＝トックは死んでいくのだ。彼ら自身の活気が起こす熱によって。

水が少しずつ、砂岩の隙間や花崗岩のひびから沁み込んで鉱床に戻ってくる。十分な量の水が過去の殻を満たすと、ランダムに崩壊する原子から放出された中性子が連鎖反応をふたたびスタートさせ、新たな考えや信念の開花を導く。新世代の生命が、旧世代の残り火の中から燃え上がるのだ。

ティック＝トックが思考できるという考えを否定する者もいる。懐疑派はこう疑問を述べる——中性子の飛び方は物理法則に量子のランダム性が多少加わって決定されるのに、彼らが思考しているとどうして言えるのか。彼らの自由意志はどこにある？　自発的な決定は？　だがその間も、懐疑派の脳内の電気化学反応炉は順調に作動し、同じくらい厳密に物理法則に従っているのだ。

ティック＝トックの核反応は潮のように律動的に現れる。一つのサイクルが何度もくり返され、各世代が世界を新たに発見するのだ。古い世代は未来に知恵を残さず、若い世代は過去をふり返らない。各世代がめいめいの時間を孤独に生きていく。

それでも、惑星の表面、岩に描かれた途方もない絵の中に、彼らの盛衰を、歴代帝国の息吹を示すパリンプセストが残されている。ティック＝トックの年代記は、宇宙の他の知的生命体の解釈に委ねられている。

ティック＝トックが勢いを増すと、ウラン235の濃度は急激に低下する。それぞれの世代が、自分たちの宇宙の再生不能な資源を消費し、未来の世代にはより少ない量しか残さず、連鎖反応の維持がもはや不可能になる日を招き寄せている。ぜんまいが容赦なくほどけ切る時計さながら、ティック＝トックの世界はそのとき、永遠の冷たい静寂の中へ沈んでいくのだ。

きみの母さんの興奮ぶりは傍目にも明らかだった。

「不動産屋に電話してくれる？」彼女は訊いた。「あたしは株の換金を始めなくちゃ。もうお金は貯めなくていいしね。お義母さんがずっと行きたがってた船旅、行かせてあげられるわよ」

「いつ宝くじが当たったんだい」

彼女は一束の紙をよこした。〈LENSプログラム・オリエンテーション〉

ぼくはぱらぱらとめくった。……あなたが応募された小論文はわれわれが受けとった中でとりわけ優れており……健康診断と心理評価の結果が出るまで……近親者に限られ……

「何これ？」

ぼくが本当に理解していないと気づいて、彼女はがっかりした顔になった。

電波は広大な宇宙の中で急速に弱まっていくの、と彼女は説明した。遠くの星々の一つで、だれかが虚空に向かって叫んでいるとしても、それが聞こえるのはごく近くにいる隣人くらいよ。ある文明が星間距離を越えるメッセージを送りたいと思ったら、一つの星全体のエネルギーを利用しなくちゃいけない――そういうことってどのくらい起きてると思う？　地球を見て。一つの冷戦をどうにか生き延びたと思ったら、新たな冷戦が始まりかけてる。太陽のエネルギーを利用する日が来るよりずっと早く、あたしたちの子孫は石器時代に逆戻りして、黙示録後の水浸しの土地を歩くか、核の冬の中で震えるはめになるはず。

「だけどね、裏をかく方法があるの。あたしたちのような原始的な文明でも、銀河を越えてくるかすかなささやきを捉えて、もしかすると返事さえできるかもしれない」

太陽の周りでは、重力のせいで遠くの星からの光や電波が曲がってしまう。これは一般相対性理論から導かれるきわめて重要な現象の一つだ。

われわれの銀河の、地球よりさほど進歩していないほかの星から、建造できるもっとも強力なアンテナでメッセージが送られたとする。そうした通信が地球に届くころには、電磁波は検知できないくらいかすかになっているだろう。太陽系全体を巨大なパラボラアンテナにしなければ、それを捉えることはできない。

だが、そうした電波が太陽の表面をかすめるとき、太陽の重力がそれをわずかに屈折させる。まるでレンズが光線を屈折させるように。太陽の付近で微妙に曲がった電波は、ある程度離れたところで収束する。

「ちょうど虫眼鏡で地面の一点に太陽光線を集められるようにね」

太陽の重力レンズの焦点に置いたアンテナのゲインはきわめて高く、ある周波数範囲ではおよそ百億倍、ほかの周波数範囲でも桁違いの数値になる。十二メートルのインフレータブル・ディッシュでも、銀河系の反対側の端から送られた電波を検知することができるのだ。銀河系に住むほかの種族に自分たちの太陽の重力レンズを利用する知恵があったら、われわれは彼らと話をすることもできる――もっとも、やりとりは会話というより、星々の寿命くらいの時間をかけて届けられる独白《モノローグ》に近いだろう。はるかな岸辺にたどり着くよう瓶に入れて流される、とっくに死んだ世代からまだ生まれぬ世代に向けてのメッセージだ。

結論から言うと、いちばん近い焦点は、太陽からおよそ五五〇天文単位《AU》――冥王星までの距離の約十四倍離れたあたりだ。太陽の光はわずか三日あまりでそこに到達するが、現在のわれわれの技術レベルでは、宇宙船でそこまで行くのに一世紀以上かかる。

(どうして人間を送り込むのか。どうして今?)

「なぜって、無人探査機が焦点に着くころには、地球にまだ人がいるかどうかわからないでしょ？　人類はあと一世紀も生き延びられないんじゃない？　だめだめ、今のうちに人員を派遣して、そこで耳を傾けられるように――できたら返事を送れるようにしなくちゃ。あたしは行くわ。あなたたちもいっしょに来てほしい」

シリアルは巨大なスターシップの船内に暮らしている。

この種族は惑星を滅ぼす災害の発生を予想し、全人口のごく一部を避難させるための方舟を建造した。避難者のほぼ全員が子供だった。シリアルはほかのどんな種族よりも、子供たちを愛していたからだ。

彼らの星がスーパーノヴァ化するより何年も早く、方舟は新たな故郷となり得る星をめざして、さまざまな方向へ旅立った。船は加速に入り、子供たちは機械の教師や、死にゆく惑星の伝統を守るべく乗船したごくわずかな大人から教えを受け始めた。

それぞれの船内で最後の大人が死を迎えるとき、彼らはようやく子供たちに真実を明かした。船には減速の手段が備わっていない。船は絶えず加速を続け、漸近的に光速に近づいていく。やがて船は燃料切れとなり、宇宙の果てをめざして最終速度で慣性飛行を続ける。

彼らの視点から見れば、時間は普通に過ぎていく。けれども船の外の宇宙は、エントロピーの流れに抗《あらが》いつつ、最終的な運命に向かって猛スピードで進んでいる。外から観察する者にとって、船内の時間は止まっているように見えるだろう。

時間の流れから抜き出された子供たちは、何歳か年をとるだろうが、それ以上成長することはない。彼らが死ぬのは宇宙が終わるときだけだ。これが子供たちの安全を保障する唯一の方法だった。死の克服へ漸近的に近づいていくことが――大人たちはそう説明した。子供たちが自分の子供を持つことはないだろう。悲しむ必要も、恐れる必要も、計画を立てたり、耐え難い思いで犠牲者を選んだりする必要もない。子供たちは生きている最後のシリアルであり、宇宙最後の知的生命体となるかもしれない。

あらゆる親は子供のために選択をする。たいていの場合、それがいちばんいい選択だと思っている。

ぼくはずっと、彼女を変えられると思っていた。ぼくのため、ぼくたちの子供のために、彼女が地球に残りたくなるはずだと思っていた。ぼくが彼女を愛したのは、彼女が自分とは違っていたからだ。同時にぼくは、彼女が愛ゆえに変わってくれるだろうと信じていた。

「愛にはたくさんの形があるの。これがあたしの形」

異なる世界に属する恋人たちの避けがたい別れについて、ぼくたちが語る物語はたくさんある。セルキー、姑獲鳥《こかくちょう》、天の羽衣、白鳥の乙女……。それらの物語に共通するのは、恋人同士の片方が、もう片方を変えられると信じているということだ。けれども実際は、彼らの愛の土台を形作っているのは二人の相違、変化への抵抗なのだ。やがて古いアザラシの毛皮や羽毛の肩掛けが見つかる日が来る――海や空へ帰るときが来たのだ。最愛の人の真の故郷である神秘的な世界へ。

〈焦点《フォーカル・ポイント》〉号のクルーは航行中の一時期を冬眠して過ごす。しかし銀河系の中心から遠ざかり、太陽から五五〇AU離れた最初の目標点に到達したら、ずっと目を覚ましたまま、できるだけ長く耳を澄まさなくてはならない。彼らは螺旋状に船を進めて太陽からさらに離れていき、何か信号が検知できないか、銀河系内のなるべく広い範囲を調べていく。太陽から遠くへ行けば行くほど、屈折した電波に対するコロナの干渉が少ないせいで、太陽の増強効果は大きくなる。クルーは二、三世紀ものあいだ存続することを求められている。重い期待を背負った前哨部隊として、成長し、年をとり、仕事を受け継ぐ子供を生み、虚空で死んでいくのだ。

「ぼくらの娘にそんな選択を押しつけちゃいけない」ぼくは言った。

「あなただって、あの子に選択を押しつけてるじゃない。地球にいたほうがあの子が安全だとか、幸せだとか、どうしてわかるの？　これは超越の機会、あたしたちが彼女に与えられる最高の贈り物よ」

その後、どちらかの味方をする弁護士や、記者や、学者先生が、キャッチフレーズで武装して次々にやってきた。

やがてきみが今でも覚えているという夜が訪れた。その日はきみの誕生日で、ぼくらはまた三人きりでいっしょにいた。きみがそれを望んだので、きみのためにそうしたのだ。

ぼくらはチョコレートケーキを食べた（きみが〝テオ＝ブルーム〟をリクエストしたか

らだ）。それから外のテラスへ出て星々を見上げた。きみの母さんとぼくは、法廷での争いや、近づいてくる彼女の出発の日を話題にしないように気をつけていた。

「母さんが船の上で大きくなったって、本当？」きみが訊いた。

「そうよ」

「怖くなかった？」

「全然。あたしたちはみんな船の上で暮らしてるのよ、ちびちゃん。地球は星々の海を漂う大きな筏なの」

「船の上で暮らすの、好きだった？」

「あの船は好きだった――でも、よくは覚えていないの。すごく小さいころのことって、あんまり覚えてないでしょ。おかしなことに、人間ってそういうものなの。だけど船にさよならを言うときは、すごく寂しかったのを覚えてる。さよならしたくなかった。そこが母さんのおうちだったから」

「あたしもあたしの船にさよならしたくない」

彼女は泣いた。ぼくも泣いた。きみも泣いた。

旅立つ前、彼女はきみにキスをした。「愛してるって伝える方法はたくさんあるの」

宇宙は木霊や影でいっぱいだ。エントロピーとの戦いに敗れて滅亡した文明の残像や最後の言葉に満ちている。宇宙背景放射の中で薄れていくさざ波——こうしたメッセージは大半が、いや、一つとして解読されずに終わるのではないだろうか。

同じように、ぼくたちの思いや記憶の大半も薄れて消えていく定めだ。選択し、生きていくという行為そのものによって失われる定めだ。

だからといって、悲しむことはない、愛しい子よ。宇宙の熱的死という虚無の中へ消えていくのは、あらゆる種族の運命だ。だけどそれよりずっと早く、知的生命体の名に値するどこかの種族の思考が、宇宙そのものと同じくらい偉大になることだろう。

きみの母さんは今〈フォーカル・ポイント〉号の上で眠っている。きみがうんと年をとるまで、いや、たぶんこの世を去ったあとまで目を覚まさない。

目を覚ましたら、彼女と仲間のクルーは耳を傾け始める。そして同時に放送を始める。どこか宇宙のほかの場所で、別の種族もまた、何光年も彼方、はるかな過去から届くかすかな電磁波を収束させる、彼らの星の力を利用しているかもしれないから。クルーは異星人にわれわれを紹介するために作られたメッセージを再生する。それは数学と論理学に基づいた言語で書かれている。地球外生命とコミュニケートする最良の方法は、日常生活では絶対にあり得ない話し方をすること——この通念を、ぼくはずっと奇妙だと思ってきた。

だけどメッセージの最後では、しめくくりとして、それほど論理的でない、圧縮された記憶の記録が再生される。優雅な弧を描いて躍り上がるクジラ、キャンプファイヤーのゆらめきと荒々しいダンス、安ワインと焦げたホットドッグを含む一千の食べ物の香り成分の化学式、神々の食べ物を初めて食べた子供の笑い声。意味ははっきりしないけれど、それゆえに生きている、きらめく宝石。

だからぼくらはこれを読んだ、娘よ、彼女が旅立つ前にきみのために書いたこの本を。その凝った文章と緻密な挿絵は、きみといっしょに成長するおとぎ話を語っている。それは弁明書《アポロギア》、家に出した手紙の束、ぼくたちの魂にある未知の水域の地図。

この冷たく、暗く、静かな宇宙で、愛していると伝える方法はたくさんある。きらめく星の数と同じくらいたくさんある。

著者付記

圧縮としての意識について詳しくは、フィル・マグワイアほか「意識は計算可能か？アルゴリズム的情報理論を用いた統合情報の定量化」アーカイヴ・プレプリント・アーカイヴ1405.0126（二〇一四）を参照のこと（arxiv.org/pdf/1405.0126で閲覧可能）。

天然の原子炉について詳しくは以下を参照のこと。

イゴー・ティーパー「自然の移ろい」〈ノーチラス〉二〇一四年一月二十三日号

E・D・デイヴィス、C・R・グールド、E・I・シャラポフ「オクロの天然原子炉と

核科学にとっての意味」〈インターナショナル・ジャーナル・オブ・モダン・フィジックスE〉二十三巻四号（二〇一四）

SETIと太陽の重力レンズについて詳しくは、クラウディオ・マッコーネ「太陽の重力レンズとしての利用による星間無線リンクの強化」〈アクタ・アストロノーティカ〉六十八巻一号（二〇一一）七六〜八四ページを参照のこと。

レギュラー

The Regular

古沢嘉通訳

「ジャスミンです」彼女は言った。

「ロバートだ」

電話の声は、きょうの午後はやくに話した相手とおなじ声だった。

「たどり着いてくれて嬉しい、あなた」彼女は窓の外を見る。男は指示通りにコンビニの正面の街角に立っていた。清潔そうで、お洒落な服装をしていた。これからデートに出かけるかのように。いい兆候。レッドソックスのベースボールキャップを目深にかぶっていた。人目に付かぬようにする素人っぽい試み。「あたしの住所は通りを隔ててあなたの真向かいのモアランド二十七番地。教会を改装した灰色の石造りのマンション」

男は言われたほうを見た。「きみにはユーモア・センスがあるな」

みんなおなじジョークを言うのだが、とりあえず、彼女は笑い声をあげた。「二階の二〇四号室にいるわ」

「きみだけだろうな？　まず最初に金を払えと言ってくるラインバッカー・タイプの大男に出会うなんてことはない？」

「言ったでしょ。あたしは個人経営だと。寄付金を用意しておいて。そうすればすばらしい時を過ごせるから」

　彼女は電話を切り、鏡をすばやくチェックして、用意が整っているのを確認した。黒のストッキングとガーターベルトは新品で、レースのビスチェは細い腰を強調し、乳房をより大きく見せている。化粧は薄くしたが、アイシャドーは目を強調するため、濃くした。客の大半は、そのほうを好む。エキゾチックだと言って。

　キングサイズのベッドのシーツは、洗い立てで、ナイトスタンドにはコンドームを入れた小さな枝編み籠が載っていた。籠の隣にある時計は五時五十八分を示している。デートは二時間の予定で、そのあと、掃除をしてシャワーを浴びてから、お気に入りの番組を見るため、TVのまえに座る充分な時間があるだろう。今晩遅くに母親に電話をして、鯛の料理方法を訊ねようと考えた。

　彼女は客がノックをするまえにドアを開け、相手の顔に浮かんだ表情から、自分がうまくやったとわかった。客はスッと部屋に入り、彼女はドアを閉め、そこにもたれかかると、客に向かってほほ笑んだ。

美しい」

「広告の写真よりずっと綺麗だ」客は言った。じっと彼女の目を覗きこむ。「とくに目が

「ありがとう」

客に玄関をじっくり見せてから、彼女は自分の右目に集中し、すばやく二度まばたきした。それが必要になることがあるとは考えていなかったが、か弱い女は自分を守らねばならない。もしいつかこんなことをやめるなら、それを取り出して、ボストン港の底に投げ捨てるつもりでいる。幼い少女だったときよくやっていた、紙片に秘密を書いて、丸め、トイレに流していたのとおなじように。

客は、これといって目立った特徴はなかったものの、様子がよかった——身長百八十センチ以上で、陽に焼けた肌、髪はまだふさふさとしており、ぱりっとしたワイシャツの下の体はよく鍛えられているようだ。目は親しげかつ優しげだった。あまり手荒な真似はしないだろう、と彼女は確信した。客は四十代で、ダウンタウンにある法律事務所か金融関係の会社に勤めているのかもしれない、と彼女は推測した。長袖シャツと黒っぽいズボンは、エアコンがつねに低い温度で動いていると考えれば辻褄が合う。客には、おおぜいが男性らしい魅力と誤解するたぐいの傲慢さがあった。左手の薬指にぐるりと色の薄い箇所があるのに彼女は気づいた。なおさらいい。妻帯者は、通常、より安全な人間だ。自分が結婚していることを知られたくないと考えている妻帯者は、もっとも安全だった——自分

がいま持っているものを高く評価し、それを失いたくないと思っているのだから。

この客が常連《レギュラー》になればいい、と彼女は期待する。

「こういうことをするのは嬉しいな」客は地味な白封筒を差し出した。

彼女は封筒を受け取り、なかに入った札を数えた。そしてなにも言わずに玄関にある小さなテーブルに載っている手紙類の山に封筒を置いた。彼女は客の手を取り、寝室へ誘った。客は立ち止まって、バスルームを覗きこみ、ついで、廊下の突き当たりにあるもうひとつの寝室を見た。

「ラインバッカーを捜しているの?」彼女はからかった。

「ただ念には念を入れているだけさ。わたしはいい人間だよ」

客はスキャナーを取りだし、目のまえに掲げて、その画面に集中した。

「ちょっと、あなたって、パラノイアなのね」彼女は言う。「ここにあるカメラは、あたしの携帯のカメラだけ。電源はちゃんとオフにしてるわ」

客はスキャナーを仕舞い、ほほ笑んだ。「わかってる。だけど、機械に確認させたかったんだ」

ふたりは寝室に入った。彼女は客がベッドやドレッサーに置かれた潤滑剤とローションの瓶や、ベッドの隣にあるクロゼットの扉を覆っている長い鏡をじっと見ているのを眺めた。

「緊張してる？」彼女は訊ねた。

「少しね」客は同意した。「こんなこと頻繁にやらないんだ。というか、ぜんぜんやらない」

彼女は客のそばに近づき、彼を抱き締め、香水の匂いを嗅がせた。フローラルで軽い香水であり、相手の肌には長くとどまらないだろう。ややあって、客は彼女に両腕をまわし、両手を彼女の腰のくびれのむき出しの肌に置いた。

「人は物よりも経験にお金を払うべきだと、あたしはつねづね思っているの」

「いい哲学だ」客は彼女の耳に囁いた。

「あたしがあなたにあげるのは、ガールフレンドとしての経験なの、昔ながらのもので、甘いもの。これをあなたは覚えていて、好きなだけ頭のなかで繰り返すの」

「きみはわたしの望むことをなんでもしてくれるのかい？」

「無理のない範囲で」彼女は言う。そして彼女は顔を起こし、客を見上げた。「コンドームを着けてもらわないとダメ。それ以外は、たいていのことにノーとは言わない。だけど、電話であらかじめ話しておいたように、一部の行為については、追加料金を払ってもらわないと」

「わたしはとても古風な人間なんだ。支配側にまわってもいいだろうか？」

客はそれまでに彼女を充分リラックスさせていたので、彼女は一足飛びに最悪の結論を下さなかった。「あたしを縛ることを考えているなら、別料金がかかるわ。それにあなたのことをもっとよく知るまで、それをさせるつもりはありません」

「そういうんじゃないんだ。ほんの少し押さえつけるとでも言うのかな」

「それならかまわない」

　客は彼女に近づき、ふたりはキスをした。客の舌が彼女の口のなかに長居して、彼女はうめいた。客はキスを止め、両手を彼女の腰に置き、体を回させて、うしろを向かせた。

「枕に顔をうずめて、後ろ向きになってくれないか？」

「もちろんいいわよ」彼女はベッドにのぼった。「脚は折りたたんだほうがいい、それともベッドの両端に向かって広げたほうがいい？」

「広げてくれ、頼む」客の声は命令口調になりつつあった。それに彼はまだ服を脱いでいなかった。レッドソックスのキャップすら取っていない。彼女は少しがっかりした。客のなかには、セックスよりも従わせることのほうを喜ぶ連中がいる。彼女のほうでやることはあまりなかった。ひどく手荒で、痕を残すようなことをしないでくれればいいのにとだけ彼女は願った。

　客は彼女の背後からベッドにのぼり、彼女の脚のあいだに膝を入れてきた。客は寄りかかり、彼女の頭の横にある枕をつかんだ。「とても愛らしいよ」客は言う。「これからきみを押さえつけるぞ」

彼女はベッドに吐息をついた。客が好むだろうとわかっているやり方で。客は枕を彼女の頭のうしろに置き、強く押しつけて、彼女を動けなくした。うしろの腰の部分に隠していた銃を抜くと、すばやい動きで、銃身を――サイレンサー付きの分厚く長い銃身だ――ビスチェのうしろに押しつけ、心臓めがけて二発立て続けに引き金を絞った。彼女は即死した。

客だった男は枕を外し、銃を仕舞った。そして上着のポケットから、ラテックス製手袋とともに、小型の外科手術用キットを取り出した。効率的にすばやく作業し、正確に優雅に切っていった。捜しているものを見つけると、緊張をゆるめた。というのも、ときおり、まちがった女性を選んでしまうことがあるからだ――頻繁にではないが、たまに起こった。作業しながら袖で顔の汗を拭い取るよう注意し、キャップが髪の毛の落ちるのを防ぐのに役立っていた。まもなく、作業は終了した。

男はベッドから降り、血まみれの手袋を外すと、死体の上に手術用キットとともに置いた。新しい手袋をはめると、室内を動きまわり、金を隠していそうな場所を効率的に捜索した――トイレのタンクのなか、冷凍庫のうしろ、クロゼットの扉の上にある引っ込んだ場所。

台所に入り、大きなビニール・ゴミ袋を持って戻ってくる。血まみれの手袋と手術用キットをゴミ袋に放りこむ。彼女の携帯電話を手に取り、ボイスメールのボタンを押す。最初に彼女の電話番号にかけたときに残したメッセージを含め、すべてのメッセージを削除する。電話会社の通話記録に関して、男ができることはあまりなかったが、プリペイド携帯電話をどこかに残して、警察に見つけさせることで、プリペイド携帯電話の利点を活かせる。

男はもう一度彼女を見た。厳密に言うと、残念には思わなかったが、もったいないなという気はした。彼女は美しかった。できれば彼女で楽しみたいところだったが、そうすればあまりにも多くの痕跡を残してしまう。たとえコンドームを使ったとしても。それにあとで、別の女に金を払えばいいことだった。彼は物に金を払うのが好きだった。金を払っていると、力が自分のなかに注ぎこまれる気がした。

上着の内ポケットに手を伸ばし、一枚の紙を取り出す。それを慎重に広げて、彼女の顔に置いた。

クロゼットのひとつで見つけた小型のジムバッグにゴミ袋と金を詰めこむ。静かに退室する。途中で、玄関に置かれていた現金の入った封筒を拾い上げた。

ルース・ロウは几帳面なたちなので、最後にもう一度、クレジットカードと銀行の出納記録をまとめたスプレッドシート上の数字を確認し、納税申告書上の数字と照らし合わせた。まちがいない。依頼人の夫は、国税庁から金を隠しており、さらに重要なのは、依頼人から金を隠していた。

ボストンの夏は暴力的なほど暑くなる。だが、ルースは、チャイナタウンの精肉店の上にある狭い事務所のエアコンを切ったままにしている。永年、ルースはおおぜいの人を不幸にしてきたが、エアコンの余計な騒音で、彼らがこっそり近づいてくる音を消すわけにはいかなかった。

ルースは携帯電話を取り出し、記憶にある番号にかけはじめた。けっして携帯電話には番号を登録しない。安全のためだと人には言っているが、たとえどんなにささやかなものとはいえ、機械に頼らずにいることを確認するためのポーズなのかもしれない、とときどき気になった。

階段をだれかが上がってくる音が聞こえ、電話をかけるのを止めた。足音はきびきびしており、きゃしゃな感じで、たぶん女性であり、たぶん趣味のいいハイヒールの靴だろう。階段に設置したスキャナーは、武器の存在を検知していなかったが、だからといってなにかを意味しているわけではない——ルースは銃やナイフを使わずに人を殺せる。それができる人間はほかにもおおぜいいる。

ルースは音を立てずに机に携帯電話を置き、ひきだしに手を伸ばすと、右手の指でグロック19の安心をもたらしてくれる銃把を摑んだ。そうしておいてはじめて視線を少し横に逸らして、ドアの上に設置している監視カメラからの映像を映しているモニターを見た。

とても冷静な気持ちでいた。〈調整者《レギュレーター》〉は、その仕事を果たしていた。もうアドレナリンを解き放つ必要はない。

五十代の客は、青い半袖カーディガンと白いパンツ姿だった。ドアベルを鳴らすボタンを捜して、ドアのまわりを見ている。髪の毛はとても黒く、染めているにちがいない。中国人のようだった。細く小柄で、緊張して神経質そうな様子を見せていた。

ルースは緊張を緩め、ドアを開けるボタンを押すため、銃から手を離した。立ち上がり、手を差し出す。「ご用件はなんでしょう？」

「あなたは私立探偵のルース・ロウですか？」女性の訛りから、広東語や福建語よりも北京官話の痕跡を耳にした。では、チャイナタウンでは、あまりよいコネがないだろう。

「そうです」

女性はルースが予想していた人間ではないかのように驚いた表情をした。「サラ・ディンです。あなたは中国人だと思ってました」

握手をしながら、ルースはまっすぐサラの目を見た――ふたりはほぼ同じ背丈だった。百六十三センチ。サラはよく体型を保っているように見えたが、サラの指は冷たく、細く感じられた。まるで鳥のかぎ爪のように。

「わたしは中国人とのハーフなんです」ルースは言った。「父は広東出身の二世で、母は白人です。わたしの広東語はかろうじて通用する程度で、北京官話を学んだことはありません」

サラはルースの机の真向かいにあるアームチェアに腰を下ろした。「でも、あなたはここに事務所を構えておられる」

ルースは肩をすくめた。「敵が多いんです。中国人じゃない人間は、チャイナタウンで動きまわるのを心地良く思わない。彼らは目立つんです。そのため、ここに事務所を置いているのは、わたしにとってより安全なんです。それに、家賃が格安なんです」

サラはもどかしげにうなずいた。「娘の件で、あなたに力を貸してほしいのです」机の上で折りたたみ式のファイルをルースに向かって押し出した。

ルースは腰を下ろしたが、ファイルには手を伸ばさなかった。「娘さんについて話して下さい」

「モナはエスコート嬢として働いていました。一カ月まえ、彼女は自分のマンションの一室で、撃たれ、殺されたんです。警察は強盗だと考えています。あるいは、ギャング関連の犯行かもしれない、と。手がかりは見つかっていません」

「危険な職業です」ルースは言った。「あなたは娘さんがその仕事をしていたのをご存じだったんですか？」

「いいえ。モナは大学を出たあと、色々うまくいかなかったんです。それにわたしたちは、昔から親しい間柄ではなかった……わたしが望んだようには。この二年間は、あの子はうまくやっていると思っていたんです。出版の仕事に就いたとわたしたち親には言ってました。子どもが望む、あるいは必要とするような母親になれない場合、自分の子どものことを知るのは難しいものです。この国には、違ったルールがあるので」

ルースはうなずいた。よくある移民の嘆きだ。「娘さんがお亡くなりになったのはお気の毒です。ですが、わたしになにかできるとは思えません。わたしが担当する案件の大半は、簿外資産や、配偶者の浮気、保険金詐欺、背景調査など——その手のことです。司法機関の一員だった当時、わたしは殺人事件捜査を担当していました。ここの刑事たちが殺人事件に関して、まったく手を抜かないのは知っています」

「そんなことないわ!」怒りと絶望がサラの声をざらつかせた。「あの人たちは、あの子がただの中国人の売春婦に過ぎず、あの子が愚かだったか、一般《レギュラー・ピープル》人に手を出したりしない中国系ギャングに巻きこまれたせいで死んだと考えている。夫はあまりにも恥ずかしいと思い、娘の名前を口にすらしないんですよ。ですが、あの子はわたしの娘なんです。あの子はわたしの持っているものすべてと同じ、いえ、それ以上の価値があるんです」

ルースはサラを見た。〈調整者〉が同情心を抑制するのが感じられた。同情心は仕事上の間違った判断を導きうる。

「わかっているべきだったなんらかの兆候があったかどうか、わたしはずっと考えつづけています。自分では気づかずにいた、あの子を愛していることを伝えるためのなんらかの方法があったのかどうか。もう少しわたしが忙しくなかったなら。もう少し、穿鑿《せんさく》して、あの子に傷つけられても我慢できたなら。刑事たちがわたしに話す態度は耐えがたいものでした。わたしがあの人たちの時間を無駄にしているのに、いかにもそれをあからさまにはしたくないとでも言いたげだった」

警察の刑事たちは、全員、〈調整者〉を付けており、サラがほのめかしているたぐいの偏見を抱くのは不可能になっていると説明するのをルースは控えた。〈調整者〉の本質は、プレッシャーのかかる警察の仕事を、もっと普通《レギュラー》に、勘や感情的な衝動や、隠れた偏見になるべく頼らずにやれるようにすることだった。もし警察が、ギャング関連の暴力事件だと言っているのなら、そう言うだけの充分な理由がありそうだ。

ルースはなにも言わなかった。目のまえにいるこの女性が苦しんでおり、疚《やま》しさと愛情がないまぜになって、娘を殺した相手を見つけるために金を払うことで、娘が売春に手を染めるたぐいの母親でいることについて、気が楽になると考えているからだった。

サラの怒り、やるせない態度にルースは、いっさい考えないようにしているあることを少し思い出した。

「たとえわたしが殺人犯を見つけたとしても」ルースは言った。「そのことであなたの気持ちは楽にならないでしょう」

「かまいません」サラは肩をすくめようとしたが、そのアメリカ流の仕草は、ぎこちなく、似合っていないように見えた。「夫はわたしの頭がおかしくなったと思っています。これがどれほど見込みのないことかわかっています。お願いする私立探偵はあなたが最初じゃありません。だけど、何人かがあなたを勧めてくれました。あなたが女性であり、中国人であるから、ひょっとしたら、ほかの探偵たちには見られないなにかを見てくれるかもしれない、と」

サラはハンドバッグに手を伸ばし、小切手を取り出すと、テーブルの上に滑らせ、ファイルの上に置いた。「八万ドルあります。あなたのふだんの一日分料金の倍額とすべての経費をこれで賄って下さい。もし使い尽くしたら、さらにお支払いできます」

ルースは小切手をまじまじと見た。自分の悲惨な懐具合について考える。いまは四十九歳だが、もっと歳を取って、こんな仕事ができなくなったときのためいくらかのお金を蓄えておける機会が、いったいほかにどれくらいあるだろう？

ルースは依然として冷静で完全に理性的でいると感じており、〈調整者〉がその仕事を果たしているのはわかっていた。自分はコストと利益と、この事案の現実的な評価に基づいて決定を下そうとしていると確信していた。悲嘆の洪水を堰き止めている一対のか弱いダムのように見える、サラ・ディンのすぼめた肩のせいではなく。

「わかりました」ルースは言った。「お引き受けします」

男の名前はロバートではなかった。ポウルでもマットでもバリーでもない。売春婦《ジョン》の客という名を使ったことは一度もない。その手の冗談は、女の子たちを心配させるからだ。ずいぶんむかし、刑務所に入っていたときよりまえ、彼は観察者《ウォッチャー》と呼ばれていた。現場を観察し、把握するのが好きだったからだ。最善の機会を捉え、脱出ルートを確保するために。ひとりでいるときは、いまでも自分のことをそう考えている。

一二八号線沿いの安いモーテルに借りている部屋のなかで、彼はシャワーを浴びて昨晩の汗を洗い流すことで、一日をスタートさせた。

ここは、この一カ月のあいだに泊まった五番目のモーテルだった。一週間以上滞在すれば、モーテルの従業員の関心を惹きがちになる。彼は観察する側であり、観察される側ではなかった。理想を言うなら、ボストンから行方をくらませるべきだったが、まだこの街の可能性をつぶさに調べていなかった。見たいと望んでいるものすべてを見るまえに離れるのは、正しくない気がした。

ウォッチャーは、あの若い女のマンションから現金で約六万ドルを手に入れた。彼が選ぶ女たちは、自分たちの職業の息の短さを強く意識しており、冬に備えるリスのように金を貯めこむ。国税庁に疑念を抱かれずに銀行に金を預けられないことから、彼女たちは自分たちの住居に金を隠す。ウォッチャーが出かけ、発見された宝物のように我が物にするのをその金は待ち構えている。

金はすてきなボーナスだったが、一番の魅力ではなかった。

ウォッチャーはシャワーから出、体を乾かし、タオルを巻いて、腰を下ろすと、ナッツに取り組み、割ろうとした。ナッツは、小さな銀色の半球で、半分にした胡桃に似ていた。最初に手に入れたとき、ナッツは血と凝血に覆われていた。ウォッチャーは、それをモーテルの流しで濡らしたペーパータオルを使って繰り返し拭い、ピカピカに輝くまでにした。

その装置のうしろにあるアクセス・ポートをこじ開ける。ノートパソコンを開き、ケーブルの一方の末端を繋ぎ、もう一方の末端を半球に繋いだ。大枚叩《はた》いて手に入れたプログラムを起ち上げて、走らせる。たぶんずっとプログラムを走らせたままにしてどこかに行っているほうが効率的なんだろうが、ウォッチャーは、暗号が解読される瞬間を見るため、そばにいたがった。

プログラムが走っているあいだ、彼はエスコート嬢の広告をブラウジングした。いまは、楽しみのため捜していた。商売のためではない。そのため、ジャスミンのような子を捜すのではなく、自分好みの子を捜していた。そんな女の子の料金は高かったが、高すぎるほどではなかった。ハイスクール時代に付き合いたいと願っていた女性たちを思わせる子たちだ——声が大きく、陽気で、いまは肉感的だが、数年後には体重過多になる運命にある女性。飾らない美しさであり、それが消えていく定めであるがゆえにいっそうものにしたい対象。

自分が十七歳のとき、そうだったような貧しい男だけが、女にわざわざ言い寄り、必死に好きになってもらおうとする、とウォッチャーは知っていた。いまの自分のように金と力のある男は、望んでいるものを買えるのだ。自分の欲望には純粋さと清潔感があり、彼は貧乏人の欲望よりも自分が高貴で、相手を欺していないように感じた。貧乏人はいま彼が持っているものを持てればいいと願うだけだ。

プログラムがビープ音を鳴らし、ウォッチャーは画面を切り換えた。

うまくいった。

映像や動画、音声記録がコンピュータにダウンロードされつつあった。

ウォッチャーは、写真と動画にざっと目を通した。写真は顔写真や、金が手渡されるところの写真だった――彼は即座に自分が写っている写真を削除した。

だが、動画は最高だった。腰を落ち着けて、ちらつく画面を見つめる。ジャスミンのカメラワークはすばらしかった。

ウォッチャーは、客ごとに動画と画像をわけ、それぞれフォルダーに保存した。めんどうくさい作業だったが、彼はそれを楽しんだ。

金を得て最初にルースがしたのは、どうしても必要だったチューンアップだった。殺人犯を追うには、トップコンディションでいる必要がある。

仕事中は銃を携行したくなかった。スポーツジャケットを着て銃を携行する男性は、ジャケットの下に銃を隠して、ほぼどんな状況にもまぎれこむことができたが、女性が銃を隠すためにその手の服装をすると、ひどく目立つことがままあった。ハンドバッグに銃を入れておくのは、まずい考えだ。偽の安心感を与えてくれるが、ハンドバッグは容易に奪われる。そうなったら、丸腰になってしまう。

年齢のわりには、ルースは健康で逞しかったが、敵対する相手はつねに自分より背が高く、体重があり、力が強かった。そういう不利をより機敏に動き、先制攻撃することで補えるのを学んでいた。

だが、それだけでは充分ではなかった。

ルースはかかりつけの医者のところにいった。保険維持機構《HMO》カードでいく医者ではない。ドクターBは、別の国で医師の資格を取得したものの、怒らせてはいけない人々を怒らせたせいで、永遠に故国を離れざるをえなくなった。二度目のレジデントとなって、当地で医師の資格を取る代わりに（そうなった場合、追跡されやすくなる）、ドクターBは、たんに自前で医療の実践をおこなうことに決めた。医師資格を気にしている医者ならやろうとしないことをやる。そういう医者なら手をつけようとしない患者を診ている。

「久しぶりだな」ドクターBは言った。

「全部調べて」ルースは彼に告げた。「それから交換が必要なものは交換して」

「金持ちのおじさんでも亡くなったのか？」

「狩りに出るの」

ドクターBはうなずくと、ルースを寝かせた。

医師はルースの両脚の空圧ピストンや、肩と腕の置換された合成腱、両腕の動力電池と人工筋肉、強化指骨をチェックした。充電が必要なものを充電し直す。カルシウム沈着措置（アジア系の不運な副作用である骨の脆さに対する対応策）の結果を吟味し、より長く稼働していられるようルースの〈調整者〉に調整を加えた。

「新品みたいだ」ドクターBはルースに言った。ルースは代金を払った。


次にルースはサラが持ってきたファイルを調べた。

写真があった――プロム、ハイスクールの卒業式、友人とのバケーション、大学の卒業式。ルースは、学校の名前を知って、驚きもせず、悲しみもせず、心に留めた。ジェスもその学校にいきたいと夢見ていたのだけれども。いつものように、〈調整者〉がルースを平静にさせ、情報を受け入れる態勢を作らせた。有益な情報だけを受け入れるように。

サラが選んだ最後の家族写真は、一年まえ、モナの二十四歳の誕生日に撮影されたものだった。ルースはその写真を入念に調べた。写真のなかで、モナは、サラと彼女の夫のあいだに座っていた。両腕を両親にまわして、自然な喜びを示していた。両親に隠しつづけている秘密を匂わせるものはなにもなかった。また、ルースにわかるかぎりでは、傷痕あるいはドラッグ、はたまた生活がコントロールを失いかけていることを示すほかの兆候もなかった。

サラは注意深く写真を選んでいた。写真は、モナの人生を埋めるように、人々に彼女のことを好きになってもらうように意図されて選ばれていた。たとえ、この若い女性の人生についてなにも知らないにせよ、ルースは、サラの努力とおなじだけの努力をしてみるつもりだった。ルースはプロフェッショナルだった。

警察の報告書と検屍結果のコピーが入っていた。報告書は、ルースがすでに推測していたことをおおよそ裏付けていた――モナの体組織にドラッグの痕跡はなく、強制的な挿入はなく、争いがあったことを示すものもなかった。ナイトスタンドのひきだしには唐辛子スプレーが入っていたが、使用されていなかった。鑑識が現場に掃除機をかけ、現場を訪れた数十人、ことによると数百人分の頭髪や皮膚片が回収されたが、役に立つ手がかりはもたらされないだろう。

モナは心臓を二発撃たれて殺され、死体は切断され、ふたつの眼球を取り除かれていた。性的な暴行は受けていなかった。マンションの一室は、くまなく荒らされて現金と貴重品が奪われていた。

ルースは姿勢を正した。殺害方法は奇妙だった。ともかく、もし殺人犯がモナの顔を切り刻む意図を持っていたとしたら、後頭部を撃たない理由がなかった。心臓を撃つよりもまわりを汚さないし、より確実な処刑方法だ。

現場には中国語の書き置きが見つかっていた。モナは彼女が犯した罪のため、処刑されたと記されていた。ルースは中国語が読めないが、警察の翻訳は正確だと思った。警察は、モナの携帯電話の記録も取り寄せていた。携帯電話の基地局のデータから、事件当日、モナの部屋にいたことを示している携帯電話の持ち主の番号が二、三あった。アリバイのない唯一の電話番号は、登録された所有者がいないプリペイド電話のものだった。警察は、その電波を追って、チャイナタウンの大型ゴミ容器に隠されていた携帯電話を見つけた。それ以上先を探ることはできていなかった。

（かなりずさんな殺しね）ルースは考えた。（もしギャングの仕業だとしたら）

サラはモナのエスコート嬢広告のプリントアウトも提供していた。モナはいくつかの別名を使用していた――ジャスミン、アキコ、シン。写真の大半は、下着姿の彼女であり、カクテルドレスを着ているものも数枚あった。写真は彼女の肉体を強調する画角で撮られていた――レースで半分包まれた乳房の横からの眺め、うしろから見た臀部、ヒップに片手を置いてベッドに寝そべっている姿。顔には目に黒い線が入って、ある程度の匿名性を確保していた。

ルースはコンピュータを起ち上げ、ほかの広告を確認しようと、当該サイトにログオンした。生活安全課で働いたことはなく、特殊な言い回しや略語になじむまで少しかかった。インターネットは、この商売を変容させたようだ。女性たちをストリートから撤退させ、ポン引き抜きの〝独立したサービス提供者〟にさせた。エスコート嬢サイトは、客に自分たちの望んでいるものを正確に選ばせるようまとめられていた。料金、年齢、提供サービス、人種、髪の毛、目の色、空いている時間、客の評価によって選り分け、取捨選択できるようになっている。この商売は競争が激しく、こうしたサイトには暴力的な効率性があり、〈調整者〉がなければルースは暗い気持ちになっただろう。もし統計ソフトを適用すれば、年を追うごとにどれほどひとりの女性が価値を減じていくか、客の男たちが求める理想から一ポンド、一インチ違うことで彼らがどれほどの値をつけているのか、ブロンドがブルネットよりもどれほど高く評価されているのか、日本人として通用する女性が、通用しない女性に比べどれほど高く値段をつけられるのか。

一部の広告サイトでは、会員料金を払えば、女性の顔が写っている写真を見ることができた。サラは、モナのそうした〝プレミアム〟写真も印刷していた。つかのま、ルースは、金を払って娘のそうした誘惑の視線を明らかにする際にサラがどういう思いをしたのだろう、と気になった。もめ事などない、嘱望された未来を持っていると思われた娘の。

そうした写真のなかでモナの顔は、快活なものに仕上げられていた。唇はゆるやかな曲線を描き、誘惑するような、あるいは無邪気な笑みを浮かべていた。彼女は同一価格帯のほかの女性たちと比べて、ずば抜けて美しかった。モナは、自宅でのエスコートのみを謳っていた。もしかすると、事態をよりコントロールできることで、そのほうが安全だと信じていたのかもしれない。

おおかたのほかの女性たちと比べ、モナの広告は、〝エレガント〟と表現しうるものだった。綴りに間違いはなく、過剰に粗野な言葉遣いもなく、このあたりの男たちがアジア系の女性に抱いているたぐいの性的幻想をほのめかしていると同時に、アメリカ流の健全さも約束していた。そのコントラストが、多少のエキゾチズムを戦略的に強調していた。匿名の客が、モナの態度と〝期待以上のサービス〟を厭わないことを高く評価していた。モナはいいチップを稼いでいたんだ、とルースは見当をつけた。

ルースは事件現場の写真と、モナの顔の眼球を失った血まみれの写真に関心を向けた。知的かつ冷静に、ルースはモナの部屋の細部を頭に入れた。その細部と広告写真のエキゾチズムとの差を考えてみる。ここにいるのは、自分の受けた教育に自信過剰で、自分が注意深い言葉と画像を通して、正しい種類の客を引き寄せるための一種のフィルターを築くことができると信じていた若い女性だ。それは経験を欠いた愚直さと同時に聡明さを感じさせたが、ルースは、〈調整者〉が働いているのにもかかわらず、モナの自信満々な自暴自棄に、ある種の辛辣さを覚えてしまった。

こんな道を下っていかせたのがなんであれ、モナはいままでだれも傷つけたことがなかった。それなのにいま、彼女は死んでいた。

ルースは長い地下トンネルを潜り、多くの鍵のかかったドアを通った先にある部屋でルオと会った。黴《かび》と汗と、ゴミ袋のなかで腐っている香辛料を利かせた料理の臭いがした。途中、ルースは、鍵のかけられたいくつかの部屋を見た。ドアの向こうにいるのは、人間の積荷だ、と推測する。富を得ることを夢見て働けるよう、この国に密入国する機会を求め、蛇頭と年季奉公の契約を自ら結んだ人々を入れた部屋。ルースは彼らについてなにも言わなかった。ルオとの交渉はあくまでもルースの判断によるものであり、ルオはほかの業者よりも自分の積荷には親切だった。

ルオはおざなりにルースの体を軽く叩いて、確認をした。無線をつけていないことを示すため、服を脱ごうか、とルースは提案した。ルオは手を振って、それを断った。

「この女を見たことがある？」モナの写真を手にして、ルースは広東語で訊ねた。

ルオは唇に煙草を貼り付かせたまま、写真を仔細に眺めた。薄暗い光が彼のむきだしの肩と腕のタトゥーに緑がかった色合いを帯びさせた。しばらくして、ルオは写真を返した。

「見覚えはない」

「クインシー地区で働いている娼婦だった。一ヵ月まえ何者かが彼女を殺し、これをあとに残していった」ルースは殺害現場に残された書き置きの写真を取り出した。「警察は、中国系ギャングの仕業だと考えている」

ルオは写真を見た。集中しようとして眉間に皺を寄せ、そののち、吠えるように乾いた笑い声をあげた。「ああ、これは、中国系ギャングが残していった書き置きだ」

「どのギャングかわかるの？」

「もちろんだ」ルオはルースを見た。ニヤニヤ笑って、歯の隙間を覗かせる。「この書き置きは、中国本土からやってきた美しいメイド、純真無垢のメイ＝インを嫉妬にかられて殺したあと、恒久平和ギャング団の一員、衝動的な性格のタック＝カオが残したものだ。『わたしの香港、きみの香港』の第三シーズンで原作を見られる。おれがあの番組のファンで幸運だったな」

「これってソープオペラからとってきたものなの？」

「ああ。あんたが捜している男は、冗談が好きなのか、あるいは中国語をよく知らず、インターネット検索で拾ってきたかのどちらかだろう。警察は欺《だま》せるかもしれないが、おれたちは、こんな書き置きを残さない」ルオはその考えにクスクスと笑い、地面に唾を吐いた。

「ひょっとしたら、警察を混乱させるためのたんなる偽装なのかもしれない」ルースは慎重に言葉を選んだ。「あるいは、ひょっとしたら、あるギャング団が警察に別のギャング団を攻撃させるために置かれたのかもしれない。警察は、チャイナタウンの大型ゴミ容器のなかで、携帯電話を見つけている。たぶん殺人犯が使ったもの。クインシーには、アジア系のマッサージ・パーラーが何軒もあるのは知ってるわ。だから、ひょっとしたらこの子は強力すぎる競争相手だったのかもしれない。この件ではほんとになにも知らないのね？」

ルオはモナのほかの写真をパラパラとめくった。ルースはルオの様子をじっと眺め、いかなる突然の動きにも反応する用意をしていた。ルオを信用できるとは思っていたが、生計を立てるためにしばしば殺人をしなければならない男の反応など、だれも予測できるものではない。

ルースは〈調整者〉に意識を集中させ、必要とあらば動きを加速させるためのアドレナリン分泌を促す用意をした。両脚の空圧装置は充電済みで、湿った壁に背中を押しつけ、蹴りを放つ必要があるときに備えた。頸骨のそばに組みこまれた空圧容器から圧力を急解放すると、一秒の数分の一の時間で両脚が伸び、数百キロ分の力を発生させる。もし脚がルオの胸に当たったら、あばらを何本か確実に折れるだろう――もっともそのあとでルースの背中も数日、痛みを抱えることになるだろう。

「おれはあんたを好きだよ、ルース」ルオは、目の隅でルースの突然の静寂に気づいて言った。「怖れる必要はない。あんたがおれから盗みを働こうとしたあのノミ屋を見つけてくれたことを忘れていない。おれはいつだってあんたにほんとのことを話すか、答えられないと言う。おれたちはこの女となんの関係もない。実際には、競合する相手じゃなかった。一時間六十ドルでマッサージ・パーラーにいき、すっきりして帰るような男たちは、こんな女に金を払うような連中とはちがうんだ」

ウォッチャーは、ボストンの北、ケンブリッジと隣接しているサマーヴィルに車で向かい、食料品店の駐車場の奥に車を停めた。そこだと、現金払いで大幅値引きをさせて買ったトヨタ・カローラは目立たなかった。

そののち、コーヒー・ショップに入っていき、アイスコーヒーを手に出てきた。コーヒーを飲みながら、日当たりのいい通りを歩きまわり、キーチェーンに付けている小さい装置をときどき確認する。その装置は、自分がどこかのセキュリティ対策が施されていない家庭のワイヤレス・ネットワークのなかにいることを告げてくれた。ハーヴァードやMITのおおぜいの学生がこのあたりに住んでいた。家賃は高いが、天文学的なほどではない。優れたワイヤレス・アクセス環境に取り憑かれている彼らは、狭い部屋に強力なルーターを設置し、わざわざセキュリティ対策をしていないネットワークが表に漏れ出していることがままある（すなわち、ここの学生たちのところには、ネットに繋がっている必要がある友人たちがしょっちゅう訪ねてくるのだ）。そして、いまは学生人口が流動的になる夏であることから、彼らのネットワークのひとつを利用しても、ウォッチャーが追跡される可能性はずいぶん低くなっている。

たぶん警戒しすぎなのだろうが、彼は安全でいたかった。通りの脇にあるベンチに座り、ノートパソコンを取り出すと、〝情報は自由《フリー》でいたがっている〟という名のネットワークに繋いだ。彼は、そのネットワークのオーナーの仮説が誤りであることを嬉々として立証した。情報は無料《フリー》でいたがらない。価値があるものであり、稼ぎたがっている。それに情報の存在は、だれかを自由にしたりしていない――それどころか、情報を所有していることは、逆のことをなしうるのだ。

ウォッチャーは編集した動画を慎重に選び、最後に確認した。

ジャスミンは意図しているにせよ、していないにせよ、画面の切り取りにいい仕事をしていた。男の汗まみれの歪んだ顔が、動画のなかではっきりと特徴を捉えていた。男の動き――そして結果的にジャスミンの動き――が動画をブレさせており、画像を安定させるソフトを導入しなければならなかった。だが、いまは、プロが撮影したような動画に見えていた。

ウォッチャーは、ジャスミンから手に入れた画像を検索エンジンにアップロードして、中国人に見えるこの男の正体を突き止めようとした。顔認識ソフトは、つねに進歩しており、ときどき、こういうやりかたで該当人物がヒットすることがあった。だが、今回は、うまくいかないようだった。それはウォッチャーにとって、問題ではなかった。ほかのテクニックを彼は持っていた。

ウォッチャーは、故国を去った中国人たちが集まって、故国を回想し、故国の政治を論じているフォーラムにサインインした。動画に映っていた男の写真を投稿し、その下に英語で、「有名なだれか？」と記した。そののち、コーヒーに口をつけながら、新しいコメントを捉えようと、ときどき画面を更新した。

ウォッチャーは中国語を読めない（ロシア語もアラビア語もヒンディー語も、あるいは彼が商売に精を出している相手先のほかのどんな外国語も読めない）が、語学力はこの仕事にはほぼ不要だった。国外居住者の大半は、英語を話し、彼の質問を理解できた。これらの人々を彼は、リサーチ道具として、クラウドソーシングで得られる人力の検索エンジンとして利用しているだけだった。まったく見ず知らずの人間にインターネット上の情報を人々が嬉々として与えてくれるのは、じつに驚きだった。たがいに競って教えようとすらしてくる。自分たちが豊富な知識を持っているのを見せようとする。ウォッチャーはそうしたいじましい虚栄心を喜んで利用した。

ウォッチャーは、たんに名前と、動画に映っていた男を目立たせる手段を必要としており、コンピュータによる雑な翻訳で充分だった。

ほぼたわごとの翻訳を通して、動画の男が中国の交通運輸部の高官であり、中国のたいていの役人同様、同郷人に軽蔑されているのをウォッチャーは知った。男性はウォッチャーのふだんの標的よりも大物だったが、そのことでいいデモンストレーションになるかもしれなかった。

ウォッチャーはダガーに感謝していた。ダガーは彼に中国の政治について説明してくれたのだ。最後に刑務所を出たあとのある夜、ウォッチャーは、サンフランシスコのチャイナタウンの近くで、車をゆっくり走らせていると、ひとりの中国系男性が数人の中国人観光客に強盗を働くのを目撃した。

観光客はどうにか911番に通報し、強盗は徒歩で現場から路地づたいに逃走した。しかし、ウォッチャーは、男の直接的で単純なアプローチのなにかが気に入った。車で一ブロックをまわりこみ、路地の反対側の出口で停車して、男が現れると、助手席のドアを開け、車で逃走する機会を与えた。男はウォッチャーに礼を言い、短剣《ダガー》だと名乗った。

ダガーは話し好きで、中国の人民が党の役人にどれほど怒り、羨んでいるかをウォッチャーに話した。庶民から搾り取った金で贅沢な暮らしを送り、賄賂を受け取り、公金を親族に流している。ダガーは、役人の妻や子どもだとみなした観光客に狙いを定め、自分を現代のロビン・フッドだと考えていた。

とはいえ、役人は攻撃からまったく無縁というわけではない。必要なのは、ある種の公になるスキャンダルだ。通常、妻ではない若い女性がらみのものになる。民主主義を語ることは大衆を昂奮させないが、役人がおおっぴらに不正利得を得ているのを目にするのは、大衆を激怒させる。そうなると党の組織は、面目を失った役人を処罰する以外の選択肢がなくなる。党が怖れているのは唯一、大衆の怒りだからだ。それは制御不能になるほど沸きたつ怖れがつねにあった。もし革命が中国に起こるとすれば、その引き金を引くのは、演説ではなく愛人だろうな、とダガーは皮肉を言った。

そのとき、ウォッチャーの脳裏に光が灯った。あたかも秘密を持っている者から秘密を知っている者に権力が流れていくのが見えるようだった。ウォッチャーはダガーに礼を告げ、車から降ろし、無事であれかしと願った。

ウォッチャーは、例の役人のボストン訪問がどのようなものだったか想像した。たぶんボストン市の軽量路面電車に関する経験を学びにやってきたのだろうが、現実には国が金を出してくれるたんなるバケーションだったのだろう。ニューベリー・ストリートの高級店で買い物をし、毒や汚染の心配をせずに食事を楽しみ、興味津々の大衆の手にある記録装置を怖れずに匿名で高級な女性と交際するのを楽しむ機会だ、と。

ウォッチャーはフォーラムに動画を投稿し、おまけとして、交通運輸部のウェブサイトに載っている役人の経歴へのリンクを付け加えた。消えてしまった収入源を一瞬後悔したが、デモンストレーションをした以上、それは一時のことだった。また、こういうことは商売をつづけていくのに必要だった。

ウォッチャーはノートパソコンを仕舞った。これから、彼は待たねばならない。

ルースはモナの部屋を見ることにたいして価値があるとは考えていなかったが、長年の経験で、どんな石も裏返してみなければならないとわかっていた。サラ・ディンから鍵を受け取り、午後六時ごろにモナが住んでいたマンションに向かった。殺害が起こったのとおなじ時刻に現場を見るのは、ときには役に立つ。

ルースはリビングを通り過ぎた。布団と向かい合う小型のTVがあった。若い女性が、大学時代から持っていて、アップグレードする理由がないときに置いているたぐいの家具だ。けっして客を迎えるつもりのないリビングだった。

ルースは殺人が起こった部屋に移動した。鑑識班はそこをすっかり空っぽにしていた。室内は――そこはモナが実際に寝るときの寝室ではなく、本当の寝室は廊下の突き当たりにあるこぢんまりとした部屋で、ツインベッドとなんの装飾もない壁があるきりだった――たいていのものがはぎとられ、取り外し可能な品物の大半は証拠として押収されていた。マットレスは、ナイトスタンド同様、覆いを外されていた。カーペットは掃除機が掛けられていた。この部屋はホテルの一室のような臭いがした――饐《す》えた空気とかすかな香水の香り。

ルースは、ベッドの側面に沿って鏡が並んでいるのに気づいた。クロゼットの扉に張り付けられている鏡だ。見ることで人は昂奮する。

モナはここで暮らしていてどれほど孤独を感じたことだろう、とルースは想像した。可能なかぎり自分の正体を隠しているおおぜいの男に触れられ、キスされ、ファックされる。小型のTVのまえに座っているモナをルースは想像する。リラックスしたり、もう少し嘘をついていられるよう、両親に会うためにドレスアップしたりしているところを。

殺人犯がモナを撃ち、そのあとで切断する様子をルースは想像する。犯人はひとり以上いて、モナは抵抗しても無駄だと思ったのだろうか？　犯人たちは彼女をすぐに撃ったのだろうか、それともまずどこに金を隠しているのか白状するよう迫ったのだろうか？〈調整者〉がまたしても作動するのが感じられた。ルースの感情を抑制しようとする。邪悪には、先入観にかられずに立ち向かわねばならない。

見るべきものはすべて見た、とルースは判断した。部屋を出て、ドアを引いて閉めた。階段に向かうと、ひとりの男が上がってくるのが見えた。手に鍵束を持っている。ふたりの目が一瞬、合い、男は廊下を隔てた向かいの部屋のドアのほうを向いた。

ルースは、その隣人に警察が事情聴取をしているのは、確信していた。だが、ときに、人は、警官には話したがらずとも、警戒心を感じさせない女性には色んなことを話すものだ。

ルースは近づいていき、自己紹介をすると、モナの家族の友人であると説明し、ここには片付けにきているのだと言った。ピーターという名の男は、警戒していたが、ルースの手を握った。

「ぼくはなにも聞かなかったし、見なかった。ここの住民はみな、人付き合いを避けているんだ」

「そうでしょうね。でも、とにかく、ちょっとお話しできれば、なにか役に立つことがわかるかも。ご遺族は、ここでの彼女の生活をあまりご存じなかったの」

ピーターは渋々うなずいて、ドアを開けた。部屋のなかに一歩踏みこむと、まるでオーケストラの指揮をしているかのように両腕を上げたりまわしたりする一連の複雑な動きをした。照明が灯った。

「とてもすてき」ルースは言った。「そんなふうに部屋全体に仕掛けをしているの？」

それまでは用心して、慎重だった口ぶりが、活気づいた。殺人事件ではない別のことを話すのが彼の緊張を緩めたようだった。「うん。エコーセンスというものなんだ。無線ルーターにアダプターを付け、部屋のまわりに数本アンテナを設置している。そうすると無線波のなかで体を動かすことで生じたドップラー偏移を利用して、仕草を検知するんだ」

「部屋じゅうを飛び回っているＷｉ－Ｆｉの信号だけで、あなたの動きが見えるというわけ？」

「だいたいそんな感じさ」

ルースはそれに関する情報コマーシャルを見た覚えがあった。この部屋がどれほどの狭さで、モナの部屋との距離がどれほど近いかを心に留めた。ふたりは腰を下ろし、モナについてピーターが知っていることの話をした。

「綺麗な子だった。ぼくの好みじゃないけど、彼女はいつも愛想がよかった」

「訪問者は多かったのかしら？」

「ぼくは他人の仕事を穿鑿しないんだ。だけど、ああ、おおぜい訪問客がいたね、たいていは男だ。エスコート嬢をしているのかもしれない、とぼくは思っていた。だけど、気にはならなかった。男たちはたいてい清潔で、ビジネスマンという感じだった。危ない連中じゃない」

「つまり、ギャングみたいな人間はだれもいなかった？」

「ギャングがどんな恰好をしているのか知らない。だけど、そうだな、いなかったと思う」

　ふたりはそれから十五分ほど取るに足りない雑談をした。ルースは、もう充分時間を無駄にしていると判断した。

「そのルーターをあなたから買えるかな？」ルースは訊いた。「それからそのエコーセンスというものも」

「通販で自分のセットを注文できるよ」

「わたしはオンラインショッピングが嫌いなの。返却できないじゃない。ここのシステムが作動しているのはわかった。だから、それが欲しい。二千ドルでどう、現金で？」

ピーターはその提案をじっと考えた。

「賭けてもいいけど、その四分の一以下の金額で、エコーセンスから新品ともう一台のアダプターを買えるよ」

ピーターはうなずいて、ルーターを外し、ルースは代金を払った。その行為はどういうわけか倫理的に許されないことのような気がした。ルースが想像しているモナの商売と五十歩百歩な気がした。


ルースは地元の項目別案内広告サイトにひとつの広告を出稿した。あいまいな言い方で求めるものを描写して。ボストンは、たくさんのいい大学と、ルースが提供する金よりも、技術的な挑戦に喜びを感じるであろうおおぜいの若い男女に恵まれている。応募してきた経歴書を見て、適正なスキルを持っているると感じるひとりを見つけた——携帯電話の脱獄《ジェイルブレイク》と機密プロトコルのリバース・エンジニアリング、DMCA（デジタル・ミレニアム著作権法）とCFAA（コンピュータ詐欺および不正使用取締法）のような頭字語に対する健全な軽蔑。

ルースはその若者と自分の事務所で会い、求めているものを説明した。ダニエル——浅黒い肌とひょろっと痩せた体型で恥ずかしがり——は、ルースの椅子と向かい合った椅子に前屈みになって座り、口をはさむことなく熱心に聞き入った。

「できるかしら？」ルースは訊いた。

「できるかも」ダニエルは答える。「この手の会社は、通常、自分たちのテクノロジー向上に役立てるため、こっそりと顧客のデータを母艦に送り返しているんです。データがしばらくのあいだ、局地的にキャッシュされていることもある。一カ月まえのログを現場で見つけることも可能かな。もしそこにあるなら、あなたのために手に入れられると思います。だけど、どうやってデータをエンコードしているのか突き止めてから、コードを解き明かさないとならないでしょうね」

「わたしの立てた仮説は、理にかなっていると思う？」

「あなたがその仮説を立てたことにそもそも感銘を受けましたよ。無線信号は壁を通過できます。そのためこのアダプターが近くの部屋にいる人の動きを捉えていた可能性は高いです。プライバシーの悪夢ですよ。この会社はそのことを公にはしないでしょうね」

「どれくらいかかりそう？」

「早ければ一日で、あるいは一カ月かかるかも。はじめてみないとわからないでしょう。部屋の配置図となかの様子を描いてくれれば役に立ちます」

ルースは頼まれたことをした。それからダニエルに告げた。「一日三百ドル払う。もし今週中に成功したらさらに五千ドルのボーナスをあげるわ」

「取引成立」ダニエルはニヤッと笑うと、ルーターを手に取り、立ち去ろうとした。

彼らがすることに意味がある、と伝えられるのを嫌がる人間はいない。だからルースは付け加えた。「あなたと変わらない年齢の若い女性を殺した犯人を捕まえる助けになるのよ」

そうしてルースは自宅に帰った。試してみることが無くなったからだ。

目覚めたあとの最初の一時間が、ルースにとって、一日のなかでつねに最悪の時間だった。

いつものごとく、彼女は悪夢から目覚めた。じっと横になり、見当識を失い、夢に出てきたイメージが天井の雨漏りの染みの作る模様に重ね合わされる。全身汗まみれだ。

男は左手でジェシカを自分のまえに置いて動かぬよう押さえつけ、右手にある銃で彼女の頭を狙っていた。ルースは恐怖に震え上がったが、男を怖れてのことではなかった。男はジェシカの体を盾にして、頭を下げ、ジェシカの耳になにごとか囁いた。

「ママ！　ママ！」ジェシカは叫んだ。「撃たないで。お願いだから、撃たないで！」

ルースは吐き気がして、寝返りを打った。上体を起こしてベッドの縁に腰掛け、暑い部屋の臭いと、東向きの窓からさしこむ眩い陽の光に貫かれて浮かびあがっている空中に充満した埃に腹を立てた。部屋を掃除する時間がないのだ。ルースはシーツを払い除け、すばやく立ち上がった。呼吸がひどく速くなっていた。〈調節者〉をオフにしており、ひとりきりで、なんの助けもなくこみあげてくるパニックと戦っていた。

ナイトスタンドの時計は六時を告げていた。

自分の車の開いた運転手席側のドアのうしろにしゃがんでいる。娘の頭の横で上下している男の頭に照準を合わせようともがきながら、両手が震えている。もし〈調整者〉を作動させれば、両手は安定し、男を正確に撃てるかもしれない、とルースは考える。

娘ではなく男を撃つ確率はどれくらいだろう？　九十五パーセント？　九十九パーセント？

「ママ！　ママ！　止めて！」

ルースは立ち上がり、よろめきながら台所に入ると、コーヒーメーカーのスイッチを入れた。コーヒー缶が空っぽなのに気づいて毒づき、それを流しに投げつけて、大きな音を立てた。その騒音にショックを受け、体が縮こまった。

それからのっそりと、痛みをこらえながら、シャワーに入った。まるできついエクササイズで日々整えている筋肉がそこに存在していないかのようだった。湯をひねったが、ぶるぶる震えている体に湯はなんの温もりも与えてくれなかった。

悲しみが重い錘のようにルースに降りてくる。シャワーを浴びたましゃがみこみ、体を丸めた。湯が顔を流れ落ちていくので、涙が流れているのかどうか自分でもわからぬまま、体をひくつかせる。

〈調整者〉を起動させる衝動と戦っていた。まだその時ではない。体に必要な休みを与えねばならなかった。

背骨の上端に埋められたICチップと電子回路の集合体である〈調整者《レギュレーター》〉は、大脳辺縁系と、脳に注ぎこむ主要な血管と繋げられている。機械工学および電気工学のレギュレーターと同様、〈調整者〉は脳内および血流内のドーパミンやノルエピネフリン、セロトニン、その他の化学物質の濃度を調整する。過剰がある場合には化学物質を絞り、不足がある場合には分泌を促す。

そして〈調整者〉はルースの意思に従うのだ。

このインプラントは、個人に自分の基本的な感情を制御することを可能にさせる――恐怖や嫌悪、喜び、昂奮、愛することを。法執行機関員は、このインプラントを埋めこまれるのが義務だった。生死をわかつ判断の際に感情のもたらす影響を最小限にする手段だった。偏見と不合理な行動を排除する手段だった。

「発砲許可が出ている」ヘッドセットのなかの声が言う。夫であり、市警の所属部門の長であるスコットの声だ。彼の声は冷静そのものだ。彼の〈調整者〉は作動している。

ジェシカとともにあとずさりしていく男の頭が上下するのをルースは見ている。男は路肩に停めているヴァンに向かっている。

「車のなかにほかの人質を閉じこめている」夫はルースの耳元で話しつづける。「もしき何人の命を危険にさらすことになるのかだれにもわからないんだぞ」

　サイレンの音は、つまり、応援がやってくる音は、まだ遠い。あまりに遠すぎる。永遠とも思える時間が経ったあと、ルースはシャワーのなかでどうにか立ち上がり、湯を止めた。タオルで体を乾かし、ゆっくりと服を着た。現在の軌道から自分の心を逸らせるためなにか考えようとした。どんなことでもいい。だが、少しもうまくいかなかった。

　ルースは裸の状態でいる自分の心をひどく嫌っていた。〈調整者〉がないと、自分がか弱く、混乱して、怒りっぽく感じられる。絶望の波が押し寄せてきて、あらゆることにどうしようもない灰色の影が落ちる。自分がなぜまだ生きているのだろう、と不思議だった。

　いい、いい、いい、この状態は過ぎていくから、とルースは思う。あと数分したら。

　警察にいた当時、一度に二時間以上〈調整者〉を作動させないようにという定められた規則にルースは執着していた。長時間使用していることに伴う生理的かつ精神的危険があった。同僚のなかにも、〈調整者〉を作動させていると自分がロボットになり、感情が枯渇するような気になると不満をこぼす者がいた。綺麗な女性を見ても心がときめかない。カーチェイスの可能性にわくわくしない。虐待に直面したときに覚えてしかるべき怒りを感じない。万事が熟慮の上の行動でなければならなかった——いつアドレナリンを分泌するのか自分で決めるのだ。職務を遂行するのに充分な分だけ分泌し、判断に障害が出るほ

した。

あの日、帰宅して、全市的な集中捜索から身を潜めていた男が自宅にいるのを認識したとき、ルースの〈調整者〉はオフになっていた。

わたしは働き過ぎていたんだろうか、とルースは思う。あの子の友だちをだれも知らない。いつジェスはあいつと会ったんだろう？　なぜ毎晩遅く帰ってくるようになったときにもっと問いたださなかったんだろう？　なぜ半時間早く帰宅する代わりに、途中に昼食のため立ち寄らなかったんだろう？　わたしができたかもしれない、やるべきだった、したはずの千ものことがあった。

恐怖と怒りと後悔が心のなかで混じり合い、どれがどれだかわからなくなった。

「きみの〈調整者〉を動かせ」夫の声が告げる。「きみは撃てる」

なぜわたしはほかの女の子たちの生命のことを気にするんだろう？　と、ルースは思う。わたしが気にかけているのは、ジェスのことだけなのに。彼女を傷つける可能性がほんの少しでもあるだけで、もう充分だ。

娘を救うために機械を信用できるのだろうか？　震える手を安定させるため、霞む視野を澄ませるため、失敗せずに射撃するため、機械に頼るべきだろうか？

「ママ、この人はあとであたしを解放してくれるって。あたしを傷つけたりしない。たんにここから逃げたがっているだけなの。銃を下ろして！」

　ひょっとしたらスコットは、救われる命と、危険に晒される命の計算ができるのかもしれない。ルースは計算するつもりがなかった。機械を信用するつもりがなかった。

「大丈夫よ、ベイビー」ルースは嗄れた声で言った。「ぜったい大丈夫だから」

　ルースは〈調整者〉を作動させなかった。彼女は撃たなかった。

　のちに、ジェスの死体を確認してから――爆弾が爆発したせいで四人の少女たちの死体はひどい焼けようだった――懲戒処分を受け、解雇されてから、スコットと離婚してから、アルコールや薬になんの慰めも見いだせなかったあとで、ルースは、ようやく必要としていた助けを見つけた――〈調整者〉を四六時中、起動させたままにすることができたのだ。〈調整者〉は痛みを和らげ、悲しみを抑え、喪失の苦悩を麻痺させた。後悔を抑えこみ、忘れたふりをすることを可能にした。ルースは、〈調整者〉がもたらす冷静さを切望した。なんのやましさもない、穏やかな明瞭さを欲した。

〈調整者〉を信用しなかった自分はまちがっていた。その不信がジェスを失わせた。二度とおなじ過ちを犯すまい。

　ときおり、ルースは、〈調整者〉を頼りがいのある恋人のように思う。心を癒してくれる、寄りかかることができる存在である、と。ときおり、自分が中毒に陥っていると思う。そうした思いの奥深くまで探りを入れることはない。

〈調整者〉を切る必要がけっしてなければいいとルースは思っていた。失敗を繰り返す立場にけっしてならなければいいのに。だが、ドクターBですら、それにはしりごみした（「脳みそがドロドロになってしまうぞ」）。ドクターBが同意した違法な改変は、〈調整者〉を最大で一日二十三時間起動させておくことだった。そののち、かならず一時間のブレイクを入れなければならない。その間、彼女は意識を保ったままでいる必要があった。

そういうわけで、朝のこの一時間がある。起きてすぐ、自分の記憶と裸でひとりきりで向かい合い、真っ赤に焼けた憎悪の念（あの男に対する？　自分に対する？）と白く冷たい憤怒の思いと、みずからの処罰として甘んじている黒い底なしの深淵に無防備で晒《さら》される。

アラーム音が鳴った。瞑想中の修道士のように意識を集中させ、〈調整者〉が起動するハム音を感じる。安堵の思いが心の中心から指の先端まで広がる。調整され、訓練された精神がもたらす心を癒し、麻痺させてくれる静謐さが訪れる。

ルースは立ち上がる。しなやかに、優雅に、力強く。狩りの準備を整えて。

ウォッチャーは写真に写っていた男たちの身元をさらに割り出した。いま、彼は新しいモーテルの部屋にいる。通常より高い宿泊代のモーテルだ。いままでやってきた努力の結果、それくらいの贅沢はしていい気分になっていた。一日じゅう動画を編集するため背中を丸めていたのは、きつい作業だった。

力強さと動きの感覚を与えるために動画上で矩形選択ツールをパンさせる。そうすることで芸術的な効果が生まれる。

眼球インプラントについて知っている人間がとても少ないことに彼は驚いていた。目には守らねばならず、侵害してはいけない気持ちに人をさせるなにかがある――あまりにも傷つきやすく、人による世界と自分自身の見方にあまりにも不可欠なものだからだ。目の改造に関する法律は、もっとも厳格なものであり、しまいには、人は〝認められていないこと〟を〝可能ではないこと〟と取り違えだす。

人は自分たちがなにを知りたくないのか知らない。

生まれてこのかた、ウォッチャーは、自分には情報の鍵になる部分が欠けていると感じていた。ほかのだれもが知っているような大切な秘密を持っていない、と。彼は知性が高く、勤勉だったが、どういうわけか物事がうまくいかなかった。

彼は父を知らなかった。十一歳のときのある日、母親は二十ドル置いて彼を残して家を出ていき、戻ってこなかった。養護施設を転々とする暮らしがつづき、だれも、だれも彼がなにを欠いているのか話してくれなかった。なぜ彼がいつも判事と役人の意のままにされるのか、なぜ彼が自分の人生の支配権をほとんど持っていないのか、話してくれなかった。どこで眠ればいいのか、いつ食事をすればいいのか、だれが次に彼の支配権を有することになるのか。

彼は人間を研究することを自分の課題にした。観察し、なにが人間を動かすのか理解しようとした。学んだことの多くは、彼を失望させた。人間は自信過剰で、うぬぼれが強く、物知らずだった。人間はみずからの欲望に我を忘れ、明白なリスクを無視する。人間は考えない。計画を立てない。自分たちがほんとうに欲しているものを知らなかった。TVに自分たちが所有すべきものを語らせ、お粗末な職についていて働くことで、そうした願いが実現することを願っていた。

彼は支配権を切望した。ほかのだれかの曲に合わせて踊らされたように自分の曲に合わせて人が踊るのを見たかった。

そのため、彼は自分を研いだ。おかしな、ごてごて飾り立てられた台所用器具が詰まっているひきだしのなかの鋭いナイフのように、純粋かつ強い目的意識を持つために。彼は自分が欲しているものを知っており、それを手に入れようと一心に働いた。

動画の弱い光を補うため、色とダイナミックレンジを調整する。男の正体を突き止めるのにミスがないようにしたいのだ。

くたびれた腕と凝った首を伸ばす。つかのま、金を払って、痛みや疲れを感じずにもっと長く働けるよう肉体の一部を強化拡張したほうがいいのではないか、と思う。だが、その一時的な気まぐれは消えてしまった。

たいていの人間は、医療上不要な身体拡張を好まず、仕事に必要な場合に受け入れるだけだ。肉体の完全無欠性や〝自然さ〟に対する情緒的な配慮でしないのではない。彼が拡張を好きでないのは、それに頼ることが弱さのしるしであると見なしていたからだ。彼は自分の精神で、計画と先見の明の助けを借りて、敵を打ち破るつもりだった。機械に頼る必要はない。

彼は盗むことを学び、ついで強盗を学び、最終的には金のため殺すことを学んだ。だが、金は実際には二次的なものだった。たんなる目的のための手段にすぎない。彼が望んでいたのは支配だった。彼がいままでに殺した唯一の男性は、弁護士だった。生計のため嘘をついている人間だ。嘘をつくことで金を稼ぎ、その金が男に力を与え、人々に頭を下げさせ、ほほ笑ませ、敬意にあふれた声で話しかけさせていた。ウォッチャーは、男が慈悲を乞うたあの瞬間を心から愛した。ウォッチャーの望むことならなんでもしたであろうあの瞬間を。ウォッチャーは、男から自分が望むものを、知性と力の優越によって正当に奪い取った。ところが、ウォッチャーは、そのせいで捕らえられ、刑務所送りになった。嘘つきどもに報酬を与え、ウォッチャーを罰した制度は、どんな意味においても、公正とは呼べない。

ウォッチャーは〝保存〟ボタンを押す。この動画の作業は済んだ。

真実の知識が彼に力を与えた。ほかの連中にそのことを知らしめるつもりだった。

ルースが次の動きをしようとするまえにダニエルが電話をかけてきて、ふたりはルースの事務所でふたたび会った。

「あなたのお望みのものを手に入れました」

ダニエルはノートパソコンを取りだし、アニメーションを見せた。映画のようだった。

「あのアダプターに動画が保存されていたの？」

ダニエルは笑い声をあげた。「いいえ。あの装置は、実際には〝見ること〟ができませんし、そのためにはもっと大量のデータが必要でしょう。いえ、あのアダプターはたんに数値を、数字を保存していただけです。ぼくがそれを理解しやすいようにアニメーションにしたんです」

ルースは感銘を受けた。この若者は、優れたプレゼンテーションの仕方を知っている。

「このＷｉ‐Ｆｉの反響《エコー》は、細部がわかるほどの解像度で捕捉されません。だけど、人の大きさや背丈や、動きをざっと捉えることはできます。これはあなたが特定した日にちと時間からぼくが手に入れたものです」

正確に六時に、比較的大柄の、ぼんやりと人間の形をした姿がモナのマンションの戸口に姿を現し、比較的小柄の、ぼんやりと人間の形をした姿と会うところを、ふたりは見つめた。

「ふたりは約束していたみたいですね」ダニエルが言った。

小柄な人影が大柄な人影を寝室に連れていき、ふたりは抱き合った。小柄な人影が空間に――おそらくはベッドに――のぼる。大柄な人影がそのあとからベッドにのぼる。ルースとダニエルは、発砲を目撃し、小柄な人影が倒れ、姿を消すのを見た。大柄な人影が身を乗り出し、小柄な人影がときどき動いてちらちらと存在するのを見た。

ということは、殺人犯はひとりだけなんだ、とルースは思った。そして彼は客だった。

「男の背丈はどれくらい？」

「画面の側面に物差しがあります」

ルースはアニメーションを何度も見返した。男は、背丈が百八十九センチから百九十二センチで、体重は八十二キロから九十キロかもしれない。歩くときに男が少し片足を引きずっているのにルースは気づいた。

いまや、ルオが真実を話していたことにルースは確信を抱いた。中国系の人間で百九十センチほどある人間は多くなく、そんな背の高い人間は、ギャングのために殺し屋をするには目立ちすぎる。あらゆる目撃者が彼のことを覚えているだろう。モナの殺人者は客だった。ひょっとしたら、常連かもしれない。行きずりの強盗ではなく、入念に計画されたものだ。

この男はまだ付近にいる。そして、綿密な殺人者がひとりだけを殺すことは滅多にない。

「ありがとう」ルースは言った。「あなたは別の若い女性の命を救うことになるかもしれない」

ルースは市警の番号をダイヤルした。

「ブレナン警部をお願いします」

ルースは自分の氏名を告げ、電話は転送され、やがて元夫のぶっきらぼうな倦み疲れた声が聞こえた。「なんの用だ？」

またしても〈調整者〉を所持していることをありがたいと思った。スコットの声は、数多くの記憶を掘り起こす。朝の嗄れた不明瞭な声、とても大きな笑い声、ふたりきりのときの優しい囁き声を。ともに過ごした二十年の人生のサウンドトラックを。どちらかが死ぬまでつづくものだとふたりとも思っていた人生の。

「頼みがあるの」

彼はすぐには答えなかった。あまりにもいきなりだったかしら、とルースは思った──常時〈調整者〉を稼働させている副作用だ。ひょっとしたら、「最近、どうしてる？」の言葉ではじめるべきだったかも。

ようやくスコットは口を開いた。「どんな頼みだ？」抑制の利いた声だったが、疲れ、生気を失っている痛みを伴っていた。

「あなたの全米犯罪情報センター《NCIC》のアクセス権を利用させてほしい」

　またしても間を置いてから、「なぜだ？」

「モナ・ディン事件を調べているの。これは以前に殺人をおこない、またしてもおこなうであろう男が犯人だと、わたしは考えている。そいつは確立された手口を持っている。ほかの都市で関連している事件があるかどうか調べたい」

「問題外だな、ルース。わかってるだろ。それに、無駄だ。われわれはできるかぎりの検索をしたが、同様な事件はなかった。これは中国系ギャングが自分たちの商売を守ろうとした事件だ。じつに単純なものだ。ギャング対策課にこの事件に対処する人的資源が生じるまで、残念だが、当面のあいだこの事件は、寝かしておかねばならないだろう」

　ルースは発されない言葉を聞きとった。**中国系ギャングはいつだって同族を獲物にしている。連中が観光客を煩わせないかぎり、放っておけばいい。**警察にいたころ、同様の意見をいやというほど耳にした。〈調整者〉は、ある種の偏見にはなんの手も打てなかった。完璧に正気の発言だった。そして完全にまちがってもいた。

「そうは思わないな。中国系ギャングはこの事件になんの関係もないと言っている情報提供者がいるんだけど」

　スコットは鼻を鳴らした。「ああ、もちろんきみは中国の蛇頭の言葉を信頼できる。だが、書き置きと電話があるんだ」

「書き置きは、ほぼ偽装工作みたいなものよ。あなたはその中国系ギャングが、通話記録で身元がバレてしまうだろうけど、携帯電話を隠すのに最適な場所は自分の縄張り周辺だと考えるほどバカだと本気で思っているの?」

「だれにわかる? 犯罪者は愚かなものだ」

「犯人の男は、今回の犯行をきわめて入念におこなっている。書き置きや携帯の捨て場は、目くらましよ」

「きみは証拠を持っていない」

「犯行と容疑者の姿形をみごとに再構成したものを持っているの。中国系ギャングが利用するたぐいの人間にしては、犯人は背が高すぎる」

その言葉はスコットの関心を惹いた。「どこから入手した情報だ?」

「モナの部屋の隣人が家庭用モーション・センサー・システムを設置していて、それがモナの部屋の無線エコーを捕捉していたの。人を雇って、それを再現させた」

「それは法廷で証拠として耐えうるものか?」

「どうかな。専門家証言を必要とするでしょうし、会社にその情報を摑んだのを認めさせないとならないでしょうね。会社側はあらゆる手段を尽くして抵抗するでしょう」

「だとしたら、おれにはあまり役に立たないな」

「もしデータベースを覗く機会をくれたら、ひょっとしたらあなたが利用できるなにかに変えてみせられるかも」ルースは一拍待ってから、相手が情にほだされるのを期待してたたみかけた。「わたしはあなたにいままで多くを求めたことがなかったでしょ」

「この手のことをきみが頼んだのは、これがはじめてだな」

「通常は、この手の事件を引き受けない」

「被害者の女性のなにがきみに引き受けさせたんだ？」

ルースはその質問をじっと考えた。答えるにはふたつのやり方があった。支払われることになっている料金と、被害者の価値が高まってきていると感じている理由を説明しようとできる。あるいは、いま怪しいと思っていることが真の理由であると伝えることもできる。ときおり、〈調整者〉はなにがほんとうのことなのか区別をつきにくくする。「被害者が性労働者の場合、警察は真剣に調べないと一般に思われている。手が足りないのはわかっているけど、ひょっとしたらわたしが協力できるかもしれない」

「被害者の母親なんだろ？　彼女に同情しているんだ」

ルースは答えなかった。〈調整者〉がまた作動するのを感じられた。〈調整者〉がなければ、ルースは激怒したかもしれない。

「被害者はジェスじゃないんだ、ルース。被害者を殺した犯人を見つけてもきみの気持ちは晴れないぞ」

「わたしはお願いをしているの。いやなら、そう言えばいい」

スコットはため息をつかなかった。不明瞭な声も立てない。たんに黙っていた。やがて数秒後、「八時頃にオフィスに来てくれ。おれのオフィスの端末を使っていい」

ウォッチャーは自分のことをいい客だと思っていた。払った金の分のサービスは必ず受けるようにしたが、気前よくチップを残した。彼は金の透明性が好きだった。金が力の流れを明確にする形が好きだ。いましがたあとにしてきた女は、はっきりと感謝していた。

車の速度を上げた。この数週間、自分が好き勝手にふるまい、ろくに働いていなかった気がしていた。最後の獲物の組には必ず金を支払わせる必要があった。もし払われなかったら、彼は実行に移す必要があった。行動。反応。いったんルールを理解すれば、あとはとてもシンプルだ。

左の薬指にまいた絆創膏をこする。絆創膏を貼っていることで、女たちが見たがる皮膚の白さを維持できる。最後の女——メロディだったか、マンディだったか、もう名前を忘れかけている——が付けていた病的なほど甘い香水の残り香にタラを思い出す。けっして忘れない相手だ。

タラは、彼が本気で愛したたったひとりの女だったかもしれない。ブロンドで、小柄で、とても高かった。だが、なんらかの理由から、タラに彼は好かれた。ふたりとも壊れ物であり、ギザギザの破片がたまたま合致したからかもしれない。

タラは彼に代金を請求するのを止め、本名を告げた。彼はある種のボーイフレンドになった。彼が興味を示したので、タラは自分の商売について説明した。電話での、ある種の単語、言い回し、口調がどのように警戒を要する兆候になるのかを。望ましい常連客に彼女がなにを求めているかを。男性のどんな兆候が安全な人間であるかをおそらく示しているかを。彼はそういうことを学ぶのが楽しかった。商売女には、注意深い観察が必要に思えた。彼は、見て、学び、情報を役立てる彼女たちを尊敬した。

ウォッチャーは、ファックしているときタラの目をじっと覗きこんで、言った。「おまえの右目はなんか悪いのか？」

タラは動きを止めた。「なに？」

「最初は、はっきりわからなかった。だけど、そうだ、目の奥になにかあるようだ」

タラは彼の下で身もだえした。彼はとまどい、彼女を押さえつけることを考えた。だが、そうすまいと決めた。彼女はなにか重要なことをいまにも話しそうだった。彼は転がって、彼女から離れた。

「あんたってとても観察力が鋭いのね」

「そうなろうとしている。なんなんだ？」

タラはインプラントのことを彼に話した。

「自分とセックスしている客を記録しているのか？」

「うん」

「おれたちの記録を見てみたいな」

タラは笑い声をあげた。「そのためにはメスで切られる必要があるわ。引退するまでそんなことは起こらない。一回頭蓋骨を開けられたら、もう充分よ」

どのようにその録画が安心を感じさせるか、力の感覚を与えてくれるか、タラは説明した。自分だけが知っている銀行口座があり、その残高が増えていくようなもの。この録画があれば、もし脅かされるようなことがあっても、自分の知っている力のある男たちに連絡することができるだろう。そして引退後、いろいろうまくいかなくて、困ったことになったら、録画を利用して、常連客たちに多少の援助を求められるかもしれない。

ウォッチャーはタラの考え方が気に入った。じつに狡猾だ。そこが気に入った。

タラを殺したとき、ウォッチャーは悲しかった。彼女の頭部を切り取るのは、想像していたよりはるかに難しく、汚れる作業になった。小さな銀色の半球をどう扱えばいいのか突き止めるのに、何カ月もかかった。時間をかけてもっとうまくやれるようになるのを学ぶつもりだった。

だが、タラは自分がやったことが意味するものについて盲目だった。彼女がやったことはたんなる保険ではなかった。たんなるまさかのときのための積立金ではなかった。ウォッチャーの夢を実現させるためのものを持っていることをタラは彼に漏らしてしまい、彼はそれを彼女から取り上げなければならなかった。

ホテルの駐車場に車を停め、ウォッチャーは馴染みのない感覚に襲われているのに気づいた──悲しみだ。タラを失ったのが惜しかった。割ってしまった鏡を惜しむような感覚だった。


捜している男は個人営業の娼婦を狙っているという仮定でルースは作業をしていた。モナが殺されたやり方には、熟練を示唆する効率性と手順があった。

エコーセンスの描写と合致する容疑者に殺された娼婦をＮＣＩＣのデータベースで検索することからはじめた。予想通り、少しでも似ていると思われるものはなにも出てこなかった。犯人は明白な足跡を残していなかった。

モナの目への執着が鍵かもしれない。ひょっとしたら、殺人犯はアジア系女性へのフェティッシュがあるかもしれない。モナがこうむったのと似ているアジア系女性の死体切断に集中した検索に変えた。またしても、なにも出てこない。

ルースは座り直し、状況をよく検討した。連続殺人犯が特定の人種の被害者に集中するのは、よく知られた事実である。だが、ここでは、それが目くらましかもしれなかった。

過去一年かそこらに殺された個人営業の娼婦に検索範囲を拡大した。すると、あまりにもたくさん該当した。あらゆる特徴の娼婦殺人がごまんと出てきた。大半が性的暴行を受けていた。なかには拷問を受けたものもいた。死体を切断されているものもおおぜいいた。ほぼ全員が金品を奪われていた。いくつかの事件ではギャングが疑われていた。それらの事件をふるいにかけ、似通ったものを捜した。なにも浮かび上がってこなかった。

もっと情報が必要だった。

ルースは、さまざまな都市のエスコート嬢サイトにアクセスし、殺された女たちの広告を見た。必ずしもそのすべてがオンラインに残っているわけではなかった。数多くの顧客が連絡のつかないことにクレームを出し、いくつかのサイトでは広告を非アクティヴにしていた。手に入るだけのものをルースはプリントアウトし、比較するため、隣り合って並べた。

すると、ルースは、気づいた。広告のなかにあったのだ。

広告の一部の集合体が、ルースの心に見慣れた感じを引き起こした。それらの広告はいずれも注意深く書かれ、綴りや文法のミスが無かった。率直な文言だが、あからさまでなく、パロディにはなりそうもない範囲で誘惑的だった。レビューを投稿している客たちは、彼女たちを〝高級感がある〟と描写していた。

信号だ、とルースは悟った。広告の文面は、注意深く、選りすぐりで、礼儀正しい雰囲気を醸し出すように書かれていた。そこには、なんと言うか、品の良さがあった。

それらの広告に出ている女性たちはみな、すこぶる美しかった。滑らかな肌と、豊かで、長い、流れるような髪の毛。彼女たちは全員、二十二歳から三十歳のあいだだった——不注意だったり、学生の身分であったりするほど若くはなく、実年齢より若く見える能力を失うほどの歳でもない。全員がポン引きのいない個人営業であったり、ドラッグ使用の兆候がなかったりした。

ルオの言葉が蘇る——**一時間六十ドルでマッサージ・パーラーにいき、すっきりして帰るような男たちは、こんな女に金を払うような連中とはちがうんだ。**

こうした女性たちが提示する徴《しるし》に引き寄せられるだろうある種の客がいるんだ、とルースは思う——ばれる危険に非常に敏感な男たちであり、高雅な嗜好にふさわしい、なにか特別な女性を相手にするのに自分は値すると信じている男たち。

ルースは女性たちのＮＣＩＣの登録情報をプリントアウトした。

ルースが割り出した女性たちは全員、それぞれの自宅で殺されていた。抵抗の兆候はなかった——彼女たちは客と会っていたからだろう。ひとりは首を絞められており、ほかの女たちは背後から心臓を撃たれていた。モナのように。ひとつの事件——絞殺された女性の事件——を除いて、すべての事件で、警察は、殺人当日に疑わしい電話がかかってきた記録を発見していた。プリペイド電話からの通話であり、あとでその携帯電話は市内のどこかで見つかっていた。殺人犯は女性たちの金を全部奪っていた。

ルースは自分が正しい軌道に乗っているのを知った。殺人犯を突き止めるためのさらなる行動様式を見つけることができるかどうか確かめるため、事件の報告書をもっと詳しく吟味する必要があった。

オフィスのドアが開いた。スコットだった。

「まだいるのか？」顔に浮かんだ渋面は、彼が〈調整者〉を動かしていないことを示していた。「もう真夜中を過ぎているぞ」

はじめてのことではないが、署の男たちが絶対に必要でないかぎり、本能や勘を鈍らせると主張して〈調整者〉にしばしば抵抗する様子をルースは心に留めていた。なのに、連中は、自分たちにルースがあえて異論を挟もうとするといつも、〈調整者〉を作動させているのではないか、と訊くのだ。訊きながら、きまって笑い声をあげた。

「重要な手がかりをつかんだと思う」ルースは冷静に言った。

「いまはあのいまいましい連邦警察とつるんでいるのか？」

「いったいなんの話？」

「ニュースを見てないのか？」

「わたしは今晩ずっとここにいたの」

スコットはタブレットを取り出し、ブックマークを開いて、ルースに渡した。ルースが滅多に読まないグローブ紙の国際面の記事だった。「中国交通運輸部の高官、スキャンダルで失脚」と見出しに書かれていた。

ルースはその記事にすばやく目を通した。交通運輸部の高官が売春婦とセックスをしているところを映している動画が中国のミニブログに投稿されたのだ。高官は公金に手をつけて、売春婦を買ったようだった。大衆の激しい抗議によって、高官はすでに職を追われていた。

記事に付随しているのは、粒子の粗い写真で、動画のキャプチャー画面だった。〈調整者〉が作動するまえにルースは心臓の鼓動が高まるのを感じた。画像は、女性の上に男がいるところを示していた。女性の顔は横を向き、まっすぐカメラを見ていた。

「これってきみが担当している女性だろ？」

ルースはうなずいた。事件現場の写真に写っていた時計と枝編み籠の載っているナイトスタンドとベッドに見覚えがあった。

「中国政府はカンカンに怒っている。連中は、われわれがこの男をボストン滞在中に監視していて、自分たちを翻弄しようとしてこの動画を意図的に公開したと考えている。連中は、非公式ルートから抗議をしており、報復をほのめかしている。FBIがわれわれにその件を調べさせ、動画が作られた方法についてなにがわかるか知りたがっている。FBIは彼女がすでに亡くなっていることは知らないが、一目見ておれはすぐに彼女がだれだかわかった。おれに言わせれば、内部粛清であの高官を排除しようとして中国政府が自分たちででっちあげたんだろう。ことによると、連中があの子に金を払って撮影させ、そのあとで連中が彼女を殺したのかもしれない。それか、あるいは、われわれのスパイが彼女を餌として利用したあとで排除することを決めたかだ。後者の場合、この捜査は早急に打ち切られるだろう。どちらにせよ、こんなめんどうくさいことになるとは思っていなかった。おれからの助言だが、きみも手を引いたほうがいい」

〈調整者〉が怒りを追い払う直前、ルースは一瞬、憤慨した。モナの死が政治的陰謀の一部だった場合、スコットの言う通りで、ルースの出る幕はない。事件がギャングによる殺しだと結論づけた警察は間違っていた。だが、ルースも間違っていた。モナはなんらかの政治ゲームの不幸な手駒であり、ルースが気づいたと思った事件の方向は、幻想であり、たんなる偶然の産物だった。

理性的な対応は、警察にあとを任せることだった。いまとなっては自分にできることはなにもない、とサラ・ディンに伝えなければならないだろう。

「われわれはあのマンションの部屋を、記録装置を捜して、もう一度徹底的に調べる。それからきみの情報提供者の名前を教えてくれたほうがいいぞ。どのギャングが関わっているのか確かめるため、そいつをとことん訊問する必要がある。ことは国家安全保障の問題になりかねない」

「そんなことできないのはわかってるでしょ。彼がこの件になにか関係していたという証拠をわたしは持っていない」

「ルース、われわれはいまからこの事件について本腰を入れて調べるんだ。彼女を殺したやつを見つけたいのなら、協力してくれ」

「チャイナタウンの札付き連中全員を遠慮無く一斉検挙すればいい。いずれにせよ、あなたたちがやりたがっているのはそれでしょう」

スコットはまじまじとルースを見た。くたびれ、腹を立てている表情だ。ルースがさんざ見慣れた顔だった。そのとき、スコットの表情が緩んだ。彼は自分の〈調整者〉に委ねようと決めたのだ。そして彼は、もはや言い争うつもりをなくした。あるいは、内密に言えないことについて話す気がなくなった。

ルースの〈調整者〉が自動的に作動した。

「オフィスを使わせてくれてありがとう」ルースは静かに言った。「おやすみなさい」


スキャンダルはウォッチャーが計画したとおりに暴露された。嬉しかったが、まだ祝うときではなかった。あれは第一歩に過ぎない。彼の力のデモンストレーションに過ぎなかった。次は実際に金を払わせるようにしなければならない。

死んだ女から引き出した動画と写真を調べ、リサーチに基づいてさらに数名の見こみのありそうな獲物を選び出していた。ふたりは、共産党のトップクラスの親玉とコネがある著名な中国人実業家だった。ひとりは、インドの外交官の兄弟だ。さらにふたりがボストン留学中のサウジアラビア王家の子息だった。権力者と彼らが支配している民衆との力学が世界じゅうでひどく似通っているのは、驚くべきことだ。彼は、著名なＣＥＯと、マサチューセッツ州最高裁判所判事を見つけたが、ふたりは脇へどけた。とりたてて愛国者というわけではなかったが、もし獲物のひとりが金を払うかわりに彼を警察に突き出そうと決心した場合、獲物がアメリカ人でないほうがトラブルに巻きこまれる可能性は低いだろう、と本能的に感じていた。そのうえ、アメリカの公職者が、匿名で金を動かすのに比較的苦労しているのは、ワシントンＤＣのふたりの上院議員との経験で明確にわかっていた。あやうく彼の企み全部が露呈するところだった。それに、ウォッチャーが万一逮捕された場合に備えて、頼りにすることができる判事や有名人を味方につけておくのはけっして損ではない。

忍耐強さと、細部を見る目。

ウォッチャーは、電子メールを送った。それぞれのメールは、中国の交通運輸部高官を取り上げた記事（「ほら、これがあなたの身に起こりうるんです！」）に触れ、ふたつのファイルを添付していた。ひとつは、交通運輸部高官とあの女との動画の完全版（自分が最初に動画を投稿した人間であることを示すため）であり、もうひとつは、受取人が彼女と交わっている場面を注意深く編集した動画だった。それぞれの電子メールには、支払い要求と、スイス銀行の口座番号への入金、あるいは匿名電子暗号通貨送金の指示が添えられていた。

ウォッチャーはエスコート嬢サイトをふたたびブラウジングした。可能性があると踏んだ女性をほんの数名まで絞りこんでいた。いまは、彼女たちをより詳しく見て、正しい相手を見つけなければならなかった。その期待に彼は昂奮してきた。

往来を通り過ぎていく人々にウォッチャーはちらりと目を走らせた。あたかも夢を見ているかのように、ああした愚かな男や女は、みんな動きまわっている。連中は世界が秘密に充ちていることをわかっていない。充分辛抱強いものだけがアクセスすることができる秘密。秘密のありかを突き止め、牡蠣の柔らかい身から真珠を取り出すように、彼女たちの温かい、血まみれの隠し場所からほじくりだせるくらい観察眼の優れたものにしか手に入らない秘密。そしてそののち、そうした秘密を武器に、世界を半分隔てたところにいる男たちを震え上がらせ、踊らせることができる。

ウォッチャーはノートパソコンを閉じ、出ていこうと立ち上がった。モーテルの部屋のちらかった荷物を詰めこみ、外科手術用キットやベースボールキャップ、銃、狩りに出るときに持参することを学んだ二、三の思いがけない道具を用意しようと考える。

さらなる宝物を掘り出す頃合いだ。

ルースは目覚めた。古くからの悪夢に新しい悪夢が加わっていた。ベッドの上で丸くなってじっとし、絶望の波と戦った。ここで永遠に横になっていたかった。

何日も調査に当たった。それなのにそれを示すものをなにも手に入れていない。あとでサラ・ディンに連絡しなければならないだろう。〈調整者〉を作動させてから。モナはおそらくギャングに殺されたのだろうが、どういうわけか、ルースには手に負えない規模の出来事に巻きこまれていたのだ、とサラに伝えることができる。そんな説明でサラの気持ちが少しは楽になるだろうか？

昨日のニュースの画像がルースの心から離れようとしない。たとえどんなに押しのけようとしても。

ルースはなんとか起き上がり、あの記事を引っ張り出した。説明はできないのだが、あの画像はおかしく見えた。〈調整者〉を作動させていないと、考えるのが難しい。

モナの寝室の事件現場写真を見つけ、記事の画像と比べてみた。交互に見比べる。

コンドームを入れた籠はベッドの逆側に置かれていないか？

写真は、ベッドの左側から撮影されていた。そのため、鏡張りのクロゼットの扉は、写真の奥の側、ふたりの奥にあるはずだった。だが、写真のなかのふたりの奥にはなにもない壁しかなかった。ルースの心臓が早鐘を打ち、気が遠くなりそうになる。

アラーム音がした。赤い数字を見上げ、〈調整者〉を作動させた。

時計だ。

もう一度画像を見る。写真のなかの目覚まし時計は、小さくぼやけていたが、数字を見分けることができた。数字は裏返しになっている。

ルースはしっかりした足取りでノートパソコンに向かい、オンラインでくだんの動画を検索しはじめた。たいして手間もなくその動画を見つけ、再生ボタンを押した。

動画の安定化処理と入念なトリミングにもかかわらず、モナの目がつねにまっすぐカメラを見ているのが見えた。

それにはたったひとつの説明しかなかった――カメラは鏡に向けられており、そのカメラはモナの目のなかにある。

目だ。

ルースは、きのうプリントアウトしたほかの女たちのNCICの記録を調べ、とらえどころのなかったパターンがいまや明白になったように思えた。

ロサンジェルスのブロンド嬢がいる。死後、頭部が切り取られ、発見されていない。おなじくLAのブルネット嬢がいる。頭蓋骨が断ち割られ、脳が潰されていた。DCのメキシコ人女性と黒人女性がいて、それぞれの顔は、比較的控えめな形で死後外傷が加えられており、頬骨が粉砕骨折していた。そして最後にモナがいる。両目が注意深く取り除かれていた。

殺人犯はテクニックを向上させていた。

〈調整者〉がルースの昂奮を抑制した。もっとデータが必要だ。

ルースはモナの写真すべてをもう一度見直した。初期の写真にはなにも変わったものは現れていなかったが、両親との誕生日記念の写真では、フラッシュが焚かれており、彼女の左目に変わった輝きがあった。

たいていのカメラは自動的にレッドアイを、フラッシュ光が目の奥の毛細血管の多い脈絡膜に反射して起こる現象を、修正する。だが、モナの写真の輝きは、赤くなかった。青みを帯びていた。

冷静にルースは殺されたほかの女性たちの写真をめくっていった。そしてそれぞれに、おなじはっきりとした輝きを見つけた。殺人犯が獲物を特定した方法はこれにちがいない。

ルースは電話を手に取り、友人の番号をダイヤルした。ゲイルとは大学の同級生で、彼女は先進医療機器メーカーで研究者として働いている。

「もしもし？」

背景にほかの人たちの話し声が聞こえた。「ゲイル、ルースよ。話、できる？」

「ちょっと待って」背景の会話がくぐもった音に変わり、いきなり消えた。「あなたが電話をかけてくるときは、あらたな拡張処置に関する質問ばかりだよね。わたしたちはもう若くならないって知ってる？　どこかの時点で止めなきゃ」

ゲイルはルースが何年ものあいだに自分に施してきたさまざまな拡張処置に助言をして

くれる人だった。ドクターBを見つけてくれさえした。ルースに不自由な体になってもらいたくなかったからだ。だが、ルースをサイボーグに変えてしまうという考えがまんならず、渋々依頼に応じていた。

「まちがっている気がするよ」ゲイルはいつも言うのだった。「こういう処置を施す必要なんてない。医療的には必要ない」

「次にだれかがわたしの首を絞めようとしたとき、この処置はわたしの命を救えるの」ルースはいつもそう答えるのだった。

「それとこれとは違う」ゲイルはいつもそう言った。そして会話はゲイルが降参し、ただしこれ以上の拡張処置はしてはならないという厳しい警告とともに、いつも終わるのだった。

　相手の決断に賛成していないときですら、人は友人を助けることがままある。複雑怪奇だ。

　ルースは電話に出たゲイルに答えた。「いいえ。わたしは元気。だけど、新しい種類の拡張処置について知っているかどうか知りたいの。いまから何枚か写真を送るわ。待ってて」目に奇妙な輝きが写っているのが見える女性たちの画像をルースは送った。「見てみて。彼女たちの目に閃光が見えるでしょ？　そういうのをなにか知ってる？」回答に影響を与えぬよう自分の疑念はゲイルには言わなかった。

ゲイルはしばらく黙っていた。「あなたの言いたいことはわかる。送られた写真は、美術的なものじゃないわね。だけど、何人かと話をさせて。それから折り返すから」

「写真全体をばらまかないで。わたしはいま調査の最中なの。もしできるなら、目のところだけを切り取って」

ルースは電話を切った。〈調整者〉が目一杯作動していた。いま自分が言ったことのなにかが——女性の目を切り抜く云々——激しい嫌悪感の引き金となり、〈調整者〉が抑えこもうとしていた。なぜだかわからない。〈調整者〉を作動させていると、物事の関連を見極めるのが難しくなることがときどきあった。

ゲイルの折り返しを待ちながら、もう一度ボストンのオンライン広告のうち、まだアクティヴなものに目を通した。殺人犯は、個々の都市で数人の女性を殺してから移動するというパターンを持っていた。いま、二人目の犠牲者をこの地で捜しているはずだ。彼を捕まえる最上の方法は、彼よりまえにその女性を見つけることだ。

ルースは広告を次々とクリックしていった。肉体のパレードが意味のないぼやけたものになり、目だけに集中する。やがて、ルースは、捜していたものを目にした。その女性は、キャリーという名前を使っており、濃いめのブロンドと緑の瞳の持ち主だった。彼女の広告は、すっきりとしていて、明瞭で、読みやすく、チカチカ光るネオンの洪水のなかで趣味のいい広告のようだった。広告のタイムスタンプによると、彼女は十二時間まえに中身を修正していた。どうやらキャリーはまだ生きているようだ。

ルースは記載されている電話番号に連絡した。

「こちらキャリーです。メッセージをどうぞ」

予想されたように、キャリーはかかっている電話をふるいにかけていた。

「こんにちは。わたしの名前はルース・ロウです。あなたの広告を見ました。あなたとアポイントメントを取りたいです」ルースはいったん躊躇してから、付け加えた。「これは冗談ではありません。本気であなたに会いたいんです」自分の電話番号を伝え、電話を切った。

電話がほぼ即座に鳴った。ルースは出た。だが、キャリーではなく、ゲイルからだった。

「訊いてまわったよ。詳しい連中の話だと、この子たちは新種の網膜インプラントを装着しているだろうって。食品医薬品局《FDA》には認可されていない。だけど、もちろん、金さえはずめば、海外にいって、装着することができる」

「彼女たちはなにをしているの？」

「カメラを隠しているんだ」

「どうやって写真や動画を取り出すの？」

「取り出さない。外界との無線接続はしていない。実際のところ、できるだけ無線波を発しないようシールドしている。カメラ・スキャナーに検知されないように。それに無線接続すれば、ハッキングされる方法を提供するだけだから。保存されたものはすべて装置のなかにある。それを取り出すには、もう一度手術を受けなければならない。記録されることを心から望まない連中を記録しようとするのでないかぎり、たいていの人間は興味を示さない類のものだね」

その装置が保険になると思うくらい身の安全を必死にはかりたいと思わないかぎりね、とルースは思った。将来の切り札になりうる。

そして、女性を切り刻まないかぎり、その保存記録を取り出す方法はない。「ありがと」

「なにに巻きこまれているのかわからないけど、ルース、そんな装置を使うにはあなた、年がいきすぎてるよ。まだ〈調整者〉をずっと起動させてるの？　体に悪いよ」

「知らなかったわ」ルースはゲイルの子どもたちの話題に変えた。〈調整者〉はその手の話を苦しまずに彼女にできるようにした。しかるべき時間話をしたのち、ルースはさよならと言って、電話を切った。

電話がふたたび鳴った。

「こちらはキャリーよ。電話してくれたね」

「ええ」ルースは軽い調子の声にしようとした。屈託のない声に。

キャリーの声は、色っぽいものだったが、警戒はしていた。「これって、あなたとボーイフレンドあるいは旦那さんが相手？」

「いえ、わたしだけ」

ルースは携帯電話を握りしめ、数秒間数をかぞえた。キャリーに電話を切ろうと思わせないよう努める。

「あなたのウェブサイトを見つけたよ。私立探偵なんでしょ？」

ルースはキャリーがそうするだろうとあらかじめわかっていた。「ええ、そうよ」

「お客さんのことではなにも話せないよ。わたしの仕事は、慎重さが肝腎だから」

「あなたの客について訊ねるつもりはないわ。たんにあなたと会いたいの」キャリーの信頼を得るにはどうすればいいのか、ルースは必死で考えた。〈調整者〉がそれを困難にした。判断や印象の情緒的な質を高めることに不慣れになってしまうからだ。キャリーを納得させるには、真実はあまりに出し抜けで、奇妙なものだろうと思った。そのため、別の手立てをとろうとした。「わたしは新しい経験に興味があるの。ずっとやりたかったのだけど、やっていなかったことなの」

「警官のために働いているんじゃないの？　記録のために言うけど、あなたはお付き合いのためわたしに料金を払い、それを超えて起こることはすべて同意した大人同士の決めたことよ」

「あのね、警官はあなたに罠をかけるために女性を使ったりしないわ。あまりにも疑わしいでしょ」

そのあとつづいた沈黙は、キャリーが興味を惹かれたことをルースに告げた。「いつを考えているの？」

「あなたが空いていればすぐ。いまはどう？」

「まだお昼にもなっていないわ。午後六時までは働かないの」

ルースは強引に迫って、相手を尻込みさせたくなかった。「じゃあ、一晩あなたを貸し切りたいな」

キャリーは笑い声をあげた。「最初のデートは二時間ではじめてはどう？」

「それでいい」

「料金は見たわね？」

「ええ。もちろん」

「まず、ＩＤを持った自分の写真を自撮りして、わたしに送ってちょうだい。あなたが本物だとわかるように。その確認が取れてから、午後六時にバックベイにあるヴィクトリーとビーチの角にいって、もう一度電話して。ありふれた封筒に現金を入れてね」

「そうする」

「じゃあ、またあとで、愛しい人」キャリーは電話を切った。

ルースは若い女性の目を覗きこんだ。捜すものがわかっていたので、左目にほんのかすかな輝きを認めることができた。

ルースは現金を手渡し、相手がそれを数えるのを見つめた。彼女はとても綺麗であり、とても若かった。壁に寄りかかる仕草は、ジェスを思い出させた。〈調整者〉が瞬間的に作動した。

キャリーはレースのネグリジェと、黒いストッキングとガーターを身につけていた。ハイヒールでフワフワした寝室用スリッパは、エロティックというより滑稽なものに見えた。

キャリーは金を仕舞い、ルースにほほ笑みかけた。「あなたがリードしたい、それともわたしにさせたい？　どっちでもかまわないよ」

「まず最初に少し話したいな」

キャリーは顔をしかめた。「客のことは話せないと言ったよね」

「わかってる。でも、あなたにあるものを見せたいの」

キャリーは肩をすくめ、ルースを寝室に誘った。モナの部屋とよく似ていた――キングサイズのベッド、クリーム色のシーツ、コンドームを入れたガラスの鉢、ナイトスタンドに控え目に置かれた時計。鏡が天井に張り付けられていた。

ふたりはベッドに腰を下ろした。ルースは一冊のファイルを取り出し、キャリーに写真の束を渡した。

「この女の子たちはみんな、去年殺されているの。全員、あなたとおなじインプラントを入れている」

キャリーはショックを受け、顔を起こした。二度、すばやくまばたきをした。

「あなたが目の奥になにを入れているのかわかっている。そのせいでより安全になると思っているのも知ってる。ひょっとしたら、こういう仕事をできないくらい年を取ったときに、そこにある情報がいつの日か第二の収入源になるとすら思っているかもしれない。だけど、それをあなたから切り取ろうとしている男がいるの。そいつは、ほかの女の子たちにそういうことをしてきた」

ルースは死んだモナの写真をキャリーに見せた。血まみれの切り刻まれた顔の写真を。

キャリーは写真の束を取り落とした。「出てって。警察を呼ぶよ」立ち上がり、携帯電話を摑む。

ルースは動かなかった。「どうぞ。スコット・ブレナン警部に繋いでと言えばいい。彼はわたしが何者か知っているし、わたしがいま話したことを裏付けてくれる。わたしはあなたが次の獲物だと思っているの」

キャリーは躊躇した。

ルースはつづけた。「あるいはその写真を見てみればいい。あなたは捜すべきものを知ってるでしょ。彼女たちはみんなあなたとおなじだから」

キャリーは腰を下ろし、何枚もの写真にじっと見入った。「ああ、なんてこと。ああ、なんてこと」

「あなたはたぶん何人かの常連客がいると思う。あなたの料金では、新規の客は大勢要らないだろうし、取ってもいないと思う。だけど、最近、だれか新規の客を取った？」

「あなたともうひとりだけ。そのひとりは八時にやってくる」

ルースの〈調整者〉がいきなり作動した。

「その男がどんな様子をしているか知ってる？」

「いいえ。だけど、あなたのときとおなじように、あそこの街角に着いたら電話をするよう頼んだ。上がってくるまえにまずどんなやつなのか見られるように」

ルースは携帯電話を取り出した。「警察に通報しないと」

「止めて！　わたしが逮捕されてしまう。お願い！」

ルースはその願いについて考えた。次の客が殺人犯かもしれないというのはルースの推測でしかない。もしいま警察を巻きこみ、次の男がただの客だった場合、キャリーがいま送っている暮らしは取り返しようのない被害を受けるだろう。

「じゃあ、そいつが犯人だった場合に備えて、直接わたし自身がそいつを見ないといけない」

「たんにキャンセルの電話を入れるだけじゃダメなの？」

ルースは若い娘の声に恐怖を聞き取った。それもジェスを思い出させた。怖い映画を見たあとで寝室にいっしょにいてほしいと頼むときの態度に似ていた。ルースはまたしても〈調整者〉が急に作動するのを感じられた。自分の感情に邪魔させるわけにはいかなかった。「そうしたほうがたぶんあなたには安全でしょうけど、もし彼がほんとに犯人だとしたら、つかまえる機会をわたしたちは失ってしまう。お願い、わたしがそいつをそばで見られる機会があるまで、あなたには付き合ってほしいの。ほかの女性たちを傷つけるのをやめさせる絶好の機会かもしれないの」

キャリーは下唇を噛んだ。「わかった。どこに隠れる?」

ルースは銃を携行することを考えておけばよかったと悔やんだが、キャリーを警戒させたくなかったのだ。また、戦わねばならなくなるのを予期していなかった。もし客が殺人犯だと判明した場合、相手を止められるくらいそばにいる必要があった。しかも、容易に見つかるほど近くではないところに。

「この部屋のなかには隠れられないわね。あなたといっしょに寝室に入るまえに客はぐるっと見まわすでしょうから」ルースはリビングに入っていった。その部屋は通りとは離れ、建物の裏に面していた。窓を開け放つ。「窓台からぶら下がって、ここに隠れられる。もし客が殺人犯だと判明すれば、ぎりぎりまで待ってから、わたしはなかに入り、相手の退路を断つ。客が殺人犯でないなら、下に降りて、立ち去るわ」

キャリーはその計画にははっきり不安感を抱いていたが、勇気を振り絞って、うなずいた。

「できるだけ自然にふるまって。なにか変だと思わせないで」

キャリーの携帯電話が鳴った。彼女は息を呑み、電話に出た。寝室の窓辺に歩いていく。ルースもついていった。

「こちらはキャリーよ」

ルースは窓の外を見た。街角に立っている男は、犯人とおなじくらいの背丈のようだったが、それだけでは確実とは言えなかった。ルースは男を捕らえ、訊問しなければならない。

「わたしはあなたのうしろ、三十メートルほどのところにある四階建ての建物にいるわ。三〇三号室まで上がってきて。きてくれてとても嬉しい。すてきな時間を過ごしましょう、約束する」キャリーは電話を切った。

男はこちらに向かって歩き出した。ルースは男の足取りを見て、脚をひきずっているように思えたが、またしても、確信は持てなかった。

「あの男なの?」キャリーが訊いた。

「わからない。部屋に入れて、見てみないと」

ルースは〈調整者〉がブンブン言っているのを感じた。キャリーを囮として利用する考えに自分が恐怖しているのがわかっていた。強烈に反感を抱いているとも言えた。だが、これは筋の通った行動だった。このようなチャンスは二度と得られないだろう。自分がこの女性を守れると信用しなければならない。

「わたしは窓の外に出る。あなたはとてもうまくやってるわ。彼に話をさせつづけ、彼の望む通りにふるまうだけでいい。彼をリラックスさせ、あなたに集中しているようにさせて。彼があなたを傷つけるまえにわたしが入っていく。約束する」

キャリーはほほ笑んだ。「わたしは演技が上手なの」

ルースはリビングの窓のところにいき、軽やかに外に出た。体を沈め、指で窓台にぶら下がった。そうすることで、部屋のなかからルースの姿は見えなくなる。「いいわ、窓を閉めて。ほんの少しだけ隙間を開けておいて。なかで起こることが聞こえるように」

「いつまでそんなふうにぶら下がっていられるの？」

「充分長くよ」

キャリーは窓を閉めた。ルースは肩と腕の人工腱と、強化された指が体を支えてくれることに感謝した。元々は、接近戦でより効果的に動けるようにという考えからこの処置をしたのだが、いまそれが役に立とうとしていた。

ルースは秒数をかぞえた。男は建物のなかに入っているはず……いま階段を上っているだろう……戸口に来ているはず。

部屋のドアが開く音が聞こえた。

「きみは写真よりずっと綺麗だな」その声は、太くて低く、満足げだった。

「ありがとう」

さらなる会話が聞こえ、金の受け渡しがおこなわれた。それからさらに歩く音がする。

ふたりは寝室に向かっていた。男が立ち止まって、ほかの部屋を覗きこむのが聞こえた。

リビングの窓から男の視線が自分の頭の上を通り過ぎていくのが感じられるような気がした。

ルースはゆっくりと、静かに体を引き上げ、なかを覗いた。男が廊下に姿を消すのが見えた。はっきり脚をひきずっていた。

自分が廊下にたどり着いて行く手を遮れるようになるまえに男が先に駆け抜けていけないよう、ルースはさらに数秒待ち、それから深呼吸をすると、〈調整者〉にアドレナリンを目一杯血液のなかに流すよう意識した。世界が明るさを増したようになり、時が鈍くなり、ルースは腕に力をこめて、自分を窓まで引き上げた。

一回のすばやい動きでしゃがんで、窓を引き上げた。窓が上がるギシギシという音に男が警戒するのはわかっていた。男までたどり着くのにルースには数秒しかなかった。ルースは体を丸め、開けた窓から飛びこんで、なかの床に転がった。足が床に着くと、両脚のピストンを作動させ、廊下に向かって跳躍した。

着地し、男に明瞭な目標を与えないよう、再度転がり、しゃがんだ姿勢から寝室に飛びこんだ。

男は発砲した。銃弾はルースの左肩に命中した。彼女はまえに伸ばした両腕で男にタックルし、腹に体ごとぶつかっていった。男は倒れ、銃が音を立てて床に転がった。

そこへ銃弾の痛みが襲ってきた。ルースは〈調整者〉に痛みを麻痺させるため、アドレナリンとエンドルフィンを急速分泌させた。ルースはあえぎを漏らし、命を賭けた戦いに集中した。

優っている体の大きさに任せ、男はルースを仰向けにし、押さえつけようとしたが、ルースは相手の首を両手で挟みこみ、思い切り絞めつけた。男たちは、戦いのはじめにかならず彼女を見くびる。そして彼女はそこにつけこまねばならなかった。自分の絞めが鉄のかすがいのように感じられるだろうとルースはわかっていた。腕と手に埋めこんだ動力電池をすべて、フルパワーで作動させていた。男は顔をしかめ、彼女の両手をつかんでこじ開けようとした。数秒後、そうしても無駄なことを悟って、男は抗《あらが》うのを止めた。

男は話をしようとしたが、充分な空気を肺に入れることができずにいた。ルースは少しだけ力を緩めた。男は咳きこみながら、「降参だ」と言った。

ルースはふたたび圧力を増し、男の空気の供給を絞った。ルースはベッドの足下にへたり込んで凍りついているキャリーのほうを向いた。「警察を呼んで。いますぐ」

キャリーは従った。電話を耳に押しつけ、９１１番の通信指令係からやるべきことをキャリーは聞いていたが、「こっちへ向かってるって」と言った。

男は目をつむり、体の力を抜いた。ルースは男の首を離した。ルースは男を殺したくはなかった。そのため、男の両脚に腰を下ろして床から動けないようにして、男の両手首を強く握った。

男は息を吹き返し、うめきだした。「腕が折れそうだ！」

ルースは自分のパワーを保存しておくため、ほんの少し圧力を緩めた。男は、ルースにタックルをかまされて床に倒れたときぶつけて鼻血を流していた。音を立てて息を吸いこみ、鼻血を飲みこむと、男は言った。「起こしてくれないと窒息する」

ルースはその指摘を考慮した。さらに圧力を緩め、男を引き起こして、上体を起こした姿勢を取らせた。

両腕の動力電池の力が落ちてきているのが感じられた。こういうふうに男を押さえつづけていないといけないのなら、物理的に上回っていられるのは、そんなに長くはつづかないだろう。

ルースはキャリーに呼びかけた。「ここに来て、こいつの両手を縛って」

キャリーは携帯電話を下ろし、恐る恐る近づいてきた。「なにを使えばいいの？」

「ロープは持ってないの？　ほら、客に使うための？」

「わたしはその手のことをしないの」

ルースは考えた。「ストッキングが使える」

キャリーが男の両手と両脚を体のまえで縛っていると、男は咳きこんだ。血の一部が気管に入ったのだ。ルースは心を動かされず、圧力を緩めなかった。男は顔をしかめた。

「畜生。頭のおかしなロボット糞女め」

ルースは男の言葉を無視した。ストッキングは伸縮性がとてもあり、長くは男を押さえておけないだろう。だが、ルースが銃を手に入れ、男に向けるくらいまでは保つはずだった。

キャリーは部屋の反対側に後退していた。ルースは男から手を離し、後ろ向きで数メートル先の床に転がっている銃の方向に向かった。目は男に向けたままだ。もし男が突然の動きを示したら、ルースは瞬時に男のところに戻るつもりだった。

ルースが後ろ向きに歩くあいだ、男はぐったりとして、動かずにいた。ルースは緊張を緩めはじめた。〈調整者〉はいまや彼女を落ち着かせようとしていた。彼女の組織からアドレナリンを取り除こうとしていた。

銃まで半分ほど進んだところで、男が突然、まだ縛られている両手で上着に手を伸ばした。ルースはほんの一瞬ためらうと、足に力をこめて、後ろ向きに銃に向かって飛んだ。

ルースが着地すると、男は上着のなかのなにかを探り当て、突然、ルースは両手足から力が抜けるのを感じ、愕然として床に倒れた。

キャリーが悲鳴をあげていた。「目が！　ああ、神さま、左目が見えない！」

ルースは自分の両脚の感覚がまったくなくなった気がし、両腕がゴムみたいになったようだった。最悪なのは、パニックに陥っていたことだ。こんな恐怖を覚えたのははじめてのようだった。あるいはこんなにひどい痛みを感じているのは。〈調整者〉の存在を感じようとしたが、なにもなかった。空っぽな感覚しかない。焼けたエレクトロニクス製品の甘ったるい、胸の悪くなるような臭いが空気中に漂っているのが感じられた。ナイトスタンドの時計は暗くなっていた。

あいつを侮っていたのは、わたし自身だ。絶望が押し寄せてきて、それを止める手立てはなにもなかった。

ルースは男がよろよろと床から立ち上がる音を耳にした。ルースは意志の力で体をうつぶせにし、動かし、銃に手を伸ばそうとした。這う。一歩、また一歩。あまりにも力が入らず、まるで糖蜜のなかを動いているような気がした。四十九年間の人生の一年一年を感じられる気がした。肩の刺すような痛みのひとつひとつを感じられた。

ルースは銃にたどり着き、摑むと、壁に寄りかかって上体を起こし、部屋の中央に狙いをつけた。

男はキャリーの役に立たない縛めから逃れていた。いまや、片目が見えなくなったキャリーを抱きかかえ、彼女の体を盾にしていた。彼女の喉にメスを押しつけている。すでに皮膚が破れており、細い血の流れが首筋を伝い落ちていた。

男はキャリーを引きずりながら、寝室のドアに向かっていた。もし寝室のドアに男がたどり着き、角を曲がって姿を消したら、二度と男を捕まえることはできないと、ルースにはわかっていた。彼女の両脚はまるで役に立たない。

キャリーはルースの銃を見て、悲鳴をあげた。「死にたくない！　ああ、神さま。ああ、神さま」

「いったん安全になったら彼女を解放する」男は自分の頭部をキャリーの頭部で隠しつづけながら、言った。

銃を握っているルースの両手は震えていた。吐き気の波と耳のなかでドクドクと脈搏つ音に襲われながら、ルースは次になにが起こるか懸命に考えようとした。警察はこっちに向かっており、たぶん五分で到着するだろう。脱出するためにいくらか余分の時間を稼ごうと、できるだけ早く彼はキャリーを解放するのではなかろうか？

男はさらに二歩後じさった。キャリーはもはや蹴りつけたり、もがくのを止め、ストッキングをはいた足ですべすべした床にとっかかりを見つけようとしていた。男と協力して動こうとしていた。だが、泣くのを止められずにいた。

ママ、撃たないで！　お願いだから、撃たないで！

あるいは、この部屋を出た途端、男はキャリーの喉を掻き切り、インプラントを切り出す可能性のほうが高くないか？　インプラントのなかに自分の記録が入っているのを男は知っており、それを残していけるものか。

ルースの両手はひどく震えていた。自分をなじりたい。キャリーをまえに立たせていると、男を正確に撃つことはできない。彼女にはできなかった。

ルースは合理的に可能性を評価したかった。決断を下すために。だが、〈調整者〉によって限界まで隠され、忘れようとして鮮度を保ってきた抑えられていた後悔と悲嘆と憤怒の念がいっそう鋭く込みあげてきた。宇宙が小さく縮んで、銃身の先端の揺れる一点になった——若い女性、殺人犯、そして時が取り返しようもなく少しずつ過ぎていく。

ルースには頼るものがなにもなかった。信頼するものが、よりかかるものが。あるのは自分だけだった。怒り、怯え、震えている自分だけ。彼女は裸でひとりきりだ。われわれみながそうであるように、ずっとそうだと彼女自身知っていたように。

男はドアにたどり着こうとしていた。キャリーの泣き声は、取り乱した嗚咽になっていた。

物事には常態《レギュラー・ステート》というものがつねにある。明晰さはなく、安堵もない。あらゆる合理性の行きつく先には、たんに決断する必要、生き抜き、耐える信念がある。

ルースの初弾はキャリーの太ももに命中した。銃弾は皮膚と筋肉と脂肪を貫き、裏から出て、男の膝を砕いた。

男は悲鳴をあげ、メスを手から落とした。キャリーは倒れ、負傷した脚から血が噴きだした。

ルースの第二弾は男の胸を捉えた。男は床に昏倒した。

ママ、ママ！

ルースは銃を手から落とし、キャリーに向かって這い進んだ。彼女を抱きかかえ、怪我の手当をした。キャリーは泣いていたが、怪我は治るだろう。

深い痛みがルースにどっと押し寄せてきた。まるで赦しのように。長い干魃《かんばつ》のあとで激しい雨が降るように。自分が救いを赦されるのかどうか、ルースにはわからなかったが、この瞬間の経験は百パーセント自分のものであり、それに彼女は感謝した。

「大丈夫」ひざの上に乗せたキャリーを撫でさすりながら、ルースは言う。「大丈夫よ」

著者付記

この物語で描いているエコーセンス・テクノロジーは、キファン・プ他が「無線信号を用いた住居内仕草認識」"Whole-Home Gesture Recognition Using Wireless Signals"（第十九回モバイル・コンピューティングおよびネットワーキング年次国際会議、MobiCom2013）で発表したテクノロジーの背景にある原理を、不正確かつ自由に外挿したものである。そこで説明されたテクノロジーがこの物語で描かれた架空のものと類似していると示唆する意図は毛頭ない。

編・訳者あとがき

本書は、二〇一五年四月に発売された『紙の動物園』（〈新☆ハヤカワ・SF・シリーズ〉版）につづく、日本オリジナルのケン・リュウ作品集第二弾『母の記憶に』（同、二〇一七年四月刊）を親本とした文庫化（の一巻目）である。

第一弾『紙の動物園』は、訳者自身も驚くほどの高い評価を得た。『SFが読みたい！ 2016年版』で発表された「ベストSF2015〔海外篇〕」および第六回Twitter文学賞海外部門で、二位に圧倒的な得点差をつけて一位に選出され、二〇一六年本屋大賞翻訳小説部門でも二位に選ばれた。売れ行きも好調で、初版発売三日後に重版が決まり、十カ月間で十一刷に達した。

この好評を受け、すぐに日本オリジナル作品集第二弾のゴーサインが出、作品選択に着手。二〇一七年四月の刊行予定から逆算して、ギリギリまで最新作を含めようとした結果、二〇一六年三月に刊行されたアメリカ本国でのケン・リュウ第一作品集 *The Paper Menagerie*

And Other Stories に書き下ろされた「上級読者のための比較認知科学絵本」までを対象に十四篇を選び、版権取得交渉に当たったところ、著者からさらに二篇の推薦作を提案され、それを含めた収録作十六篇が固まったのが、二〇一六年九月。

単行本としては本邦初紹介の作家であることから、取っつきやすさを重視して、短めの作品を集めた第一弾と異なり、四百字詰め原稿用紙換算で二百枚近い「万味調和」を筆頭に、長めの作品を多く選んだうえに、当初予定から二篇増えたこともあって、『紙の動物園』より大幅にページ数が増えてしまったが、分量だけではなく、中身もたっぷり詰まったものに仕上がったと自負している。

さて、今回の収録作選定に当たって念頭に置いていた方針は、次の二点。

まず、『紙の動物園』収録作のなかで最新の「太平洋横断海底トンネル小史」（〈F&SF〉二〇一三年一月二月合併号掲載）以降発表された作品のなかから、これはと思える作品を選んだ。「太平洋」から本書の最新作「上級読者のための比較認知科学絵本」までの約三年間に発表された中短篇は、なんと五十四篇。このなかから、発表順に「訴訟師と猿の王」「草を結びて環《たま》を銜《くわ》えん」「ループのなかで」「レギュラー」「烏蘇里羆《ウスリーひぐま》」「存在《プレゼンス》」「『輸送年報』より「長距離貨物輸送飛行船」（〈パシフィック・マンスリー〉誌二〇〇九年五月号掲載）」「カサンドラ」「上級読者のための比較認知科学絵本」の九篇を選んだ。また、長さの関係から第一弾で収録を見送っていた「万味調和」も加えた十篇が、訳者のセレクションのコアになる。ケン・リュウの作家としての練度が増していることを実感していただければ本望である。

次に、本国での第一作品集が刊行されるより先に、日本でオリジナル作品集を出した関係から、本国版が今後邦訳される可能性が極めて低くなったことに鑑み、邦訳で本国版を（ほぼ）再構成できるように、本国版収録作十五篇のうち、既訳の七篇に加えて、未訳作中、一篇を除く七篇をあらたに本書親本に収録することにした。最初の十篇とダブっているのが四篇あるため、「状態変化」「パーフェクト・マッチ」「シミュラクラ」がさらに加わることになる。

ちなみに本国版の目次を収録順に並べると、「著者まえがき」（未訳）「選抜宇宙種族の本づくり習性」「状態変化」「パーフェクト・マッチ」「良い狩りを」「文字占い師」「シミュラクラ」「レギュラー」「紙の動物園」「上級読者のための比較認知科学絵本」「波」「もののあはれ」「万味調和」「太平洋横断海底トンネル小史」「訴訟師と猿の王」“The Man Who Ended History: A Documentary”（未訳）、となる。本書の刊行によって、日本の読者も本国版の雰囲気をほぼ味わっていただけるのではないだろうか。

この十三篇に、短篇ＳＦ映画の原作になって話題になったショートショート「母の記憶に」と、ケン・リュウから推薦された二篇「重荷は常に汝とともに」「残されし者」を加え、全十六篇となった。

文庫化に際し、『紙の動物園』同様、二分冊にし、作品収録順を若干入れ替えた（収録作そのものは変わらない）。結果として、本書は、ＳＦ色が強いものになっており、六月刊の『草を結びて環《たま》を銜《くわ》えん』のほうは、中国色の強いものになった。

紙幅も限られていることから、書誌中心に、個々の作品紹介に移ろう。

「母の記憶に」“Memories of My Mother”（〈デイリー・サイエンス・フィクション〉二〇一二年三月十九日配信）表題作

上映時間二十六分の短篇ＳＦ映画 Beautiful Dreamer（2016）の原作に採用された。この短篇映画は、Film Shortage のサイトで公開されているので（https://filmshortage.com/shorts/beautiful-dreamer/）、ぜひご覧になっていただきたい。日本語字幕付きである。

「重荷は常に汝とともに」“You'll Always Have the Burden with You”（オリジナル・アンソロジー *In Situ*、二〇一二年）

著者推薦作。「私のほかの短篇とは、とても趣を異にしているＳＦ。じつに愉快な話」とのこと。ケン・リュウの短篇には、訳者がローティーンのころに貪り読んだ古典的なＳＦ（いわゆる五〇年代ＳＦや、日本の第一世代ＳＦ作家の作品群）のような、わかりやすくてウィットに富んだ作品群があり、これもそのひとつ。小松左京の初期短篇の雰囲気を感じた。

「**ループのなかで**」"In the Loop"（オリジナル・アンソロジー*War Stories*、二〇一四年）
親本では、〝ガジェットと家族関係〟とでも言えるようなテーマに基づく作品を三篇収めたが、この作品はその一篇（ほか二篇は、下巻に収録）。戦争に従軍した兵士がＰＴＳＤに苦しむのは、よく知られている事実だが、たとえ遠隔操縦によって、安全なところから攻撃していたとしても、引き金を引く「判断」をしたという事実から逃れることはできない。では、その「判断」をロボットに任せたら……。

「**状態変化**」"State Change"（オリジナル・アンソロジー*Polyphony 4*、二〇〇四年）
非常に「文学的な」メタファーに充ちた作品とでも言おうか。このなかで具象として出てくる〝魂〟の受け取り方は、読み手によってさまざまだろう。

「**パーフェクト・マッチ**」"The Perfect Match"（〈ライトスピード〉二〇一二年十二月号）
企業ＡＩに支配される社会を描く、これもある意味、古典的なＳＦ短篇と呼んでいいだろう。現代的でありながら、懐かしさすら感じさせる作品。

「カサンドラ」“Cassandra”（〈クラークスワールド〉二〇一五年三月号）

ポウラ・ガラン編集の *The Year's Best Dark Fantasy & Horror: 2016* に収録

〝弾よりも速く、力は機関車よりも強い〟（昔は、そういうキャッチフレーズだったんです）あの超人と敵対する敵役が提示する、世界の多面的な見方。

「残されし者」“Staying Behind”（〈クラークスワールド〉二〇一一年十月号）

ケン・リュウ推薦作。「私の一連の作品のなかで、極めて重要な短篇（シンギュラリティ物の重要作）」とのこと。〝シンギュラリティ〟が作者のなかで大きな意味を持っているのだろう。

「上級読者のための比較認知科学絵本」“An Advanced Readers' Picture Book of Comparative Cognition”（ケン・リュウの初短篇集 *The Paper Menagerie and Other Stories* に書き下ろしとして所収、二〇一六年）

あきらかに「選抜宇宙種族の本づくり習性」とおなじテイストの作品で、訳者同様、こういうのがたまらないＳＦファンは多かろう。これを第一作品集の書き下ろしとして含めた著者は、われわれとおなじ匂いがする仲間だ。

「レギュラー」"The Regular"（オリジナル・アンソロジー *Upgraded*　二〇一四年）

ガードナー・ドゾア編集の ***The Year's Best Science Fiction: Thirty-Second Annual Collection*** に収録

親本収録作品中二番目に長い中篇（四百字詰め原稿用紙換算約百四十枚）。正統派の近未来ミステリ。こういうのも書けるんだと驚いた。訳者は、いまや巨匠となったアメリカ・ミステリ界のベストセラー作家、マイクル・コナリーの著作を永年訳しているのだが、この作品は、まさにコナリーを訳している感覚で訳せた。

なお、親本『母の記憶に』は、『紙の動物園』同様、高い評価を得て『ＳＦが読みたい！　２０１８年版』で発表された「ベストＳＦ２０１７〔海外篇〕」で第二位に選出され、重版がかかった。文庫版の二分冊も読者の厚いご支持を期待する次第である。

古沢嘉通

二〇一九年四月（親本の訳者あとがきを元に適宜書き直した）

本書は、二〇一七年四月に早川書房より新☆ハヤカワ・SF・シリーズ『母の記憶に』として刊行された作品を二分冊し『ケン・リュウ短篇傑作集3　母の記憶に』として改題、文庫化したものです。

なお、本書収録作品の選定は古沢嘉通氏がおこないました。

HM=Hayakawa Mystery
SF=Science Fiction
JA=Japanese Author
NV=Novel
NF=Nonfiction
FT=Fantasy

ケン・リュウ短篇傑作集３
母《はは》の記憶《きおく》に

〈SF2231〉

二〇一九年五月二十日　印刷
二〇一九年五月二十五日　発行
（定価はカバーに表示してあります）

著者　ケン・リュウ
訳者　古《ふる》沢《さわ》嘉《よし》通《みち》・他
発行者　早川　浩
発行所　株式会社　早川書房
郵便番号　一〇一‐〇〇四六
東京都千代田区神田多町二ノ二
電話　〇三‐三二五二‐三一一一（大代表）
振替　〇〇一六〇‐三‐四七七九九
http://www.hayakawa-online.co.jp
乱丁・落丁本は小社制作部宛お送り下さい。
送料小社負担にてお取りかえいたします。

印刷・精文堂印刷株式会社　製本・株式会社フォーネット社
Printed and bound in Japan
ISBN978-4-15-012231-7 C0197

本書は活字が大きく読みやすい〈トールサイズ〉です。